시조와 가사의 이해

이 책은 2016년도 한국연구재단 대학 인문역량 강화사업(CORE) 지원에 의해 출판되었음.

시조와 가사의 이해

김신중 · 조태성

역락

책머리에

　시조와 가사가 언제 생겨났는지는 분명하지 않다. 그만큼 오래되었기 때문이다. 하지만 현재 남아있는 작품으로만 따져도 700년 가량의 역사가 기술된다. 무언가가 오래되었다고 하여 무조건 다 좋은 것은 아니다. 하지만 그것이 오랫동안 많은 사람들의 사랑을 받은 것이라면, 거기에는 그만한 까닭이 있기 마련이다.

　시조와 가사는 시이면서 노래이다. 한마디로 노랫말이다. 그래서 우리는 그것을 시가라고 부른다. 물론 지금이 아닌 옛날에 성행했기에 고시가이다. 한국의 고시가에는 시조와 가사 이외에도 다른 여러 장르가 있다. 고대시가를 비롯하여 향가, 고려속요, 경기체가, 악장, 그리고 민요와 한시에 이르기까지 다양하다. 이 중에서 대표적인 장르는 누가 뭐래도 시조와 가사이다. 성행했던 시기가 현대와 가까우면서, 좋은 작품들이 매우 많이 남아있을 뿐만 아니라, 그것들이 당시의 언어로 생생하게 기록되어 있기 때문이다.

　그런데 시조와 가사는 서로 닮은 듯 다르다. 둘 다 비슷한 시기에 생겨나, 오랫동안 경쟁과 보완의 관계 속에서 공존하였고, 정도의 차이는 있으나 문학사의 앞면에서 물러난 것도 비슷한 시기였다. 그러면서 시조가 '삼장육구'라는 말로 대변되는 매우 정제된 단가 형식을 바탕으로 성립한 반면, 가사는 '4음 4보 1행 연속체'라는 다소 느슨한 장가 형식을 기본으로 하였다. 그래서 흔히 시조에는 서정적이라거나 규범적이라는 수식어가, 가사에는 교술적이라거나 관습적이라는 수식어가 따라다닌다.

이 책은 바로 이런 시조와 가사의 전반적인 성격을 한 자리에서 이해하기 위해 집필되었다. 특히 대학의 한국문학 교육 현장이나, 일반의 한국문학 교양 활동을 겨냥하여 기획되었다. 그래서 먼저 한국시가 전체를 조감하는 것으로 논의를 시작하였다. 제1부가 그것이다. 이어 제2부와 제3부에서 시조와 가사의 제반 성격을 몇 개의 장으로 나누어 차례로 살폈다. 그리고 마지막 제4부에서 두 장르의 이해에 필요한 일부 작품을 예시하였다. 내용에 있어서는 새로운 견해의 제시보다 지금까지의 연구 성과를 충실히 반영하고자 노력하였다.

　　우리 필자 두 사람은 25년 전 대학에서 사제지간으로 만나, 지금도 같은 대학에서 연구하고 있다. 그런 인연으로 이 책을 같이 내게 되었다. '제1부 한국시가와 시조·가사'와 '제3부 가사문학의 이해'는 김신중이 집필하였고, '제2부 시조문학의 이해'와 '제4부 읽기와 감상'은 조태성이 집필 정리하였다. 끝으로 좋은 책을 만들어주신 도서출판 역락의 가족 여러분께 깊이 감사드린다.

2017년 8월

김신중·조태성

차례

제1부 한국시가와 시조·가사

제2부 시조문학의 이해

제3부 가사문학의 이해

제4부 읽기와 감상

한국시가와 시조·가사

제1부 한국시가와 시조·가사

1. 시와 시가

근대 이전 한국문학은 이중의 언어를 사용하였다. 한국말과 한문이 그
것이다. 때문에 기록으로 남은 한국고전문학은 크게 차자와 한글로 기록
된 국문문학과, 한문을 사용한 한문문학으로 나뉜다. 또 국문문학은 그것
이 보이는 장르적 성격에 따라 시가문학과 산문문학으로 갈린다. 이 책에
서 말하고자 하는 시조와 가사는 물론 국문으로 된 시가문학이다.

여기서 시가가 산문에 대응되는 개념으로 쓰이고 있음을 볼 수 있다.[1]
또 문학 용어로 일반에 보다 익숙한 '시(詩)'라는 말이 아닌, '시가(詩歌)'라
는 특별한 용어를 사용하였음을 보게 된다. 그렇다면 산문에 대응되면서
시와 구별되는, 시가는 무엇인가? 시와는 다른, 시가의 성격을 살피는 것
으로 이야기의 실마리를 풀어나가기로 한다. 우선 시가라는 말 대신 '노
래[歌]'라는 말을 사용하여 논의를 시작한다.

동양에서 시와 노래에 대해 말하고자 할 때, 대부분 첫머리에 드는 것

---

1) 형식논리상 산문의 대응 개념은 운문 또는 율문이어야 한다. 특히 한국어가 압운보다
   는 율격의 지배를 광범위하게 받는다는 점에서 율문이 적절한 개념이다. 하지만 한국
   율문을 일괄하는 근본적 특성을 일찍부터 율격적 요소보다는 노래하는 데에서 찾았기
   때문에, 시가가 산문의 대응어로 정착되어 사용되었다.

이 바로『서경(書經)』<순전(舜典)>의 기록이다. 그것이 가장 오래 되고 권위 있는 논의라고 믿어졌기 때문이다. "시는 뜻을 말한 것이고, 노래는 말을 길게 늘인 것이고, 소리는 곡조를 의지한 것이고, 음률은 소리를 조화시킨 것이다."는 표명이 그것이다.[2] 부연하면, 사람의 마음에 품은 뜻을 말로 나타내면 시가 되고, 그 말을 길게 늘여서 곡조에 실으면 노래가 된다는 것이다. 즉 시와 노래는 뜻에서 비롯되었다는 근원을 함께하면서, 그것을 말로 나타냈느냐 아니면 곡조에 실었느냐의 표현 방법상 차이를 갖는다.

또 시와 노래가 무엇을 노래하였는가에 초점을 맞춘다면, 당연히 그 '뜻[志]'이 무엇인가가 매우 중요해진다. 그것은 보는 눈에 따라서 사상이나 감정, 또는 성(性)과 정(情) 등으로 다양하게 구체화된다. 그리고 그것을 어떻게 보느냐에 따라 시와 노래의 효용에 대한 생각도 달라지게 된다. 이를테면 사회적 교화의 수단으로 인식하느냐, 또는 개인적 성정의 발로로 인식하느냐의 차이가 발생한다. 크게 대비되는 효용에 대한 이 두 관점이 지금까지 고전비평의 근간이 되는 두 축을 이루어 왔다.

그런데 사람들은 왜 시에서 그치지 않고, 그것을 다시 노래하게 되었을까? 노래는 시와 어떤 관계가 있으며, 무슨 역할을 수행하였을까? 이런 의문에 대한 답 역시 멀리 공자의 제자 자하(子夏)가 지었다는 <모시서(毛詩序)>에서부터 찾을 수 있다.

　시는 뜻이 가는 바이다. 마음에 있으면 뜻이 되고, 말로 나타내면 시가 된다. 정이 마음에서 움직여 말로 형용되는데, 말이 부족하면 그것을 차탄하게 되고, 차탄이 부족하면 그것을 영탄하게 되고, 영탄이 부족하면 손과 발이 그것을 춤추게 됨을 알지 못한다.[3]

---

2) 詩言志 歌永言 聲依永 律和聲(<舜典>,『書經』)

마음에 품은 뜻을 말로 나타내면 시가 되는데, 그것을 말로 온전히 다 표현하지 못하면 차탄 즉 탄식하게 되고, 탄식도 부족하면 영탄 즉 노래하게 되고, 노래로도 부족하면 저도 모르게 손발을 움직여 춤추게 된다는 것이다. 마음에 품은 뜻이 시가 되고, 또 탄식을 거쳐 노래와 춤으로 전이되는 과정을 매우 함축적으로 설명하고 있다. 즉 뜻이 마음에서 정을 통해 움직이는데, 그것을 시로 다 풀어내지 못하면, 노래가 되고 춤이 된다는 것이다. 언어예술로서 시가 지닌 한계를 보완해 주는 것이 바로 곡조와 동작을 통한 노래요 춤이라는 것이다. 이렇듯 시가 다하지 못한 부족한 부분을 채워주는 것이 바로 노래였다.

여기서 근대 이전 한국의 특수한 어문생활을 고려하지 않을 수 없다. 서두에서 잠깐 언급하였듯이, 당시 한국은 구어와 문어가 다른 이중의 어문생활을 영위하였다. 모어이자 일상어인 한국말이 구어이고, 한문이 곧 식자층의 문어였다. 때문에 시라고 하면 으레 한문으로 된 한시를 의미하였고, 노래는 당연히 구어인 한국말을 사용하였다. 시와 노래가 서로 다른 말을 사용하여, 이른바 문어시와 구어노래가 구별되는 불편한 상황에 놓여 있었다. 이런 여건 속에서 문어시로서 한시의 한계는 더욱 크게 느껴질 수밖에 없었으며, 그럴수록 부족함을 채워줄 대안으로 구어노래의 필요성이 강조되었다. 제 아무리 한문에 능통한 시인이라 할지라도 일상적인 감정을 모두 한시를 통해 풀어낼 수는 없었기 때문이다. 그래서 노래를 '시여(詩餘)'라고 부르기도 하였다.

과거의 이런 이중적 언어생활과 노래에 대한 인식은 조선중기의 시인 신흠(申欽)의 지적에서 퍽 명료하게 드러난다. 그의 <방옹시여서(放翁詩餘序)>이다.

---

3) 詩者 志之所之也 在心爲志 發言爲詩 情動於中而形於言 言之不足 故嗟歎之 嗟歎之不足 故 永歎之 永歎之不足 不知手之舞之 足之蹈之也(<毛詩序>,『毛詩』)

중국의 노래는 풍아를 갖추어 서적에 올랐으나, 우리나라의 이른바 노래는 그것을 다만 잔치의 오락거리로 삼는 데 그치고, 풍아의 서적에는 올리지 않았으니, 대개 말소리가 달랐기 때문이다. 중국의 말소리는 말이 그대로 글이 되지만, 우리나라의 말소리는 번역을 기다려야 이에 글이 되기 때문이다. 우리나라에 재주 있는 선비가 모자라지 않지만, 악부의 신성 같은 것이 이에 전하는 게 없으니, 가히 개탄스럽고 또한 야하다고 이를 수 있다.[4]

중국에 비해 한국의 노래가 잔치의 오락거리에 그치고, 서적에 올라 전해지지 않는 까닭이 말소리에 있다고 하였다. 즉 중국말은 그대로 한문으로 적을 수 있지만, 한국말은 번역 과정을 거쳐야만 한문으로 옮길 수 있기 때문이었다. 언문이 일치하지 않은 당시의 언어생활과, 한글을 배제한 한문전용의 문헌 편찬 관행을 지적한 것이다. 그러면서 우리나라에 능력을 갖춘 사람이 모자란 것도 아닌데, 악부의 좋은 새 노래를 한역하여 풍아의 서적에 올리지 못함을 안타까워하였다.

신흠은 조선중기 한문학 4대가의 한 사람으로 꼽힐 만큼 한시에 능통한 시인이었다. 하지만 그 역시 마음의 모든 것을 한시로 다 담아낼 수는 없었다. 때문에 한시에 다하지 못한 나머지를 노래로 풀 수밖에 없었으니, 그것이 바로 '방옹시여'였다. 방옹시여의 다음 작품은 시와 노래의 그런 관계를 여실히 보여준다.

노래 삼긴 사롬 시름도 하도 할샤
닐러 다 못 닐러 불러나 푸둣둔가
眞實로 풀릴 거시면은 나도 불러 보리라 (진본『청구영언』, 144)

---

4) 中國之歌 備風雅而登載籍 我國所謂歌者 只足以爲賓筵之娛用之 風雅籍則否焉 盖語音殊也 中華之音 以言爲文 我國之音 待譯乃文故 我東非才彦之乏 而如樂府新聲無傳焉 可慨而亦可謂野矣(申欽, <放翁詩餘序>,『靑丘永言』, 조선진서간행회, 1948, 37쪽)

노래를 처음 만든 사람은 시름도 참 많아서, 그것을 말로는 다 이르지 못해 마침내 불러서 풀었으니, 정말로 그럴 것 같으면 내 시름도 불러서 풀어보겠다는 것이다. 애초에 노래를 만든 사람처럼, 자신도 시로는 다 이르지 못한 마음의 깊은 시름을 노래로 불러 마저 풀겠다고 하였다. 무엇보다도 마음에 맺힌 감정의 해소가 시를 보완하는 노래의 중요한 기능이었음을 말해 준다.

다시 말하면, 노래는 말을 통한 언어예술인 시의 한계를 보완해 주는 역할을 주로 수행하였다. 시에는 없는, 노래가 가진 곡조는 그러한 기능을 가능케 하는 매우 중요한 요소였다. 게다가 문어와 구어가 다른 언문불일치의 상황에서, 문어로 이루어진 한국의 한시는 더 많은 한계를 드러낼 수밖에 없었고, 그럴수록 구어로 된 노래의 역할이 더욱 절실히 요구되었다. 특히 문어로서는 거의 불가능한 마음에 맺힌 감정의 해소가 노래의 주된 기능이었다.

하지만 문어와 구어의 관계에서는 식자층이 사용하였던 문어가 당연히 우월한 지위를 점하였다. 따라서 노래보다는 시를 더 우월하게 취급하였고, 그들의 문학 활동 역시 한시에 치우칠 수밖에 없었다. 그런 가운데 조선후기에는 노래를 전문으로 하는 가객들이 등장하여 활동하면서, 시와 노래가 본질적으로 다르지 않다는 생각을 공유하기에 이르렀다. 시와 노래는 원래 하나였기에 서로 대등하다는, 이른바 '시가일도사상(詩歌一道思想)'이 그것이다.

옛날의 노래는 반드시 시를 사용하였다. 노래를 불러 그것을 글로 적으면 시가 되고, 시를 지어 그것을 관현에 올리면 노래가 되니, 노래와 시는 본디 하나의 도였다. 삼백 편에서 변하여 고시가 되고, 고시가 변하여 근체시가 되면서, 노래와 시가 나뉘어 둘이 되었다. (…중략…) 이에 조선시대에 이르러서는 대

대로 인물이 모자라지 않지만, 가사를 지음이 전혀 없거나 조금 있으며, 있어
도 역시 오래도록 전해질 수 없었다. 어찌 국가적으로 오직 문학만을 숭상하고
음악에는 소홀했던 때문이 아니겠는가?[5]

　잘 알려진 사실이지만, 오랜 옛날에는 시와 노래가 하나로 결합되어 있
었다. 그래서 시가 곧 노래의 가사였고, 노래의 가사가 곧 시였다. 그러다
가 문학과 음악의 둘로 분리되면서, 시와 노래는 각자의 길을 걷게 되었
다. 중국문학에서 시와 노래가 하나로 존재하였던 대표적인 예가 『시경(詩
經)』의 삼백편이다. 이후 고체와 근체시를 거치며 시는 노래와 분리되었
고, 시대를 거듭하며 크게 성행하였다. 하지만 노래의 유전은 이에 미치
지 못하였으니, 비록 문장력이 있는 사람이라도 음률에 밝지 않으면 그
가사를 잘 지을 수 없었기 때문이기도 하였다. 특히 조선시대에 이르러서
는 새로운 노래 가사의 창작이 별로 없었고, 있어도 이미 신흠의 지적에
서 본 바와 같이 오래도록 전해질 수가 없었다. 국가적으로 문학 즉 시만
숭상하고, 음악 즉 노래에는 소홀했기 때문이었다. 그럼에도 불구하고 시
와 노래는 본래 하나로서 같은 근원을 공유하기에, 노래 역시 시와 마찬
가지로 소중하다는 것이 바로 시가일도사상의 요지이다. 노래를 시와 대
등한 입장에서 바라본 것이다.

　이 노래가 곧 지금 말하는 '시가'이다. 노래는 곡조와 가사로 이루어져
있는데, 특히 시가는 곡조보다는 가사를 의식한 용어이다. 그렇다고 하여
곡조를 아예 배제한 것도 아니어서, 곡조를 수반한 노래의 가사 즉 노랫
말을 뜻한다. 그런 점에서 시가는 보통의 시가 아닌, 노래하는 시였다. 즉
노래로 불렀을 때 비로소 그 의미가 분명해지는, 노랫말의 기능을 수행한

---

5) 古之歌者必用詩 歌而文之者爲詩 詩而被之管絃者爲歌 歌與詩固一道也 自三百篇變而爲古詩
　古詩變而爲近體 歌與詩分而爲二 (中略) 至若國朝 代不乏人 而歌詞之作 絶無而僅有 有亦不
　能久傳 豈以國家專尙文學 而簡於音樂故然耶(鄭來僑, <靑丘永言序>, 『靑丘永言』, 1쪽)

'가시(歌詩)'였다. 때문에 시가를 특별히 '부르고 듣는 문학'이라 칭하기도 한다. 이에 비해 한시는 '기록하고 보는 문학'으로 지칭된다.6)

그런데 과거에는 시가라는 말이 '노래'나 '노랫말'의 의미가 아닌, '시와 노래'라는 뜻으로 사용되었다. 이 말이 지금처럼 문학의 용어로 사용되기 시작한 것은 근대 한국문학 연구 초창기의 일로, 처음에는 가사라는 말도 함께 사용되었다.7) 그러다가 점차 시가로 보편화되어 오늘에 이른다.8) 용어의 의미 자체만을 놓고 보면, 시가가 노랫말을 중심으로 노래의 곡조까지 아우르는 보다 넓은 범주를 가진 데 비해, 가시는 그 의미가 노랫말에만 한정되는 느낌이 있다.

한편 노래를 이루는 두 요소인 곡조와 가사의 관계에 있어서는 종래 '사주곡종(詞主曲從)'보다는 '곡주사종(曲主詞從)'이라는 생각이 보편적이었다. 그렇다고 하여 '곡주사종'이 곡조와 가사 사이의 본질적인 경중을 반영한 것은 아니다. 노래에서 곡조와 가사가 각기 독자적으로 존재할 수는 없으며, 반드시 서로 어울려야만 노래로 성립하기 때문이다. 다만 곡조가 고정적인 데 비해 가사는 유동적이어서, 곡조에 보다 비중을 두었다는 뜻이다. 지금도 그렇듯이 하나의 곡조에 여러 가사가 넘나들며 노래되었던

---

6) 조규익, 『가곡창사의 국문학적 본질』, 집문당, 1994, 16·20~21·39쪽.

7) '가시'라는 용어를 사용한 예로 자산 안확의 「조선가시의 묘맥」(『별건곤』 4~7, 1929.12), 「조선가시의 조리」(『동아일보』1930.9.3~9.21), 「가시와 민족성」(『동아일보』, 1930.10.1~10.2)」, 「조선가시의 연구」(『조선』 161, 1931.3), 「고려시대의 가시」(『조선』 163, 1931.5)가 있다(권오성·이태진·최원식 편, 『자산 안확 국학논저집』 4, 여강출판사, 1994, 목차 Ⅲ쪽 참고).

8) 그런데 시가라는 말은 일본에서 "明治維新 以後에 日本의 律文을 通稱하는 用語으로 定着된 것"이고, 가시 역시 "祖先들이 우리의 固有詩를 일컫는 말이었으나 이것이 漢詩인 「詩」와는 格下된 事大的 自貶語"이므로 적절치 않다는 비판이 있다(홍재휴, 「가사문학연구사·론고」, 『모산학보』 제4·5집, 모산학술연구소, 1993, 101·118쪽). 시가가 일본에서 먼저 학술용어로 정착하였고, 가시는 과거 한시에 비해 우리말 노래를 격하하여 부른 말이었다는 것이다.

많은 예들이 가사가 지닌 유동성을 잘 말해 준다. 이러한 유동성이 곧 시가에서 기존 작품의 변용과 새로운 작품 창작을 활발하게 하는 활력소가 되었음은 물론이다.

2. 한국시가와 시조 · 가사

한국고전문학의 국문시가는 고대시가, 향가, 고려속요, 경기체가, 악장, 시조, 가사 등으로 구분된다. 이 중 고대시가는 여기에 속한 작품들의 장르적 성격보다는, 그것들이 존재하였던 특정한 시대를 염두에 둔 분류이다. 이밖에도 국문시가와 가까운 장르로 한시와 민요가 있다. 그런데 한시는 이미 앞에서 논의한 바와 같이 국문문학이 아닌 한문문학이고, 민요는 기록문학이 아닌 구비문학에 속한다. 또 이 둘은 역사적 장르로서 특정한 시대적 변화에 반응하여 등장하고 성행하다 퇴조하는 과정이 국문시가처럼 선명하지 않고, 근대에 이르기까지 꾸준히 지속되어 왔다. 따라서 여기서 한시와 민요를 제외하고, 한국시가가 고대시가에서 출발하여 어떤 흐름을 거쳐 시조와 가사에 이르렀는지 먼저 그 장르적 변전을 살펴보기로 한다.

2.1. 고대시가

한국시가의 발생은 멀리 선사시대부터 이야기할 수 있다. 원시생활을 하던 아주 먼 옛날에는 노래가 원시종합예술로 존재하였다. 이 시기를 우리는 흔히 석기시대라 부르는데, 생활 형태는 구석기시대에서 신석기시대로 넘어오면서 점차 수렵에서 농경으로 변화하였다. 따라서 원시민요는 처음에 짐승의 소리나 사냥하는 모습을 흉내 내어 춤과 함께 노래되었고, 이어 농업노동요가 형성되었을 것이다. 또 무격이 활동하면서는 무가의 출현도 이루어졌을 것이다.

그러다가 농경 중심의 청동기시대를 거치며 부족국가의 발전이 이루어졌다. 이때 수반된 예술 활동상의 가장 큰 특징은 흔히 제천의식 또는 국중대회라 부르는 행사가 거행되었다는 점이다. 부여의 영고(迎鼓), 고구려의 동맹(東盟), 예의 무천(舞天), 마한의 농공시필기행사 등이 그것이다. 무격이 주도하였을 이 행사들은 말 그대로 하늘과 건국시조에 제사지내며 나라의 안녕과 화합을 기원하였는데, 그것을 집단가무의 형태로 표현하였다. 그래서 이 시대에는 집단적 소망이나 무속적 세계관을 담은 주술가요에 이어, 개인적 정서를 노래한 서정가요가 출현하였다. 그런 작품으로 <구지가(龜旨歌)>, <공무도하가(公無渡河歌)>, <황조가(黃鳥歌)>의 세 편이 현재 배경설화와 함께 한역되어 전하고 있다.

<구지가>는 가야국 김수로왕의 탄생설화와 함께 『삼국유사(三國遺事)』 '가락국기'에 전하는데, 집단가무의 형태를 가진 주술성이 강한 노래이다. 이에 비해 백수광부의 죽음을 보고 그의 아내가 불렀다는 <공무도하가>에는 약화된 주술의 흔적과 함께 비극적인 인간의 한계가 잘 나타나 있다. 고조선의 노래로서, 후한 말 채옹(蔡邕)의 『금조(琴操)』에 처음으로 수록되었다. 또 고구려 유리왕이 지었다는 <황조가>는 남녀 사이의 사랑과 고독을 노래한 서정성이 두드러진 노래이다. 『삼국사기(三國史記)』 고구려본기 '유리왕'조에 실려 있다.

이후 한국시가의 발전은 고구려·백제·신라 삼국의 체재와 함께 예악이 정비되면서 본격적으로 이루어졌다. 신라의 제3대 유리왕 때의 <도솔

가(兜率歌)>와 <회소곡(會蘇曲)>은 그런 단초를 보여주는 대표적인 작품이다. 하지만 두 노래 모두 현재 가사는 전해지지 않는다. 이밖에도 삼국에는 일군의 가사 부전 노래들이 있다. 그 중 신라의 <동경(東京)Ⅰ·Ⅱ>·<목주(木州)>·<여나산(余那山)>·<장한성(長漢城)>·<이견대(利見臺)>, 백제의 <선운산(禪雲山)>·<무등산(無等山)>·<방등산(方等山)>·<정읍(井邑)>·<지리산(智異山)>, 고구려의 <내원성(來遠城)>·<연양(延陽)>·<명주(溟州)>의 이름과 유래가 『고려사』 악지 '삼국속악'조에 수록되어있다. 이 중 백제의 <정읍>만이 고려속요로 전승되어 그 가사가 오늘에이른다.

2.2. 향가

향가는 삼국의 체재와 예악이 정비되면서 신라에서 형성되어 고려전기까지 지속된, 일정한 형식을 갖춘 한국말 노래이다. 때문에 당시의 구어인 한국말을 그대로 적을 수 있었던 문자인 향찰로 표기되어야 후대에전해질 수 있었다. 그렇게 하여 현재까지 전해지는 작품은 모두 27수이다. 『화랑세기(花郎世紀)』에 1수, 『삼국유사』에 14수, 『균여전(均如傳)』에 11수, 『장절공유사(壯節公遺事)』에 1수가 수록되어 있다. 이 중 『화랑세기』에수록된 <풍랑가(風浪歌)>는 현대에 와서야 발견되었는데, 이후 한동안 전개된 진위 논란에서 아직 자유롭지는 못한 작품이다.[9]

---

9) 『화랑세기』는 신라 성덕왕 때 한산주 도독이었던 김대문이 화랑의 계보를 엮어 만든 책이다. 하지만 『삼국사기』에 그런 사실이 언급된 이후 행방을 감추었다가, 1989년에야 그 사본이 공개되어 학계에 알려졌다. 그런데 공개된 사본이 원본과 거리가 먼, 일제강점기에 이루어진 필사본이어서 한동안 진위에 대한 논란이 있었다. 이후 진위 문제를 해소시켜줄 새로운 입증 자료를 확보하지 못해 현재는 논란이 가라앉아 있는데,

현전하는 작품 27수 외에도 향가로 거론할 수 있는 노래는 많다. 특히 신라 유리왕 때의 <도솔가(兜率歌)>를 비롯하여 원성왕 때의 <신공사뇌가 (身空詞腦歌)>, 고려 현종 때의 <향풍체가(鄕風體歌)>와 <경찬시뇌가(慶讚詩腦 歌)>가 주목된다. 하지만 이런 작품들은 가사가 전하지 않기에 일단 접어 두고, 위의 27수를 창작된 순서에 따라 정리하면 다음과 같다.

번호	작품 제목	작자	창작 시기	형식	내용
1	풍랑가	미실	진흥왕(540~576)	8구체	서정
2	서동요	서동	진평왕(579~632)	4구체	주술
3	혜성가	융천	진평왕(579~632)	10구체	주술
4	풍요	민중	선덕여왕(632~647)	4구체	불교
5	원왕생가	광덕	문무왕(661~681)	10구체	불교
6	모죽지랑가	득오	효소왕(692~702)	8구체	서정
7	헌화가	노인	성덕왕(702~737)	4구체	서정
8	원가	신충	효성왕(737~742)	10구체	주술
9	도솔가	월명	경덕왕 19년(760)	4구체	주술
10	제망매가	월명	경덕왕(742~765)	10구체	서정
11	안민가	충담	경덕왕(742~765)	10구체	유가
12	찬기파랑가	충담	경덕왕(742~765)	10구체	서정
13	도천수대비가	희명	경덕왕(742~765)	10구체	불교
14	우적가	영재	원성왕(785~798)	10구체	불교
15	처용가	처용	헌강왕(875~886)	8구체	주술
16	보현십원가 11수	균여	광종(949~975)	10구체	불교
17	도이장가	예종	예종 15년(1120)	8구체	유가

위 표의 ①이 『화랑세기』, ②부터 ⑮까지가 『삼국유사』, ⑯이 『균여전』, ⑰이 『장절공유사』에 전하는 작품이다. 또 ①부터 ⑮까지가 신라, ⑯과

시간이 지나면서 점차 각종 논의에서 이 책의 활용도가 높아지고 있다.

⑰이 고려에서 만들어진 노래이다. 그런데 신라가 삼국을 통일한 것이 문무왕 때의 일이니, 신라의 노래 중에서도 ⑤에서 ⑮까지가 통일신라 때의 것이다. 이를 통해 향가가 비록 신라 초에 형성되었다고 할지라도, 그 전성기는 삼국통일 이후 특히 8세기였음을 알 수 있다.

작자로는 남녀노소가 폭넓게 참여하였으나, 특히 불교의 승려와 화랑의 활동이 주목된다. 그런데『삼국유사』소재 작품의 경우 배경설화를 허구적인 것으로 보는 입장에서 그 작자를 모두 실존인물이 아닌 가공인물로 보기도 하며, 실존인물로 보더라도 <서동요(薯童謠)>・<헌화가(獻花歌)>・<처용가(處容歌)>・<원왕생가(願往生歌)>・<도천수대비가(禱千手大悲歌)>의 작자 추정에 다양한 이견이 있다.

신라와 고려에서는 무속과 더불어 불교가 지배적인 영향력을 행사하였다. 따라서 향가에는 당연히 불교와 함께 주술적인 내용이 많다. 이밖에 서정성이 짙은 <풍랑가>・<헌화가>・<모죽지랑가(慕竹旨郎歌)>・<제망매가(祭亡妹歌)>・<찬기파랑가(讚耆婆郎歌)>는 사랑과 죽음을 중심 주제로 노래하였다. 또 <안민가(安民歌)>와 <도이장가(悼二將歌)>는 국가 통치와 관련된 유가적 이념을 내용으로 하였다.

형식에 대해서는 일부 다른 입론이 있기는 하나, 전통적인 구체론이 가장 일반적이다. 구체론은 향가가 초기의 4구체에서, 8구체를 거쳐, 10구체에 와서 완성된다는 생각을 바탕으로 성립한다. 하지만 현전하는 작품을 놓고 보면, 위 표에서 보는 바와 같이 그러한 과정이 잘 입증되지는 않는다. 그런데 완성형이라는 10구체 향가는 크게 3단으로 의미가 전개되고, 제3단 첫머리에는 항상 감탄사가 놓인다는 주목할 만한 정형성이 있다. 이런 모습은 다음 시대의 장르에도 이어져 한국시가의 전형적인 한 특성으로 자리매김 된다. 이렇듯 향가는 한국시가에서 처음으로 영향력 있는 정형성을 갖추고 등장한 장르였다는 점에서 무엇보다 그 역사적 의

의가 크다.

2.3. 고려속요[10]

고려속요는 고려시대에 노래되었던 속요, 즉 구어로 된 민간의 노래를 말한다. 하지만 오랜 세월을 거치면서 민간에서 노래되었던 순수한 속요는 사라지고 지금은 남아있지 않다. 현재 그 가사가 전하는 작품은 대부분 민간에서 발생하여 궁중에 유입되었다가, 한글 창제 이후 문자로 기록되어 살아남은 것들이다. 그래서 고려속요라 하면 보통 민요적 성격을 가진 고려의 구어체 노래로서, 특히 고려후기에 궁중으로 유입되어 조선초까지 연행된 속악의 가사를 일컫는다. 본격적인 유입 시기는 궁중의 유흥음악으로 속악이 크게 성행했던 원나라 지배기였을 것으로 추정된다.

현재 각종 경로를 통해 전해지는, 고려속요로 보이는 작품은 대략 80편 가량이다. 그런데 여기에는 가사가 한글로 기록되어 전하는 것, 가사가 한역되어 전하는 것, 가사 없이 제목이나 유래만 전하는 것이 망라되어 있다. 이 중 가사가 한글로 기록되어 전하는 작품은 모두 다음의 14편이다. 흔히 고려속요의 3대 소전문헌이라고 하는 『악학궤범(樂學軌範)』, 『악장가사(樂章歌詞)』, 『시용향악보(時用鄕樂譜)』에 기록되어 있다.

---

10) 이하 고려속요, 경기체가, 악장에 대해서는 황현옥 외 『한국문학사』(문예원, 2017)에서 필자가 집필한 관련 내용을 발췌 요약하였다.

번호	작품 제목	수록 문헌	내용	형태
1	가시리	악장가사, 시용향악보	남녀의 사랑	연장체(4)
2	동동	악학궤범	남녀의 사랑	연장체(13)
3	만전춘별사	악장가사	남녀의 사랑	연장체(6)
4	사모곡	악장가사, 시용향악보	충효의 윤리	단련체
5	상저가	시용향악보	충효의 윤리	1연만 현존
6	서경별곡	악장가사, 시용향악보	남녀의 사랑	연장체(14)
7	쌍화점	악장가사	남녀의 사랑	연장체(4)
8	유구곡	시용향악보	충효의 윤리	1연만 현존
9	이상곡	악장가사	남녀의 사랑	단련체
10	정과정	악학궤범	충효의 윤리	단련체
11	정석가	악장가사, 시용향악보	남녀의 사랑	연장체(11)
12	정읍사	악학궤범	남녀의 사랑	단련체
13	처용가	악학궤범, 악장가사	주술적 축원	단련체
14	청산별곡	악장가사, 시용향악보	현실의 도피	연장체(8)

고려속요는 대부분 민요로 비롯되었기에 누가 언제 만들었는지는 잘 알 수가 없다. 다만 <정과정(鄭瓜亭)>만이 고려 의종 때 정서가 지은 노래로 분명히 알려져 있다. 또 <유구곡(維鳩曲)>은 예종의 <벌곡조(伐谷鳥)>와 같은 노래일 것으로, <쌍화점(雙花店)>은 충렬왕 때 만들어졌을 것으로 추정된다. 이밖에 다른 노래는 모두 민요로 생성되었을 것이다. <정읍사(井邑詞)>는 백제에서, <처용가>는 신라에서 그 연원을 찾을 수 있다. <사모곡(思母曲)>, <이상곡(履霜曲)>, <정과정>의 말미에는 공히 '아소 님하'라는 여음이 사용되고 있어, 그것이 바로 10구체 향가의 잔영임을 알 수 있다.

내용은 위 표에서 보다시피 <가시리>나 <정읍사> 같은 '남녀의 사랑'이 가장 일반적이고, 다음이 <정과정>과 <사모곡>같은 '충효의 윤리'이다. 잡귀를 쫓는 나례의식의 '주술적 축원'이나, 어지러운 세태를 반영하여 '현실의 도피'를 노래한 작품도 있다. 남녀의 사랑이 속요가 궁중에 유입되면서 유흥음악으로서의 기능성을 고려하여 선택된 주제라면, 충효의 윤리는 궁중 연행이라는 장소성을 의식하여 선택된 주제이다. 그런 한편 민간의 노래로서 고려속요 역시 가장 보편적인 문학의 주제인 남녀의 사랑을 즐겨 노래하였음을 알 수 있다.

고려속요는 외적 형태에 있어서 향가와 같은 일정한 형식을 갖고 있지는 않다. 길이나 연의 구성도 제각각이어서 단련체로 된 것도 있고, 연장체로 된 것도 있다. 연장체 작품의 각 연 말미에는 대개 조흥을 위한, 일정한 모습의 후렴구가 반복된다. 문학사적으로는 초기의 단련체 위주에서 점차 연장체로 영역을 확장시키며 발전해간 것으로 이해된다.

이후 조선시대에 들어 남녀의 사랑, 즉 '남녀상열지사'를 주로 노래한 고려속요는 그 내용이 음란하고 속되다 하여 배척되기 시작하였다. 그 결과 점차 연행의 기회가 줄어들면서 대부분의 작품이 사라지고 말았다. 하지만 고려속요는 다소 거칠지만, 수백 년 전 고려인들이 살았던 모습을 적나라하게 보여준다는 점에서 그 가치가 높다.

2.4. 경기체가

경기체가는 '景 긔 엇더ᄒ니잇고[景幾何如]'라는 공통의 반복구와 함께 일정한 정형성을 갖추고, 이를 바탕으로 과시나 찬양의 내용을 실현시킨 시가문학이다. 고려후기인 13세기에 비롯되어 조선시대까지 지속되었다. 작품 활동이 가장 활발했던 시기는 조선초부터 중기까지였다.

경기체가의 첫 작품은 고려 고종 때의 <한림별곡(翰林別曲)>이다. 이어 14세기 초를 지나 안축의 <관동별곡(關東別曲)>과 <죽계별곡(竹溪別曲)>이

나왔다. 그리고는 또 한동안의 휴지기를 거쳐 조선의 개국과 더불어 많은
작품이 나왔다. 조선왕조의 기틀을 다지면서 진행된 악장의 정비에 과시
나 찬양의 성격을 지닌 경기체가 양식이 부응한 결과였다. 이런 추세가
점차 확산되면서 궁중의 노래가 아닌, 불가의 노래와 사대부의 노래로도
경기체가가 창작되었다.

다음은 현전하는 경기체가 27편을 창작 시기를 좇아 정리한 것이다.
①·②·③이 고려후기, 그리고 ㉗이 조선후기에 이루어졌다. 나머지 24
편은 모두 조선전기의 소산이다.

번호	작품 제목	작자	창작 시기	기능
1	한림별곡	한림제유	고종 때	궁중의 노래
2	관동별곡	안축	충숙왕 때	사대부의 노래
3	죽계별곡	안축	충숙·충목왕 때	사대부의 노래
4	상대별곡	권근	태조·태종 때	궁중의 노래
5	구월산별곡	유영	세종 5년(1423)	사대부의 노래
6	화산별곡	변계량	세종 7년(1425)	궁중의 노래
7	가성덕	예조	세종 11년(1429)	궁중의 노래
8	축성수	예조	세종 11년(1429)	궁중의 노래
9	연형제곡	미상	세종 14년(1432)	궁중의 노래
10	오륜가	미상	세종 때	궁중의 노래
11	미타찬	기화	세종 때	불가의 노래
12	미타경찬	기화	세종 때	불가의 노래
13	안양찬	기화	세종 때	불가의 노래
14	서방가	의상	세종 때	불가의 노래
15	기우목동가	지은	세조 때	불가의 노래
16	불우헌곡	정극인	성종 3년(1472)	사대부의 노래
17	금성별곡	박성건	성종 11년(1480)	사대부의 노래
18	배천곡	미상	성종 23년(1492)	궁중의 노래
19	화전별곡	김구	중종 때	사대부의 노래

번호	작품 제목	작자	창작 시기	기능
20	구령별곡	이복로	중종 때	사대부의 노래
21	화산별곡	이복로	중종 때	사대부의 노래
22	도동곡	주세붕	중종 때	사대부의 노래
23	엄연곡	주세붕	중종 때	사대부의 노래
24	육현가	주세붕	중종 때	사대부의 노래
25	태평곡	주세붕	중종 때	사대부의 노래
26	독락팔곡	권호문	명종·선조 때	사대부의 노래
27	충효가	민규	철종 11년(1860)	사대부의 노래

　　궁중의 노래인 경기체가는 고려후기의 속악이나 조선초의 악장으로 사용되었다. <한림별곡>이 고려후기의 속악으로 비롯되었고, 나머지는 모두 조선초의 악장으로 만들어졌다. 내용은 대개 새 나라인 조선의 면모를 찬양하며 영원을 기원하거나, 임금과 왕실의 덕을 기리며 장수를 축원하였다. 불가의 노래로서는 불법을 찬양하거나 설파하였는데, 작자는 모두 불교의 승려이다. 때로 불교의 제식에서 가창되었을 것으로 보인다. 또 사대부의 노래로서는 사대부 자신의 씨족이나 향촌 및 향촌생활을 과시하거나, 아름다운 경치 또는 유가의 도를 찬양하였다. 역시 때로 사대부의 잔치나 유교의 제향에서 가창되었을 것이다.

　　사대부의 노래로서 경기체가에 대한 평가에는 긍정과 부정의 상반된 두 입장이 있다. 하나는 역사의 주역으로 새롭게 등장한 신흥사대부들의 자신만만한 태도를 잘 드러내었다는 것이요, 또 하나는 상층 계급의 호화롭고 향락적인 생활을 퇴폐적으로 노래하였다는 것이다. 조선시대를 거치면서 후자의 부정적인 측면이 강조되다가, 현대에 와서는 전자처럼 긍정적으로 이해하려는 태도가 주류를 이룬다.

　　경기체가에도 일정한 정형성이 있다. 모든 작품은 연장체로 이루어지며, 각 장은 보통 6행으로 구성된다. 또 각 장은 전대절과 후소절로 나누어지는데, 전대절과 후소절의 끝에는 언제나 '위 ○○景 긔 엇더ᄒ니잇고'와 같은 감탄사를 앞세운 반복구가 사용된다. 이 반복구를 통해 그 앞에서 나열한 사물이나 경치에 대한 생각을 압축하여 전달한다.

그런데 경기체가의 각 장이 전대절과 후소절로 나누어지고, 반복구 앞에 감탄사가 놓이는 현상은 앞선 향가에서도 유사하게 나타난다. 전대절과 후소절에 대응하는 것이 바로 10구체 향가의 제1·2단과 제3단이고, 반복구 앞의 감탄사에 대응하는 것이 향가의 제3단 첫머리 감탄사이다. 이를 근거로 경기체가의 형태적 연원을 향가에서 찾는 견해도 있다. 여기서 이런 현상이 한국시가의 전형적인 한 특성임을 다시 지적할 수 있다. 다음 시대의 시조에서도 역시 이에 대응하는 유사한 모습을 찾을 수 있다. 시조의 초·중장과 종장 및 종장 제1음보의 조사법이 그렇다.

2.5. 악장

악장이란 넓은 뜻으로 궁중의 각종 의식이나 잔치, 즉 제향이나 연향에 쓰이는 음악을 말한다. 이런 음악은 멀리 삼국시대부터 고려를 거쳐 조선에까지 이어져 왔다. 하지만 여기서 말하고자 하는 악장은 이 중에서도 특히 조선의 건국 후 예악정비 과정에서 새로 만들어진 노래의 가사를 지칭한다. 그 모습을 제대로 알 수 없는 이전 시대의 악장에 비해, 조선의 그것은 많은 노래가 한꺼번에 새로 만들어져 특수한 성격을 띠기 때문이다. 특히 내용에 있어서 새 나라 건국의 당위성을 강조하고, 그것을 찬양하거나 왕실의 안녕을 기원하는 송도적 성격이 두드러진다.

악장은 사용하고 있는 언어 형식에 따라 기본적으로 한문악장, 현토악

장, 국문악장으로 구분된다. 여기서 보다 주목되는 것이 국문악장인데, 국
문악장은 다시 다음 셋으로 나누어진다. 고려속요의 형식을 차용한 것,
경기체가의 형식을 차용한 것, 새로운 시형으로 창작된 것이 그것이다.
정도전의 <신도가(新都歌)>와 작자 미상의 <감군은(感君恩)>이 고려속요의
형식을 차용한 예라면, 권근의 <상대별곡(霜臺別曲)>과 변계량의 <화산별
곡(華山別曲)>은 경기체가 형식을 차용한 예이다. 또 <용비어천가(龍飛御天
歌)>와 <월인천강지곡(月印千江之曲)>은 새로운 시형으로 창작되었는데, 그
형식은 장편의 연장체라는 데에 특징이 있다. <용비어천가>가 전체 125
장이고, <월인천강지곡>은 무려 500장이 넘는다.

그리고 보면 악장은 기존 장르에서 한시 · 고려속요 · 경기체가의 형식
을 두루 차용하다가, 새로운 시형으로 장편연장체를 실험하였다.11) 그런
점에서 장편연장체인 <용비어천가>와 <월인천강지곡>은 기존의 다른
어느 시가 장르에도 속하지 않는 순수한 악장이라 할 수 있다. 그리고 실
제로 이 두 작품에서 악장문학의 진수를 보게 된다. 때문에 장편연장체라
는 새로운 시형으로 창작된 <용비어천가>와 <월인천강지곡>을 흔히 정
형악장이라 하고, 나머지를 부정형악장이라 일컫는다.

악장은 조선초의 예악정비 과정을 거치며 작품 창작이 크게 이루어졌
다. 그리고 조선중기 이후에는 주목할 만한 새로운 작품이 나타나지 않았
다. 일단 예악의 체재가 정비되고 나자 더 이상 새로운 작품 창작이 요구
되지 않았던 것이다. 악장은 나라의 공적인 요구에 의해 조선 건국 후 집
중적으로 제작된 송축가였다는 점에서, 여타 시가들과는 다른 문학사적
의미가 있다.

---

11) 이렇듯 기존 시가 형식을 두루 차용하였기에, 악장은 독자적인 시가 장르로서 응집력
이 약하다. 때문에 악장을 시가 장르가 아닌 특수한 현상으로 보려는 견해도 있다.

　지금까지 고대시가, 향가, 고려속요, 경기체가, 악장에 대해 간략히 조감하였다. 시조와 가사는 이 장르들의 뒤를 이어 조선시대에 크게 성행하였다. 하지만 그 발생이 이미 고려후기에 이루어졌다는 점에서, 악장은 그 선행 장르와는 거리가 있다. 고대시가·향가·고려속요의 서정성에서 시조와의 친연성을 찾는다면, 경기체가와 악장의 교술성에서는 가사와의 친연성이 찾아진다. 하지만 그런 관계 역시 도식적으로 성립되는 것은 아니어서, 경기체가의 형식에서도 시조와의 유사성이 발견된다.

　한국시가의 대표적인 율격은 1구 2음보, 또는 1행 2구 4음보의 음보율이다. 그런데 이런 율격이 규칙적으로 실현된 것은 시조와 가사에 와서의 일이었다. 시조와 가사 이전의 장르에서는 아직 이런 율격이 지배적이지 않았다. 나름대로 정형성을 갖춘 향가에서도 각 구의 운용은 일정하지 않았다. 여기에서 향가의 전통적 형식론인 구체론의 한계가 비롯된다.

　한국의 국문시가는 민요 및 한시와도 밀접하게 교섭하였다. 고대시가는 말할 것도 없이 대부분이 민요 그 자체였으며, 일부만이 의식적인 창작물이었다. 초기 향가의 짧은 노래들에도 민요적 성격이 두드러지며, 고려속요 역시 많은 작품이 민요에서 비롯되었다. 이에 비해 한문학이 보편화된 이후 성립된 경기체가와 악장에는 한시를 의식한 모습이 두드러진다. 경기체가는 문면의 기술을 한문 투에 크게 의존하였으며, 악장 가운데 한문악장과 현토악장은 주로 한시의 형식을 차용하였다. 시조와 가사역시 마찬가지였으니, 민요와 한시는 물론 여타의 시가 장르들과 교섭하며 발전하였다.

제2부
시조문학의 이해

1. 개념과 명칭

1.1. 개념

시조는 고려후기에 발생하여 현재까지 이어진, 한국 고유의 대표적인 정형시가이다. 그 형식은 흔히 3장6구라는 말로 요약된다.[1] 즉, 시조는 외형상 3장6구, 12음보, 총 45자 내외의 율격을 가진 정형시라고 할 수 있다. 현대시의 형식적 관점에서 보면 3장은 곧 3행으로, 1연을 구성하게 된다. 또한 각 장은 기본적으로 4음보를 유지하고 있으며, 각 음보는 3~4음절이 주를 이룬다. 그러나 3장(종장)의 첫 음보만큼은 3음절이어야 하며, 다음 두 번째 음보는 5음절 혹은 그 이상이어야 한다는 음절수의 제한이 있다.

때로 시조는 가곡창과 시조창의 노랫말을 지칭하기도 하였다. 음악적 측면에서 시조는 옛 곡조[고조(古調)]에 대한 새로운 곡조[신조(新調)]라는 의미를 가지고 있다가, 후에 가곡창에서 파생된 시조창을 지칭하는 개념으로 변화하였다. 가곡창을 염두에 두었을 때는 5행으로, 시조창을 염두에

---

1) 황현옥 외, 『한국문학사』, 문예원, 2017, 95쪽.

두었을 때는 3행으로 나열하는 것이 일반적이었다.

1.2. 명칭

시조는 고려후기 이미 그 문학적 형태를 완비해가고 있었다. 그러나 그 것을 지칭하는 명칭은 시대나 사람에 따라 다르게 사용되었다. 먼저 '단 가(短歌)'는 시조를 지칭하는 가장 대표적인 명칭이었다. 이는 말 그대로 '짧은 노래'라는 의미로, 조선시대 시가의 쌍벽을 이루었던 가사(歌辭)를 장가(長歌)라고 불렀던 것에 대한 상대적 개념에서의 명칭이라고 할 수 있 다. 아래는 단가와 장가라는 명칭이 사용된 용례이다.

> ① (기존 어부가) 12장에서 3장을 제거하고 9장으로 장가를 지어 읊을 수 있게 하고, (다른 어부가)10장을 축약하여 단가 5결로 짓고 엽을 만들어 부르게 하다.[2]

> ② 단가 16장은 선조대 재상인 정철이 강원감사로 있을 때 지은 것이다.[3]

> ③ (무명씨 작품 등과 함께) 자작한 장단가 149장을 일일이 수집하여, 오 류를 바로잡고 깨끗이 손질하여 1권의 책을 만들어 『해동가요』라 이름 한다.[4]

---

[2] 十二章 去三爲九作長歌而詠言 十篇十章約作短歌五闋 爲葉而唱之(이현보, 『농암집』, <어 부가> 발문).

[3] 短歌十六章 卽宣祖朝相臣 鄭澈爲江原監司時 所作者也(정철, <훈민가> 허두).

[4] 及自製長短歌一百四十九章 ──蒐輯 正訛繕寫 厘爲一卷 名之曰海東歌謠(김수장, 『해동가 요』 서문).

시조는 '가사(歌辭 혹은 歌詞)'라고 불리기도 하였다. 이는 말 그대로 '노랫말'을 의미하는데, 당시 작품이 실린 문헌에 '구'의 구별이 없이 '줄글'로 쓰였던 까닭에서 비롯된 명칭이라고 할 수 있다. 고산 윤선도가 남긴 문집인 『고산유고』의 부록편 <가사(歌詞)>란에 그의 시조가 모두 실려 있다는 사실에서 그 용례를 살필 수 있다.

다음으로 '가곡(歌曲)'을 들 수 있다. 시조보다는 역사적으로 더 오랜 기간 동안 사용되었던 명칭이라고 할 수 있다. 시조창이 생기기 이전에는 시조 작품을 가곡창으로 불렀다. 즉 가곡창을 쉽게 변화시켜 어디서나 누구나 부를 수 있게 만든 것이 시조창인 것이다. 박효관·안민영이 편찬한 『가곡원류(歌曲源流)』와 같은 가집의 제목에서 이런 사례를 확인할 수 있다.

'가요(歌謠)'는 일반이 부르는 노래라는 뜻으로 쓰인 명칭이다. 김수장이 편찬한 『해동가요(海東歌謠)』에서 그 용례를 살필 수 있다. '악장(樂章)'이라 한 것은 궁중의 음악이라는 본래의 뜻과는 달리 가악본(歌樂本)이라는 뜻으로 쓰인 것이다.

'풍아(風雅)'라는 명칭은 『시경(詩經)』에 나오는 풍(風)·아(雅)·송(頌)의 세 부분 중 특히 풍과 아에 속한다는 뜻에서 사용되었다.[5] '영언(永言)'은 유학자들이 노래를 점잖은 언어로 표현하고자 사용한 명칭이다. 『서경(書經)』에 '시언지(詩言志) 가영언(歌永言)' 즉, '시란 내 마음 속의 뜻을 나타낸 것이요, 노래란 말을 길게 늘어뜨린 것'이라는 구절에서 차용한 명칭이라고 할 수 있다. 김천택의 가집인 『청구영언(靑丘永言)』에서 그 용례를 살필 수 있다.

'시조(時調)'는 새로운 노래라는 뜻으로, 18세기 이후 지금까지 쓰이는

---

5) 이태극, 「시조 명칭의 재고」, 『한국문화학연구원 논총』 제13집, 이화여대 한국문화연구원, 1969, 13-14쪽 참조

명칭이다. 시조나 가곡이 음악적 분류에서 나온 명칭이라는 전제 아래, 딱딱한 가곡창보다는 시조창이 널리 불리는 상황에서 정립된 명칭이라고 할 수 있다. 그러나 오늘에 와서 '시조'라는 명칭은 다만 가곡적 측면에서만 쓰이지는 않는다. 시조를 이루고 있는 노랫말의 내용적 측면으로도 비중이 크기에 음악적인 면과 문학적인 면에서의 가치를 동시에 아우르는 명칭이라고 할 수 있을 것이다.

시조라는 명칭을 확인할 수 있는 대표적인 문헌으로 신광수(申光洙, 1712-1775)의 『석북집』을 들 수 있다. 이 책에는 1760년대 초반 그가 관서 지방을 유람하면서 지은 <관서악부>가 실려 있는데, 이 작품의 제15장에 시조라는 명칭이 나타난다.

初唱聞皆說太眞　　　첫 곡을 듣고는 모두가 태진을 말하는데
至今如恨馬嵬塵　　　지금도 마외의 티끌을 한스러워 하는 듯.
一般時調排長短　　　일반 시조에 장단을 배열한 이는
來自長安李世春　　　장안에서 온 이세춘부터라네.

일화에 의하면 태진(太眞)은 양귀비의 이름이자 이 노래를 직접 부른 기생의 이름이기도 하였다.6) 그리고 이 내용과 비슷한 노래가 비교적 비슷한 시기에 편찬된 『악학습령』에도 다음과 같이 실려 있다.

一笑 百媚生이 太眞의 麗質이라

---

6) 『석북집』의 一寫本 주석에 '說太眞'과 관련하여 다음과 같은 내용이 실려 있다. "盖關西妓流 當筵輒先唱此曲 曲曰 一笑百媚生 太眞麗質 明皇所以行蜀 可憐馬嵬坡下馬前死 千古女娘悲 李世春 京城人也(대개 관서의 기생들은 잔치가 있을 때마다 번번이 이 곡을 먼저 부른다. 곡은 다음과 같다. 한 번 웃음에 백 가지 교태가 일어나는 것이 태진의 아름다움이로다. 명황도 그런 까닭에 행촉하였나니, 가련토다 마외의 언덕 아래 말 앞의 죽음이여 천고의 기생은 슬퍼하노라. 이세춘은 경성인이다.)." 이에 관한 원문 내용은 서원섭, 『시조문학연구』, 형설출판사, 1979, 34-35쪽 참조.

明皇도 이러무로 萬里行蜀 ᄒ시도다
馬嵬에 馬前死ᄒ니 그를 슬허 ᄒ노라 (『악학습령』, 782)[7]

이런 사실로 보아 우리는 몇 가지 사실을 추측해 볼 수 있다. 먼저 이
시대에 이미 전시대의 노래와는 다른 방식의 노래가 불리고 있었다는 사
실과 당시에는 이런 노래들을 모두 시조라고 칭했다는 사실이다. 이는 다
음 항에서 설명할 『악학습령』의 서술에서도 분명히 드러난다. 특히 이 시
구에서 '일반시조'는 당대 널리 향유되던 가곡창을 의미하는 것으로 보이
며, 여기에 이세춘이 또 다른 '장단'을 배열한 것이 가곡창의 한 변주로서
의 시조창일 수도 있을 것이다.

시조라는 명칭은 『악학습령』에서도 확인할 수 있다. 이 책은 한때 『병
와가곡집(瓶窩歌曲集)』이라고 불리기도 하였는데, 병와(瓶窩) 이형상(李衡祥,
1653-1733)의 후손이 소장하고 있던 『병와선생문집』 등과 함께 발견되었
다고 한다. 사실 발견 당시 이 책의 앞장이 찢겨져 있어 제목을 알 수 없
기에, 이형상의 호를 따라 임의로 『병와가곡집』이라 하였다. 이후 이형상
친필의 <자저목록(自著目錄)>에서 '악학습령'이라는 책명이 발견되었고, 또
한 그 책의 첫머리에 '악학습령'이라는 문구가 발견됨으로써 이후 『악학
습령』으로 통칭되고 있다. 여기에 다음과 같은 구절이 있다.

> 본조 양덕수가 거문고악보를 지었는데 양금신보라 칭하고 고조라고 이르며,
> 본조 김성기가 거문고악보를 지었는데 어은유보라 칭하고 시조라고 이른다.
> 고려시대 정과정서보가 어은유보와 같다.[8]

---

7) 이후 이 책에서 작품을 인용할 때는 '樂學'이라 칭하며, 함께 쓰인 숫자는 가번을 의미한다.

8) 本朝梁德壽作琴譜稱梁琴新譜 謂之古調 本朝金成器作琴譜稱漁隱遺譜 謂之時調 麗朝鄭瓜亭
叙譜與漁隱遺譜同(이형상, <음절도>, 『악학습령』, 김동준 편저, 동국대학교 한문학연구
소, 1978).

17세기 말부터 18세기 전문 가객층이 형성된 이후 양덕수와 김성기는 모두 명금(名琴)이었다고 한다. 그리고 이들이 편찬한 『양금신보』와 『어은유보』는 모두 거문고 악보집으로서 시조 관련 악곡을 비중 있게 다루고 있다. 차이가 있다면 『양금신보』에 실린 악곡의 곡조는 주로 중대엽(中大葉)이었고, 『어은유보』에 실린 악곡의 곡조는 주로 삭대엽(數大葉)이었다는 점이다. 이를 토대로 『양금신보』를 지칭하는 '옛곡조[古調]'는 중대엽을 의미하며, 『어은유보』를 지칭하는 '새곡조[時調]'는 삭대엽을 의미한다는 사실을 알 수 있다.

여기에서 잠깐 당대 가곡창의 곡조에 대해 살펴볼 필요가 있다. 위에 언급한 두 책의 곡조는 모두 전형적인 가곡창을 전제로 한다. 따라서 『어은유보』에서 언급한 '시조'는 시조창을 지칭하기보다는 가곡창의 한 변형을 지칭하는 개념으로 보아야 한다. 『어은유보』 이전의 가곡창의 전통으로부터 변주된 곡조이기 때문이다.

위 인용문에서 이형상이 덧붙인 것처럼, 『어은유보』의 곡조는 고려시대 '정과정서보'와 동일하다. 고려속요 <정과정>은 '삼진작(三眞勺)'이라고 부르기도 한다. 즉 『어은유보』의 '시조'가 고려시대 속악의 곡조인 '진작(眞勺)'의 그것과 동일하다는 것이다. 진작 또한 크게 '일진작 : 만조', '이진작 : 평조', '삼진작 : 삭조'로 구성되어 있다. 조선시대의 '대엽(大葉)'이 고려의 진작에서 비롯했다는 것은 주지의 사실이다. 그런 까닭에 대엽 또한 크게 세 가지의 곡조로 구성되어 있다. 흔히 말하는 '만대엽(慢大葉)'과 '중대엽' 그리고 '삭대엽'이 그것이다. 이들은 고려시대 진작의 '만조'와 '평조' 그리고 '삭조'에 바탕을 두고 있다.

따라서 『어은유보』에서 언급한 <정과정>, 즉 '삼진작 : 삭조'가 '시조'로서 당대의 새로운 곡조와 동일하다는 점은 고려후기 유행했던 빠른 곡조가 가곡창의 변모시기에 적극적으로 받아들여졌음을 의미한다고 볼 수 있다. 대체로 만대엽이 느린 곡조로 차분하게 구성되며 다분히 윤리적인 까닭에 왕조 생성 초기에 유행했다고 한다면, 왕조 후기에는 점차 빠른 곡조를 선호하는 삭대엽이 유행하였다고 볼 수 있을 것이다.

여하튼 '시조'라는 명칭은 18세기 중반 가곡창에 대비되는 새로운 창법으로서의 시조창이 출현하면서, 이를 지칭하는 이름으로 처음 쓰이기 시작한 데서 비롯된다. 이후 시조창은 부르기 쉽고 듣기 편한 창법의 대중성으로 비전문적 애호가들의 폭넓은 호응을 받게 되어, 19세기로 접어들면서부터는 시조, 시절가, 시절단가 등의 이름으로 불리며 가곡창과 쌍벽을 이루는 대표적인 성악곡으로서의 지위를 굳혀 나갔다.[9]

20세기 초반에 이르면 최남선을 주축으로 이병기, 이은상, 조운, 이광수 등이 민족운동의 일환으로 시조부흥운동을 일으킨다. 1926년 최남선이 「조선국민문학으로서의 시조」라는 글을 발표하면서부터 시조라는 명칭은 일반화되기 시작했다고 할 수 있다. 이후 1928년에는 고시조를 모아 내용별로 분류하여 『시조유취(時調類聚)』라는 책을 출판하기도 하였다. 그리고 1933년에는 이은상이 『노산시조집(鷺山時調集)』을, 1940년에는 안자산이 『시조시학(時調詩學)』을 출간하면서 오늘날 '시조'라는 명칭으로 굳어지게 되었다.

그러나 당대에 시조라는 명칭이 노래 혹은 음악을 지칭하는 용어로서 문학과 구별되지 않아 그 용어에 대한 부적절성이 대두되면서, 이후 문학으로서의 시조는 '시조시', 음악으로서의 시조는 '시조창'으로 구분하기도 하였다. 안자산(安自山)의 경우 그의 『시조시학』에서 "재래(在來)하는 명칭인 '시조(時調)'에 '시(詩)'자를 가하여서 '시조시(時調詩)'라는 명칭을 부르기를 주장하였으니 이는 시조에는 문학과 음악의 양면적인 의미가 담겨 있

---

9) 성기옥·손종흠 공저, 『고전시가론』, 한국방송대학교출판부, 2007, 259쪽 참조

으므로 음악과 구분하기 위하여 붙인 명칭"10)이라고 한 바도 있다.

2. 형식의 연원

시조 형식의 연원에 관해서는 우리나라의 문학 전통과정에서 자연발생
적으로 비롯하였다는 관점이 주를 이룬다. 이런 관점들은 특히 시조가 가
지고 있는 형식적 특징과 연관되어 설명되는 경우가 많다. 즉 시조 이전
의 장르에서 시조와 가장 가까운 형식적 특징을 가지고 있는 장르를 찾
아 거기에서 시조 형식의 연원을 찾고자 한다는 것이다. 이에는 크게 신
가연원설(神歌淵源說), 민요연원설(民謠淵源說), 향가연원설(鄉歌淵源說), 고려속
요연원설(高麗俗謠淵源說) 등이 있다.

2.1. 신가연원설

신가연원설은 달리 무가연원설(巫歌淵源說)이라고도 한다. 시조가 무당들
이 굿판에서 부르던 노랫가락에서 비롯되었다고 보는 설이다. 이에 대한
논의는 이희승에게서 시작하였다. 그는 "속요의 노랫가락은 신가의 노랫
가락에 연원된 것이요, 이것이 재전(再轉)하여 시조를 산출하게 된 것이라
생각한다. 그 까닭은 모든 문학은 가요를 태반으로 하여 발달된 것이요,
그리고 가요는 민요나 종교적 신가가 그 조종(祖宗)이 되는 것이다."11)고

---

10) 안자산, 『시조시학』, 교문사, 1949. 김광순 외, 『한국문학개론』, 경인문화사, 1996,
     139쪽 재인용.

주장하였다. 그러나 무당의 노랫가락이 그 형식과 내용에 있어 변모의 폭이 심한 구비전승물이었다는 점에 주목한다면, 이와 같은 주장은 다소 무리가 있어 보인다. 일부 지방에서 채집된 노랫가락이 시조와 닮아 있다면 그것은 노랫가락이 구전되는 과정에서 오히려 시조의 영향을 받았다고 볼 수도 있기 때문이다.

2.2. 민요연원설

민요연원설은 시조의 형식이 민요에서 비롯하였다고 보는 설이다. 이병기는 시조의 원형이 본래 6구 3절식인 민요형에서 파생되었다고 봄이 옳을 것이라는 주장을 폈다. 그러면서 이것이 삼국시대에 연행되었던 창사(唱詞)의 일종이었으나, 향가의 성행으로 말미암아 시조의 원형인 창사가 세력을 잃었다가, 다시 고려에 들어 향가의 쇠락과 더불어 그 장점을 일부 취하여 시조형이 형성되었다는 것12)이다. 또한 조윤제13)는 속요 또는 민요가 후세의 유형이 될지도 모르고, 그냥 무의식 중에 써 내려 오다가 점점 그 형식미가 인증되어 갈 때 비로소 독립적인 시조가 성립하지 않았는가 생각된다는 것으로 민요연원설을 주장하고 있다.

그러나 현재 민요의 형식을 보면 시조의 그것과는 확연히 다름을 알 수 있다. 대개 민요는 4구 2절 형, 혹은 8구 4절형이다. 즉, 민요는 짧은

---

11) 이희승, 「시조기원에 대한 일고찰」, 『학등』 제2권 제2호, 1933. 정재호, 『한국시조문학론』, 태학사, 1999, 42쪽 재인용.

12) 이병기 공저, 『국문학전사』, 신구문화사, 1957, 97쪽. 정재호, 『한국시조문학론』, 43쪽 재인용.

13) 조윤제, 『국문학개설』, 탐구당, 1973, 110쪽. 임종찬, 『시조학원론』, 국학자료원, 2014, 13-14쪽 재인용.

두 토막 혹은 네 토막의 형식을 유지하는데 비해, 시조는 세 토막인 3장 6구의 형식을 취한다는 점에서 차이가 있는 것이다. 김대행[14]의 지적처럼 대체로 배수(倍數)로 발전하게 마련인 민요의 형식이 어떻게 해서 배수와는 다른 축소형인 여섯 토막 즉 3장의 형식이 되었는가를 설명하기에는 불가능한 측면이 많은 것으로 보인다.

2.3. 향가연원설

향가연원설은 10구체 사뇌가 형식의 향가 작품이 의미상 3단 구성을 이루고 있다는 점에 주목한 설이다. 향가 작품의 의미상 단락 구성이 시조의 3장 형태와 유사하다는 것이다. 다음은 <제망매가(祭亡妹歌)>이다.

① 生死 길흔
   이에 이샤매 머뭇그리고,
   나는 가ᄂ다 말ㅅ도
   몯다 닏고 가ᄂ닛고
② 어느 ᄀ술 이른 ᄇᄅ매
   이에 뎌에 ᄠ러딜 닙곤
   ᄒᄃ 가지라 나고
   가논 곧 모ᄃ론뎌.
③ 아야 彌陀刹아 맛보올 나
   道 닷가 기드리고다.[15]

위의 작품은 ①, ②, ③으로 나누어 본 바와 같이 의미상 완벽하게 3단

---

14) 김대행, 『시조유형론』, 이화여자대학교 출판부, 1986, 50쪽.
15) 김완진, 『향가해독법연구』, 서울대학교 출판부, 1980, 124쪽.

의 구성을 가지고 있다. 이는 분명 시조의 3장 형태와 유사하여 의미 구조상 서로 대응하고 있다고 말할 수 있다. 그러나 통사 구조는 서로 대응하지 못하고 있다. 즉, ①의 단락이 시조의 초장의 형식을 갖추었다고 보기에는 너무 길다는 뜻이다.

물론 제9구의 첫 어절이 감탄사 '아야'가 쓰였다는 점에서 시조 종장의 첫 구 조어법과 유사하다고 볼 수 있으며, <균여전>에서 향가에 대한 최행귀의 언급 가운데 나오는 '삼구육명(三句六名)'이 시조의 3장 6구와 유사하게 대응된다는 점은 시조 형식의 한 추론으론 받아들일 만하다.

그러나 작품 사이 통사 구조의 대응에 문제가 있고, 삼구육명에 대한 실체가 불분명하다는 점, 그리고 음악적 측면에서 향가와 시조의 대비가 불가능하다는 점, 마지막으로 제9구의 첫 어절이 독립적 기능을 담당하고 있다면 10구체 향가 작품은 모두 4구가 되어버려 시조의 형식에서 크게 벗어난다는 점에서 향가연원설은 그 한계를 보인다고 할 수 있다.

2.4. 고려속요연원설

고려속요는 시조의 바로 앞 시대 서정장르라는 점에서 연원 추론의 근거를 찾는다. 그러면서 <만전춘별사(滿殿春別詞)>의 제2연과 제5연 부분, 그리고 <정읍사(井邑詞)>에서 여음을 제외한 실사 부분을 들어 이들이 시조의 형식과 닮아있다는 점에 주목한다. 다음은 <만전춘별사> 제2연이다.

耿耿 孤枕上에 어느 즈미 오리오
西窓을 여러 ᄒ니 桃花ㅣ 發ᄒ두다

　　桃花ᄂ 시름 업서 小春風ᄒᄂ다 小春風ᄒᄂ다

　　위 작품은 언뜻 보아도 3장 4음보의 형식과 마지막 장의 첫 음보인 '桃花ᄂ'이 감탄어조로 구성되어 있다는 점에서 시조의 형식과 유사함을 알 수 있다. 그러나 이런 형식을 향가와 관련지어 "10구체 사뇌가에서 다섯 줄이 석 줄로 줄어들었다고 보는 것도 타당하다. 처음 넉 줄이 그 반인 두 줄이고, 결말을 위한 마지막 한 줄을 그대로 둔 것"16)이라는 지적 또한 무시할 수 없어, 시조 형식의 온전한 연원으로 받아들이기엔 곤란한 점도 없지 않다.

　　<정읍사> 또한 여음을 제외한 실사만을 두고 그 형식을 논하기에는 적합하지 않다는 주장17)도 타당해 보인다. 시조가 음악으로 발전해 온 사실에 눈을 돌린다면 <정읍사>의 노랫말도 음악의 측면에서 논의되어야 하는데, 이때 여음 부분을 제외하는 것은 온당한 태도가 아니라는 것이다. 따라서 고려속요만으로 시조 형식의 연원을 찾는 데에는 분명 한계가 있다고 여겨진다.

　　그러나 시조가 가진 음악적 성격에 주목하여 그 연원을 살펴볼 수도 있다는 추론18)은 상당히 타당해 보인다. 앞서 <만전춘별사>와 <정읍사>의 경우에는 그 문학적 형식에 주목한 추론이었다. 여기에 더해 이들이 가진 음악적 성격을 시조와 대비하여 살펴봄으로써 그 관계를 보다 명확히 보여줄 수 있다는 것이다. 예를 들어 고려속요의 악곡인 진작과 시조의 대엽 사이 연관 관계는 이미 명확하므로 이들 사이 친연성은 부인할 수 없는 사실이 된다. 이렇게 보면 결국 시조는 음악적 형식 측면에

---

16) 박태상·신연우·이강엽, 『국문학개론』, 한국방송대학교 출판부, 2006, 61쪽.
17) 김대행, 『시조유형론』, 49쪽.
18) 이에 대해서는 김대행, 『시조유형론』, 50-86쪽에 자세하다.

서 고려속요를, 그리고 문학적 형식 측면에서는 향가와 고려속요의 형식
을 어떤 식으로든 받아들여 발생한 장르라고 할 수 있을 것이다.

3. 음악적 연행

예전부터 시조가 음악적으로 향유되었다는 사실은 정설이다. 이렇게
음악적으로 향유할 때 시조를 그 노랫말로 얹어 불렀던 형태로 가곡창과
시조창이 있다. 이들 악곡은 모두 고려와 조선초의 진작(眞勺)에서 유래했
다고 보는 것이 일반적이다. 고려의 진작이 조선시대로 오면서 대엽(大葉)
으로 명명되었고, 여기에서 단가(短歌)로서의 대엽조가 형성되었던 것이다.

3.1. 대엽조의 형성과 변전

악장(樂章)이란 궁중에서 나라의 공식적인 행사에 주로 쓰이던 음악을
일컫는다. 고려시대에는 궁중의 악장으로 아악(雅樂)과 당악(唐樂), 그리고
속악(俗樂), 즉 향악(鄕樂)이 존재하였다. 아악과 당악은 주로 궁중에서 주관
하는 정식 제전이나 연회 등에서 쓰였고, 중국에서 전래하였으며, 흥취와
는 무관한 편이다. 그러나 속악은 우리 토착음악이라고 할 수 있으며, 주
로 당시 민간에서 채록되었다. 이 향악의 곡조명이 바로 진작이다.

진작은 속가 중에서 가장 빠른 형식을 가지고 있다. 진작 4체라 하여
일체, 이체, 삼체, 사체의 형식으로 구성되어 있는데, 이 중 4체는 너무
빨라 따라할 수 없을 정도라고 한다. 원래 진작은 <정과정곡(鄭瓜亭曲)>의

다른 이름이기도 하다. 이 노래는 <정과정삼기곡(鄭瓜亭曲三機曲)>이라 부르기도 하는데, 빠르기의 순서에 따라 그 형식이 '만기(慢機)-평기(平機)-삭기(數機)'로 구성되어 있어 '삼기곡'이라고도 하는 것이다. 이 삼기곡이 바로 대엽조의 근원이라고 할 수 있다.

고려가 망한 이후 조선초에는 고려의 음악을 사용하였다. 그러나 망국의 노래라 하여 곡만 남기고 노랫말은 모두 버리거나 바꾸어 부르게 되었다. 그리고 그 과정에서 남은 곡조 또한 점차 변화할 수밖에 없었다. 그렇다고 하더라도 진작이 조선초까지 그 영향력을 행사하였다는 점은 분명하다.

『세종실록』에 의하면, 진작에는 만조(慢調), 평조(平調), 삭조(數調)가 있다 하였고, 이 진작은 후전진작(後殿眞勺) 등으로 쓰인다고 하였다. 후전은 후궁이 머무는 북전을 말하는데, 이에 따라 북전진작(北殿眞勺)이라 부르기도 하였다. 이곳에서 궁중잔치가 종종 열렸다는 점을 감안하면, 진작은 주연(酒宴)과도 깊은 관련이 있다고 하겠다.

조선시대에 들어와 진작은 단형과 장형으로 분리되는 과정을 거쳤다. 이 중 단형의 진작은 단가의 형성에 영향을 주어 가곡창과 시조창을 형성하게 하였다. 그리고 장형의 진작은 장가의 형성에 영향을 주어 가사창을 형성하게 하였다. 이 과정에서 진작이 대엽이라고 명명되었던 것이다.

결국 대엽조의 형성은 <정과정곡>에서 비롯되었다고 할 수 있으며, 따라서 그 형성 시기는 고려시대로까지 소급할 수 있겠다. 이후 조선시대로 계승된 진작은 단형과 장형으로 분리되는 과정을 거치게 되었다. 이런 사실로 미루어 보아 단가로서의 대엽조는 15세기 초에 형성되었다고 보는 것이 일반적이다. 이 시기의 대엽조는 향악들로 구성되어 있었기에 향악조라고 이르기도 하는데, 세종대에서 세조대에 이르는 사이 상류층의 음악으로 정착되었다고 볼 수 있다.

단가로서의 대엽조는 빠르기에 따라 만대엽, 중대엽, 삭대엽으로 나눌
수 있다. 이와 관련하여 성호(星湖) 이익(李瀷, 1681-1763)의 『성호사설(星湖僿
說)』에는 다음과 같은 언급이 있다.

> 우리나라 풍속 가사(歌詞)에 대엽조(大葉調)가 있는데, 형식이 다 같아서 길
> 고 짧은 구별이 없다. 그 중에 또 느린[慢] 것, 중간[中]인 것, 빠른[數] 것 세
> 가지 조(調)가 있으니, 이것은 본래 심방곡(心方曲)이라 이름하였다. 느린 것은
> 너무 느리어서 사람들이 싫증을 내어 폐지된 지가 오래고, 중간 것은 조금 빠
> 르나 또한 좋아하는 사람이 적고, 지금에 통용하는 것은 곧 대엽(大葉)의 빠른
> 조(調)이다.
>
> (…중략…)
>
> 대개 지금의 대엽조 또한 느린 것을 폐지하고 빠른 데로 나아가고 있으니,
> 아악(雅樂)이 점점 빨라진 것도 그 형세가 마땅히 그러했으리라. 또 지금 사람
> 들이 계면조(界面調)를 대단히 좋아한다. 이것은 고려 때 정서(鄭敍)가 지은 것
> 으로서 일명 과정곡(瓜亭曲)이라 하기도 하는데, 이는 듣는 자가 눈물이 흘러
> 얼굴에 흔적을 이루기 때문에 그렇게 말하는 것이다.[19)]

이익이 활동하던 당시는 영조대이므로, 이와 같은 기록으로 보아 만대
엽은 영조 이전에 사라졌고, 중대엽은 소수만이 존재하였으며, 삭대엽만
이 활발하게 통용되었다는 사실을 짐작할 수 있다. 이후 삭대엽 또한 여
러 가지 곡조로 변조·분화되는 과정에서 농(弄), 낙(樂), 편(編) 등의 다양
한 곡조로 발전하였음을 짐작할 수 있다.

---

19) <국조악장(國朝樂章)>, 「인사문(人事門)」, 『성호사설』 제13권. 한국고전종합DB 참조.

3.2. 현행 가곡 한바탕의 구성 곡조

현재 연행되고 있는 가곡창은 남창의 경우, 우조(羽調)와 계면조(界面調), 반우반계(半羽半界)의 세 곡조이고, 여창과 남녀병창의 경우 우조와 계면조의 두 곡조이다. 우조는 평조(平調)라 이르기도 한다. 다음은 남창으로서의 가곡 한바탕의 구성 곡조와 순서이다.[20]

[우 조] ①初數大葉→②二數大葉→③中擧→④平擧→⑤頭擧→⑥三數大葉
→⑦騷聳[21]→⑧半葉[22]→
[계면조] ⑨初數大葉→⑩二數大葉→⑪中擧→⑫平擧→⑬頭擧→⑭三數大葉
→⑮騷聳→
[농낙편] ⑯言弄→⑰平弄→⑱界樂→⑲羽樂→⑳言樂→㉑編樂→㉒編數大葉
→㉓言編→㉔太平歌

이에서 보듯 남창가곡은 한번 노래를 시작하면 처음의 우조 초삭대엽부터 마지막의 태평가에 이르기까지 24곡 전체를 순서대로 부르도록 짜여 있다. 그리고 이를 가곡의 '한바탕' 또는 '편가(編歌)'라고 한다.[23] 이들 곡조에 사용되는 노랫말은 문학에서 말하자면 단시조 혹은 단형시조라고 불리는 것들이다. 여기에서 특히 계면조에는 다양하게 변조된 곡조가 덧붙여지게 된다. 흔히 말하는 '농(弄)·낙(樂)·편(編)'과 '태평가(太平歌)'가 그

---

20) 이하 구성 곡조에 관해서는 장사훈, 『국악대사전』, 세광음악출판사, 1984, 64~65쪽에 자세하다. 이하 각주 21), 22) 등 음악 용어의 해설에 관해서도 이 책에 따른다.
21) 소용(騷聳)은 떠들썩하면서 높게 솟구친다는 뜻으로, 삼뢰(三雷)라고도 한다. 삼뢰는 삼삭대엽을 뇌성과 같이 부르는 곡이라는 의미이며, 따라서 소용은 삼삭대엽에서도 조금 더 빨라지고 시끄러운 곡조를 말한다.
22) 반엽(半葉)은 회계삭대엽(回界數大葉)이라고도 한다. 평조로 시작하여 중간에서 계면조로 변조하기 때문이다. 반엿삭대엽, 밤엿삭대엽, 율당삭대엽(栗糖數大葉)이라고 불렸다.
23) 성기옥·손종흠 공저, 『고전시가론』, 269쪽.

것이다.

농·낙·편에는 여러 가지 다양한 곡조가 들어 있으며, 흔히 엇시조, 엮음시조, 사설시조를 말한다. 풍취가 많고 재미 위주로 구성되어 있다. 또한 외설적이고 해학적인 노랫말을 사용함으로써 흥취를 고조시키기도 한다. 이러한 곡조는 18세기 후반에 등장했다고 보는데, 이는 가곡창사의 연행 환경이 변화함에 따른 것이다. 가곡창의 연행 환경이 변화했다는 것은 그것이 곧 서민과 친숙해졌다는 것을 의미한다. 따라서 문학에서 말하는 사설시조는 서민의식의 상승으로 발생하였다기보다는, 본래 양반층에서 발생하였고 그것의 연행 과정에서 그 환경이 변화함에 따라 서민의 주도하에 이루어지게 되었다고 보는 것이 더욱 타당할 것이다.

결국 18세기 후반 가곡창의 연행 환경이 변하면서 농·낙·편 등과 같은 여러 가지 다양한 곡조가 발생하게 되었고, 이는 서민들의 흥취에도 들어맞아 이것이 시조창으로 형성되었다고 할 수 있을 것이다. 농·낙·편의 노랫말과 그 구성 방식이 오늘날 문학적으로 말해지는 사설시조 혹은 엇시조와 같다고 볼 수 있기 때문이다.

마지막으로 <태평가>는 가곡 중에서 가장 마지막 곡을 지칭하는데, 곡조 이름이라기보다는 그 노랫말에서 따온 작품 이름이라고 할 수 있다. 태평성대를 구가하는 내용으로 구성되어 있으며, 연희를 정리 정돈하는 구성적 의미를 가지고 있다. 이 곡조는 근엄하면서도 가장 느린 계면조 이삭대엽으로 부르며, 남녀가 함께 노래한다는 특징을 가지고 있다.

3.3. 향유 방식과 연행 양상

현행의 시조음악에서 시조를 노래로 부르는 방식은 크게 두 가지 종류

로 나뉜다. 가곡창(歌曲唱)과 시조창(時調唱)이 그것이다. 이들은 다 같이 시
조를 노랫말로 얹어 부르는 성악곡으로서, 현재까지 남아 전하는 한국의
전통적 성악곡들 가운데서도 가장 격이 높은 음악이라고 할 '정가(正歌)'에
속한다. 시조를 노랫말로 삼는 정가라는 공통성을 지니면서도 이들을 두
종류의 각기 다른 성악곡으로 분류하는 까닭은, 그 음악적 창법과 연주
형태, 향유 방식과 역사적 전통이 서로 다르기 때문이다. 한마디로 말해
서 가곡창이 음악적으로 더 세련되고 전문적인 성악곡이라면 시조창은
상대적으로 더 단순하고 대중적인 성악곡이라 할 수 있다. 양자의 차이점
을 간단히 설명하면 다음과 같다.

　첫째, 음악적 형식면에서 볼 때 가곡창은 5장 형식을 취함에 비해 시조
창은 3장의 비교적 단순한 형식을 취한다. 또한 가곡창에는 노래 없이 악
기의 반주음악으로만 이루어지는 여음(餘音)이 중요한 음악적 단위로 형식
화되어 있다. 곧 초장이 시작되기 전 -또는 5장이 끝난 다음-에 비교적
길게 연주되는 일종의 전주곡 -또는 후주곡-이라 할 대여음(大餘音)과, 3
장과 4장 사이에 비교적 짧게 연주되는 일종의 간주곡이라 할 중여음(中餘
音)이 있다. 그러나 시조창에는 이런 여음이 없다. 대신에 시조창은 가곡
창과 달리 종장의 마지막 음보는 보통 생략한 채 부른다.

　둘째, 장단이나 선법(旋法) 등 여타의 음악적 측면에서 보더라도 가곡창
이 복잡한 데 비해 시조창은 상대적으로 더 단순하다. 우선 가곡창에는
우조와 계면조 두 선법이 있어 풍부한 선율로 다양한 표현을 할 수 있으
나 시조창은 계면조 한 선법밖에 없다. 이에 따라 가곡창은 우조로 부르
는 곡, 계면조로 부르는 곡, 우조와 계면조를 섞어 부르는 곡 등 다양한
곡을 생성할 수 있어 악곡의 종류나 수도 시조창보다 훨씬 많다.

　셋째, 성악곡으로의 연주 형태를 보더라도 가곡창과 시조창은 상당한
차이를 보인다. 가곡창은 음악적으로 가장 세련된 성악곡에 속하므로 이

의 연주에서도 일정한 형식을 갖추어야 하는 전문적인 연행자이어야 하고, 일정한 규모의 악기로 편성된 관현악 반주를 수반해야 하기 때문이다. 반주음악의 악기 편성은 기본적으로 거문고, 가야금, 해금, 대피리, 향피리, 장구로 이루어지는데, 이러한 관현악 편성은 18세기 이래 널리 성행해 온 실내악 계통의 줄풍류 전통을 계승한 것으로 보인다. 물론 사정에 따라 악기 편성의 가감은 있을 수 있어, 한두 악기의 반주로도 가곡 연주는 가능하다. 그러나 반주음악이 없는 가곡 연주는 생각하기조차 어렵다. 대여음, 중여음이 가곡창의 중요한 형식 요건으로 자리잡고 있다는 사실이 이를 잘 대변한다.

이에 비해 시조창은 형식적 제약으로부터 훨씬 자유롭다. 선율이나 장단이 단순하기 때문에 전문적인 창자만 아니라 일반인도 얼마든지 시조창의 창자가 될 수 있다. 반주음악의 제약도 가곡창처럼 엄격하지는 않다. 기본적으로 대피리, 향피리, 장구로 이루어지는 관악 편성이 일반적이나 이조차 반드시 동반해야 하는 것도 아니다. 장구 장단만으로도 시조창의 연주는 가능하며, 사정에 따라 반주악기 없이도 부를 수 있다. 무릎장단으로 반주악기를 대신할 수 있기 때문이다.[24]

요약하자면 가곡창과 시조창은 둘 다 노랫말을 얹어 창(唱)으로 구현되었다는 점, 그리고 정격의 성악곡이라는 점에서 공통점을 보인다. 그러나 그 가창의 형식에 있어서는 몇 가지 차이점이 있다. 먼저 가곡창은 노랫말을 5장으로 잘게 나누어 부르는 것이 특징이다. 대개의 노래가 여음구를 가지고 있으며, 악기의 반주가 뒤따르는 등 격식을 요구하는 가창 방식이라고 할 수 있다. 다음은 가곡창의 구성과 연행 순서이다.

---

24) 이상 가곡창과 시조창의 향유 방식 및 차이에 관한 설명은 성기옥·손종흠 공저, 『고전시가론』, 265-268쪽을 발췌 요약하였다.

대여음(大餘音)

제1장 窓 밧긔 菊花를 심거

제2장 菊花 밋틔 술을 비져 두니

제3장 술 닉자 菊花 픠자 벗님 오자 둘 도다 온다

중여음(中餘音)

제4장 아희야

제5장 거문고 청쳐라 밤새도록 놀리라 (사전, 3835)[25]

여음은 본 창사에 앞서거나 뒤서는 전주곡 내지 후주곡, 그리고 창사의
중간에 삽입되는 간주곡의 역할을 한다. 가곡창에서 여음에는 대개 악기
의 연주가 수반되는 것이 일반적이다. 물론 이 때는 가사 없이 곡조만 흐
르게 된다. 특히 대여음이 연주될 때 창사에 임하는 가객은 그 곡조를 듣
고 다음에 부를 곡명을 알 수 있었기에 그 역할이 특히 중요하였다고 볼
수 있다.

다음은 똑같은 작품을 시조창의 방식으로 구성한 것이다.

초장 窓 밧긔 菊花를 심거 菊花 밋틔 술을 비져 두니

중장 술 닉자 菊花 픠자 벗님 오자 둘 도다 온다

종장 아희야 거문고 청쳐라 밤새도록 (놀리라)

이처럼 가곡창의 경우와 비교할 때 가장 큰 차이는 장의 구성과 여음
의 유무임을 알 수 있을 것이다. 가곡창의 제1장과 제2장이 시조창에서는
초장이 된다. 그리고 제4장과 제5장 역시 합하여 종장이 되었다. 훨씬 더
단순한 구조로 변화가 이루어진 것이다.

---

25) 여기에서 말하는 '사전'은 박을수 편저, 『한국시조대사전』(아세아문화사, 1991)를 의
미하며, 번호는 이 책에 실린 가번을 의미한다.

이는 시조에 대한 당대의 음악적 향유 방식에 변화가 있었음을 의미한 다고 볼 수 있다. 시조창에서 여음이 사라졌다는 점이 이를 반증한다. 여 음이 사라졌다는 것은 동시에 거기에 수반되던 악기의 반주 또한 점차 그 기능이 약화되어감을 의미한다고도 할 수 있다. 게다가 시조창의 경우 위의 '(놀리라)'에서 보이는 것처럼 종장의 마지막 음보가 생략된다는 점 도 한 가지 특징이라 하겠다.

결국 가곡창에서 향유되었던 격식은 시조창에 와서 파괴되었고, 이는 시조창의 대중화와도 밀접한 연관을 갖고 있음을 확인할 수 있을 것이다. 다시 말해 "시조는 전달 음악으로 반주 없이 발전하여 왔고, 가곡은 대여 음·중여음 등 형식을 갖추어 관현악 반주에 의하여 연출되던 예술 음악 이었음"26)이 둘 사이의 가장 큰 차이점이라고 할 수 있다.

더불어 이러한 가곡창과 시조창의 연행 목적은 크게 두 가지의 측면에 서 설명될 수 있다. 즐거움을 추구하고자 하는 풍류의 방편으로써, 그리 고 인격을 도야하고자 하는 수양의 방편으로써 주로 연행되었던 것이 다.27) 다음 작품을 보자.

> 琴樽에 ᄀᆞ득ᄒᆞᆫ 술을 슬커댱 거오로고
> 醉ᄒᆞᆫ 後 긴 노ᄅᆡ에 즐거오미 ᄒᆞ도ᄒᆞ다
> 어즈버 夕陽이 盡타 마라 ᄃᆞᆯ이 조ᄎᆞ 오노미라 (樂學, 214)

---

26) 장사훈, 『국악대사전』, 63쪽.

27) 이에 대해 김학성은 "시조의 연행적 기반은 크게 두 가지로 나눠 볼 수 있다. 하나는 사대부층이나 혹은 그 주변 인물들 사이의 잔치마당에서 풍류의 한 방법으로 즐거움 을 추구하기 위한 것이고, 다른 하나는 治者·學者·人格者의 德을 君子가 자신과 타 인의 인격수양과 완성을 추구하기 위한 것이 그것이다."라고 말한 바 있다(김학성, 「시조의 시학적 기반에 관한 연구」, 『고전문학연구』 제6집, 한국고전문학연구회, 1991, 431쪽).

위의 작품은 정두경(鄭斗卿, 1597-1673)이 홍만종 등의 문인들과 더불어 술을 마시며 노래한 것이라고 한다. 술잔 가득히 술을 부어놓고 취하도록 마시며 노래하는 모습이 그려져 있다. 당대 문인들의 호방한 취향이 그대로 담겨 풍류의 한 모습을 가감없이 보여주는 듯하다.

이처럼 당시 시조가 풍류의 방편으로써 연행될 경우 이는 궁중 연회나 사대부 연회 또는 풍류방 등 잔치 마당에서 이루어진 경우가 다반사였다. 그렇기 때문에 그 내용 또한 취락과 송축이 주류를 이룰 수밖에 없었을 것이다. 이러한 내용은 그 형태에도 영향을 주어 연시조의 특이 형태라고 할 수 있는 수작형 시조가 발전하게 되었다.

본래 가곡창과 시조창에서 연행되었던 작품 형태는 단형시조 위주였다. 따라서 제목도 없고, 작가도 알 수 없는 경우가 대부분이었다. 그럼에도 불구하고 연희 자리의 특성상 흥취가 고조되어감에 따라 수작형 시조가 등장할 수 있었고, 또한 이와는 별개로 단형의 시조가 장형의 시조[사설시조]로 변모하였을 가능성이 높다.

이런 자리에서 제작되는 작품들의 경우 대부분 즉흥적일 수밖에 없었을 것이다. 그런 까닭에 이때에 불리는 작품들은 대개 감성적인 성향을 보이며, 내용적 규범에서 다소간 자유로운 경향을 보인다. 자신의 이야기가 주가 되기 때문에 자설적이며, 인간적이고 개성적인 기질지성의 시조가 연행될 수밖에 없었을 것이다.

다음은 수양의 방편으로 지어진 작품이라고 할 수 있다.

이런들 엇더ᄒᆞ며 저런들 엇더ᄒᆞ리
草野 愚生이 이러타 엇더ᄒᆞ리
ᄒᆞ물며 泉石膏肓을 고처 므슴 ᄒᆞ리오

烟霞로 집을 삼고 風月노 벗을 삼아
太平 聖代에 病으로 늙거가니
이 中에 바리는 일은 허물이나 업과져 ᄒ노라

淳風이 죽다ᄒ니 眞實노 거즛말이
人性이 어지다 ᄒ니 眞實로 올혼 말이
天下에 許多英才을 소겨 말슴홀가

幽蘭이 在谷ᄒ니 自然이 뜻지 됴ᄒ
白雲이 在山ᄒ니 自然이 보기 됴ᄒ
이 中에 彼美一人을 더욱 잇지 못ᄒ여라

山前에 有臺ᄒ고 臺下에 有水ㅣ로다
쎄 만흔 갈머기는 오명가명 ᄒ는 츠의
엇더타 皎皎白鷗는 멀니 ᄆ옴 ᄒ는니

春風에 花滿山ᄒ고 秋夜에 月滿臺라
四時 佳興이 사롬과 ᄒ가지라
ᄒ물며 魚躍鳶飛 雲影天光이야 어닉 그지 이슬고 (樂學, 79-86)

이 작품은 이황(李滉, 1501-1570)이 제작한 <도산십이곡(陶山十二曲)> 중 일부이다. 제1곡은 자연에 묻혀 사는 한가로운 생활을 읊고 있으며, 제2곡 역시 그 연장선상에 있다. 제3곡에서는 노자와 장자의 무위자연설에 반해 유교의 중요성을 알리고자 하는 성리학적 의도가 숨어 있다. 제4곡 또한 임금을 걱정하는 유교적 충군의식이 드러나 있으며, 제5곡은 유학자들의 헛된 가치에 대해 개탄하고, 제6곡은 대자연 속에 융화된 자신을 드러내 보인다.

이처럼 시조가 수양의 방편으로써 연행될 경우 전자와는 거의 반대의 성격을 지니게 된다. 자신을 돌아보며 인격을 닦는 내용이기에 대개 사색의 공간에서 연행되곤 하였다. 즉, '화조월석(花朝月夕)'으로 대표되는 자연 공간에서 뚜렷한 목적의식을 가지고 제작되었기에 매우 규범적이면서도 고전적인 성향을 보인다.

이러한 작가의 뚜렷한 목적의식은 그 내용에 있어 표현적 측면보다는 주제적 측면을 강조하게 되었고, 이는 단시조보다는 연시조를 선호하게 하는 결과를 낳았다고 할 수 있다. 물론 이렇게 제작되는 경우 작가와 작품의 제목은 비교적 명확한 편이다. 자신의 이야기를 풀어 놓기보다는 성현의 말씀에 기대어 주제를 드러내고자 하였기에 대부분 타설적인 형식을 가지고 있다. 더불어 도덕론적 입장을 견지할 수밖에 없기 때문에 풍류 마당에서 불렸던 것들보다는 아무래도 예술성이 뒤처질 수밖에 없다는 점도 주목할 만하다.

4. 형식과 분류

4.1. 기본 형식과 특징

앞 장에서 이야기한 것처럼, 시조는 외형상 3장 6구, 총 45자 내외의 율격을 가진 우리 고유의 정형시라고 할 수 있다. 현대시의 형식적 관점에서 보면 3장은 곧 3행으로, 1연을 구성하게 된다. 또한 각 장은 기본적으로 4음보를 유지하고 있으며, 두 음보가 하나의 구를 형성하게 한다.

다음 작품을 보자

梨花에	月白ᄒ고	銀漢이	三更인 지
一枝	春心을	子規야	알냐마는
多情도	病인 양 ᄒ여	줌 못 일워	ᄒ노라 (樂學, 50)

이 작품은 현재 『해동가요』, 『청구영언』, 『악학습령』에 실려 전하고 있다. 작가를 알 수 있는 비교적 초창기의 작품으로, 고려 충혜왕 대 이조년(李兆年, 1269~1343)이 지었다. 시어가 정제되어 있고 깔끔하여 그 표현기법과 정서면에서 문학성이 뛰어난 작품 중의 하나로 평가받기도 한다. 이런 류의 단형 작품에는 보통 제목이 없다. 이 작품을 두고 <다정가(多情歌)>라 이름한 것 역시 후대의 일이며, 이 작품이 가곡창사에 쓰일 경우에는 초장의 앞부분을 제목으로 삼는 관습에 의하여 <이화에 월백하고>라 부르기도 한다.

이제 음보율의 관점에서 위 작품의 형식을 분석해보고 그 특징을 살펴보도록 한다. 시조의 각 음보에서 가장 많이 실현되는 글자의 수는 4이다. 따라서 4자로 이루어진 음보를 평음보, 그보다 작은 3자 이하를 소음보, 그보다 많은 5자 이상을 과음보라 칭하면, 시조의 3장은 대개 다음과 같이 구성된다.

	제1음보	제2음보	제3음보	제4음보
초장	소음보(3)	평음보(4)	소(평)음보(3)	평음보(4)
중장	소음보(2)	평음보(3)	소(평)음보(3)	평음보(4)
종장	소음보(3)	과음보(5)	평음보(4)	소음보(3)

그런데 이런 형식이 항상 철저하게 지켜지는 것은 아니어서, 작품에 따라 조금씩의 차이가 있는 것이 보통이다.[28] 특히 초장과 중장의 제3음보

---

28) 이러한 차이를 보여주기 위해 <다정가>의 실제 글자수를 괄호 안에 병기한다.

에는 소음보와 함께 평음도 많이 쓰인다. 하지만 시조가 정형시로서 철저히 요구하는 것이 종장의 형식이다. 제1음보는 반드시 3자로 이루어진 소음보로 고정되어야 하고, 제2음보에는 5자 이상의 과음보가 와야 한다. 그리고 3·4음보는 초장이나 중장과는 반대로 보통 평음보를 거쳐 소음보로 마무리된다. 이렇게 초·중장과 다른 종장의 율격 배치를 통해 흐름을 반전시키며 시상을 효과적으로 표현해 내는 것이 시조의 묘미이다.[29]

4.2. 형식 분류

시조의 문학적 형식은 길이[長短]에 따라 그리고 연작(聯作) 여부에 따라 분류하기도 한다. 길이에 따라서 단(형)시조, 중(형)시조, 장(형)시조로 분류하며, 이를 각각 평시조(平時調), 엇시조(旕時調), 사설시조(辭說時調)라 부르기도 한다. 그리고 연작 여부에 따라 단시조(單時調)와 연시조(聯詩調)로 분류한다.

4.2.1. 길이에 따른 분류

4.2.1.1. 단(형)시조 : 평시조

단(형)시조란 앞서 말한 시조의 기본 형식에 비교적 충실한 작품군을 말한다. 그래서 이런 형식의 작품들을 평시조라고 한다. 평시조는 대부분 3장 6구의 형식을 갖추고 총 45자 내외의 자수를 유지하며, 종장의 첫 음보만 3음절로 고정되어 있다. 우리 시조 가운데 가장 많은 작품들이 이 형식을 취하고 있다. 또한 이런 작품들의 경우 대부분 제목이 없는 경우

---

29) 황현옥 외, 『한국문학사』, 96-97쪽. 음보에 관한 표의 구성 역시 이에 근거한다.

가 많으며, 단일 주제를 노래하는 점도 특징이다.

> 白雪이 즈즈진 골에 구룸이 머흐레라
> 반가온 梅花는 어늬 곳이 퓌엿는고
> 夕陽의 호을노 셔셔 갈 곳 몰나 ᄒᆞ노라　(樂學, 51)

위는 고려말 문신이었던 목은(牧隱) 이색(李穡, 1328-1396)의 작품이다. 형식적으로는 정확하게 각 장 4음보, 전체 6구의 형식을 유지하고 있다. 또한 전체 글자수가 총 44자로 구성되어 있어 평시조의 전형이라고 할 만하다. 종장 첫 음보 역시 3음절 구성 원칙을 지키고 있다.

더불어 초장에서 '백설이 즈즈진'다 함은 겨울의 이미지를 빌려와 고려왕조의 쇠퇴를 은유함과 동시에 이어지는 '구름'을 통해 간신배들이 모여들고 있음을 상징한다. 이어 중장에서는 겨울을 보내고 다가올 '봄'과 '매화'를 그리면서 당대 정치적 상황이 호전되기를 간절하게 염원한다. 이런 간절함이 종장을 통해 텍스트의 전면에 드러나고 있음을 알 수 있을 것이다.

4.2.1.2. 중(형)시조 : 엇시조

중(형)시조란 평시조의 형식을 토대로 3장 중 어느 한 장이 5음보가 되는 작품이나, 6구 중 어느 한 구가 10자 이상이 되는 작품을 말하는데, 이를 엇시조라고도 한다. 엇시조는 시조창에서 농시조(弄時調) 혹은 엇엮음시조라고도 하는데, 평시조나 사설시조의 중간 형태로 노래한다. '엇'이 갖는 음악적 특성이 첫 부분은 높게 질러내면서도 점잖고 무겁게 노래하고, 중장은 흥청거리는 듯 노래하는데 있기에 이러한 형식의 변화는 주로 초장에서 이루어지는 경우가 많다. 이런 형식의 작품들은 대개 숙종대 이후

에 지어진 작품이 많으며, 대개 평민층이나 무명씨의 작품이 많다는 것도
하나의 특징이다.[30]

> 藥山 東坮 여즈러진 바회 우희 倭躑躅 갓튼 저 내 님이
> 내 눈에 덜 뮙거든 남의 눈애 지나 보랴
> 시 만코 쥐 띈 東山에 오조 갓든 하여라 〈樂學. 805〉

위 작품은 초장이 5음보인 까닭에 엇시조로 분류한다. 그런데 사실 늘
어난 구의 성격과 길이를 어떻게 보느냐에 따라 차이가 생길 수 있다. 만
약 위 작품 초장의 마지막 음보에 보이는 '저'라는 시구를 '저기 저'라고
바꾼다면 이 작품은 사설시조에 해당하게 된다. 어느 순간 사설시조와의
경계가 무너지고 만다는 것이다. 여기서 말하는 '중형'이라는 기준의 근
거가 명확하지 않은 이상 군이 분류의 틀에 따라 '엇시조'를 따로 설정해
야 하는 지에 관해서는 좀 더 고민할 필요가 있어 보인다. 이에 대해서는
바로 다음 절에서 설명한다.

4.2.1.3. 장(형)시조 : 사설시조

장(형)시조는 3장인 평시조의 형식을 토대로 6구 중 2구 이상이 10자
이상이 되거나, 혹은 어느 한 부분이 가시적으로 늘어난 형식, 즉 6음보
이상으로 늘어난 형식의 시조를 말한다. 그럼에도 불구하고 외형상 3장이
분명하게 구분되는 형식의 작품군을 이른다. 본래는 '만횡청(蔓橫淸)이라고
하였다가 현재에 이르러 문학양식으로서 사설시조라고도 부른다. 대개
영조대 이후에 집중적으로 생겨났다.

---

30) 『한국민족문화대백과사전』 참조.

중놈은 승년의 머리털 손에 칭칭 휘감아 쥐고 승년은 중놈의 상투를 틀어
잡고
두 끄덩이 마주 잡고 이 왼고 저 왼고 작작공이 쳤는데 뭇 소경놈이 굿 보는
구나
어디셔 귀 먹은 벙어리는 외다 옳다 하나니 <small>(사전. 3760)</small>

이 작품의 초장은 9음보로 구성되었고, 중장은 8음보로 구성되어 있다.
가시적으로만 보더라도 음보의 구성이 평시조와는 확실하게 차이가 있음
을 알 수 있다. 그러나 현대에 와서는 중(형)시조와 장(형)시조를 크게 구
분하지 않는 것이 일반적이다. 다시 말해 엇시조라 불리는 중(형)시조를
인정하지 않고 포괄적으로 장(형)시조, 즉 사설시조에 포함하여 다루는
것이다. 이는 단(형)시조, 즉 평시조가 갖는 형식미와 그에서 벗어난 파격
의 형식미를 인정해야 한다는 의미인데, 엇시조를 따로 분류하는 일은 이
러한 파격의 형식미를 인정하지 않고 또 하나의 시조 형식을 규제하는
것에 그치고 말기 때문이다.

4.2.2. 연작 여부에 따른 분류

4.2.2.1. 단시조

단시조란 평시조, 엇시조, 사설시조 등의 길이 분류와는 상관없이 오직
단 1수로만 이루어진 시조 작품을 말한다. 대부분의 단시조는 제목이 없
는 경우가 많으며, 단일한 주제를 노래하는 것이 일반적이다.

半나마 늙어시니 다시 졈든 못ᄒᆞ여도
이 後ㅣ나 늙지 말고 미양 이만 ᄒᆞ엿고져
白髮아 네나 斟酌ᄒᆞ여 더듸나 늙게 ᄒᆞ여라 <small>(樂學. 563)</small>

이 작품은 이명한(李明漢, 1595-1645)이 지은 탄로(嘆老)의 노래이다. 늙어 감에 대한 현실 인식과 늙더라도 조금은 더디게 그리되고 싶다는 간절한 소망을 담고 있는 노래라고 할 수 있다. 즉, 초장과 중장에서는 '늙어가는 현실'에 대한 인정과 그것에 대한 부질없는 희망을 담고 있음을 읽을 수 있다. 그리고서는 늙음의 상징인 백발을 매개로 하여 허망하지만 간절한 속내를 여과 없이 드러내주고 있는 것이다. 물론 '인정'과 '소망' 혹은 '희망'은 시조 작품에서 작가들이 현실 인식을 위한 방편으로 삼고자 자주 사용하는 감성적 기제들이기도 하다.

> 즁놈도 사룸이 냥ㅎ여 자고 가니 그립더고
> 즁의 松絡 나 볘옵고 내 족도리란 즁놈 볘고 즁놈의 長衫은 나 덥습고 내 치
> 마란 즁놈 덥고 자다가 씨야 보니 둘의 스랑이 송낙으로 ㅎ나 족도리로 ㅎ나
> 이튼날 ㅎ던 일 싱각ㅎ니 못 니즐가 ㅎ노라 (사전, 3759)

위는 작가를 알 수 없는 사설시조이다. 이 시조 <즁놈도 사룸이 냥ㅎ야>는 "성애(性愛)에 굶주렸던 여인이 체험한 하룻밤의 정사와 그 충족감을 구체적이면서도 함축성이 풍부하게 그려낸 점에서 우리 고전문학에서 유례를 찾기 어려울 만큼 뛰어나다. '송낙, 족도리, 장삼, 치마'가 엇바뀌고 마구잡이 내던져진 성행위의 현장과, 그 과정이 지나간 뒤에 느끼는 만족과 긍정의 충만함이 중장에 생생하다. 종장은 이 일들을 다음날 되새기는 여인의 표정과 육체적 감각까지 여실하게 재현했다."31)고 극찬되기도 한다.

---

31) 김흥규, 「사설시조의 愛慾과 性的 모티브에 대한 재조명」, 『한국시가연구』 13집, 한국시가학회, 2003, 196쪽.

4.2.2.2. 연시조(聯詩調)

연시조란 단시조 2수 이상의 연작으로 구성된 작품을 말한다. 이에는 두 사람 이상이 함께 지은 수작형 시조도 포함된다. 연시조는 단시조와 달리 작가가 존재하며, 따라서 작품을 통해 구현하고자 하는 작가의 의식과 주제 의식이 뚜렷하게 보이는 편이다. 또한 대부분의 연시조에는 제목이 붙어 있다.

高山 九曲潭을 사룸이 모로더니
誅茅 卜居ᄒ니 벗님니 다 오신다
어즈버 武夷를 想像ᄒ고 學朱子을 ᄒ리라 〈1〉

一曲은 어디미오 冠巖에 ᄒᆡ 비췬다
平蕪에 닉거드니 遠山이 그림이로다
松間에 綠樽을 노코 벗 오ᄂᆞᆫ 양 보노라 〈2〉

二曲은 어디미오 花巖에 春晩커다
碧波에 곳을 씌워 野外로 보닉노라
사룸이 勝地을 모로니 알게 ᄒᆞᆫ들 엇더리 〈3〉(樂學, 112-114)

위 작품은 율곡(栗谷) 이이(李珥, 1536-1584)의 <고산구곡가(高山九曲歌)> 10수 중 3수이다. 이 작품은 성리학적 도(道)를 체득하고 구현하기 위한 수신처로 구곡을 선택하고 의도적으로 제작되었다는 점에서 한 특징을 엿볼 수 있다. 감정의 절제를 바탕으로 자연물 속에 내재된 천리(天理)를 포착하려 했던 것이다.[32] 이런 점에서 보더라도 연시조가 가지고 있는 주제적 특징이 매우 잘 드러난 작품이라고 할 수 있을 것이다.

---

[32] 김신중, 「한국 사시가의 연구」, 전남대학교 박사학위논문, 1992, 86-92쪽 참조.

다음은 고산(孤山) 윤선도(尹善道, 1587-1671)의 <오우가(五友歌)> 전문이다.

내 버디 몃치나 ᄒ니 슈셕水石과 숑듁松竹이라
동산東山의 둘 오르니 긔 더옥 반갑고야
두어라 이 다ᄉᆞᆺ 밧긔 또 더ᄒ야 머엇ᄒ리 〈1:序〉

구룸빗치 조타ᄒ나 검기를 ᄌᆞ로ᄒ다
ᄇ람소리 묽다ᄒ나 그칠 적이 하노매라
조코도 그츨 뉘 업기는 믈 뿐인가 ᄒ노라 〈2:水〉

고즌 므스 일로 퓌며셔 쉬이 디고
플은 어이ᄒ야 프르는듯 누르ᄂᆞ니
아마도 변티 아닐손 바회 뿐인가 ᄒ노라 〈3:石〉

더우면 곳 퓌고 치우면 닙디거늘
솔아 너는 얻디 눈서리를 모ᄅᆞᆫ다
구쳔九泉의 블희 고ᄃᆞᆫ 줄을 글로ᄒ야 아노라 〈4:松〉

나모도 아닌 거시 플도 아닌 거시
곳기는 뉘 시기며 속은 어이 뷔연ᄂᆞᆫ다
뎌러코 ᄉᆞ시四時예 프르니 그를 됴하 ᄒ노라 〈5:竹〉

쟈근 거시 노피 ᄠᅥ셔 만믈萬物을 다 비취니
밤듕의 광명光明이 너만ᄒ니 또 잇ᄂᆞ냐
보고도 말 아니ᄒ니 내 벋인가 ᄒ노라 〈6:月〉

고산문학이라고 하면 으레 「산중신곡(山中新曲)」을 으뜸으로 지목해 왔는데, 그 중에서도 <오우가>는 그 대표작으로 절찬되었던 작품이다. 이 <오우가>는 서수(序首)를 시작으로, 이어 수(水)·석(石)·송(松)·죽(竹)·월

(月)을 다섯 벗으로 삼아 각각 그 자연물들의 특질을 들어 자연애(自然愛)를
드러낸 영물시(詠物詩)라 할 수 있다. 특히 이 작품은 기존 '～友歌' 류 작품
들과는 달리 새로운 참신성을 느끼게 하는 뛰어난 명작이라는 평가를 받
는다. 소재에 대한 작시의 묘사가 순차적 질서를 보이면서도 단순성을 탈
피하고 있으며, 이에 대한 작품의 구도가 치밀하여 매우 뛰어난 문학성을
확보하고 있기 때문이다.33)

5. 역사적 전개

한국문학의 주요한 서정장르이자 한 양식으로서의 시조가 그 모습을
언제 드러냈는지를 추적하는 일은 무척 난감하다. 현전하는 문헌의 기록
이나 실증적인 증거를 찾기가 매우 어렵기 때문이다. 그런 까닭에 시조
의 형성시기를 다루는 연구 역시 명확한 결론을 도출할 수 없었다. 사실
조선후기 편찬된 가집들에서는 시조의 첫 모습을 삼국시대로까지 유추
하고 있지만, 이조차도 뚜렷한 실증적인 근거에 기인한 기록이라고 볼
수는 없다.

이 문제에 대해 현재 관련 학계의 의견은 크게 두 가지로 나뉜다. 고려
후기에 형성되었다는 학설과 16세기에 형성되었다는 학설이 그것이다.
이는 시조 형성 시기의 역사적 정황이 어떠하였는지에 대한 태도와 실제
판단의 근거가 되는 실존 증거에 대한 해석의 태도에서 서로 대립되는
견해가 양립하고 있다는 의미이다. 이들 견해를 편의상 각각 고려후기 형

---

33) 김신중 외, 『호남의 시조문학』, 심미안, 2006, 161-162쪽 참조.

성론과 16세기 형성론이라고 하자.

먼저 고려후기 형성론은 현재 가집에 수록된 조선초기 시조 작가의 작품들을 주요한 근거로 삼는다. 더불어 이들 작가들이 고려후기의 신흥사대부들과 밀접한 관련을 맺는다는 점 또한 무시할 수 없는 근거로 삼는다. 즉 "시조가 형성되는 14세기가 당시로서는 진보적 지식인이라 할 신흥사대부층이 새로운 정치세력으로 급격히 부상한 시기와 일치한다는 역사적 정황론이 강하게 작용하고 있"[34]는 것이다. 다음으로 16세기 형성론은 15세기 이전의 그 어떤 문헌에서도 시조와 관련된 자료나 기록을 찾을 수 없다는 데서 비롯한 학설이다. 그런 까닭에 조선후기에 편찬된 가집의 기록을 모두 후대의 위작(僞作)으로 본다.

이 책에서는 고려후기 형성론에 좀 더 무게를 두고 시조사의 전개 양상을 살펴보도록 한다. 이는 시조가 고려후기 "경기체가에 이어서 나타났으며, 경기체가만으로는 감당할 수 없는 또 다른 표현 영역을 개척하는 데에서 참으로 긴요한 구실을 하고, 신흥사대부가 역사의 전환기를 맞이해서 더욱 심각하게 지니게 된 내면의식의 문제를 절실하게 다룰 수 있도록"[35] 했다는 진술과도 상통한다.

이제 시조문학에 대한 시대적 구분에 대해 살펴보자. 그간의 연구에서는 대체로 4기 혹은 5기로 구분하는 것이 일반적이기는 하지만, 특히 4기로 나누어 구분한 연구가 압도적인 상황이다.[36] 그러나 이 글에서는 시조 부흥운동 이후 현대의 시조까지를 함께 살펴 총 5기로 나누어 그 전개 양상을 살펴보기로 한다.[37]

---

34) 성기옥·손종흠 공저, 『고전시가론』, 319쪽.
35) 조동일, 『한국문학통사』 2, 지식산업사, 1996, 190쪽.
36) 이에 대해서는 이정자, 「시조문학의 시대구분과 그 명칭에 대한 재조명」, 『겨레어문학』 23(건국대 국어국문학연구회, 1999)를 참조할 것.
37) 이런 양상은 크게 '(1) 여말선초 : 시조문학의 형성기-(2) 조선전기 : 시조문학의 발전

5.1. 여말선초

고려중기 이후 새로운 기득권 세력으로 권문세족과 더불어 신흥사대부가 등장하였다. 특히 후기에 이르러 쇠퇴해가던 고려는 신흥사대부들의 등장으로 개혁 운동의 새로운 진전을 맞이하게 되었다. 당시 불교의 쇠퇴와 더불어 성리학이 발전하기 시작한 것도 이들의 등장과 맥이 닿아 있다. 시조는 작가적 측면에서 이들의 등장과도 밀접한 관계를 맺고 있다.

또한 이 시기 시조의 등장은 문학 내적인 요인과도 결부되어 있다. 당시 유행하던 우리말 노래는 고려속요였다. 이는 무인 집권층뿐만 아니라 민간에서도 널리 성행하던 노래이기도 하였다. 이런 노래들은 당대 혼란했던 사회상을 반영함과 더불어 인간 본연의 욕망을 담고 있었다. 신흥사대부들이 보기에 이런 욕망을 노래하는 것은 성리학적 규범에 어긋나는 것이었다. 이러한 탈규범성에 대한 반발로 신흥사대부들에 의해 시조가 형성되었다고 볼 수도 있다.

여기에서 고려시대의 문학 담당층에 대해 좀 더 살펴 볼 필요가 있다. 고려 문학 담당층은 크게 세 부류로 나누어 볼 수 있다. 무신의 난을 기점으로 하여 고려전기의 문벌귀족층, 고려후기의 권문세족층과 신흥사대부층이 그것이다. 당대의 지배 계층과 문학 담당층이 일치하는 양상을 보이는 것은 문자(한자) 활용 능력과도 관련되어 있기 때문일 것이다.

고려전기 문벌귀족층은 통일신라 지배층의 불교문화를 수용하며 형성되었다. 향가의 마지막 모습을 볼 수 있던 시기도 바로 이 때이다. 고려후기 권문세족층의 경우 무신들 위주였다. 원의 세력을 배후에 두고 성장한 귀족 계층이라고 할 수 있다. 그러나 힘만 가지고 있었을 뿐, 자신들의 문

기-(3) 조선후기 : 시조문학의 전성기-(4) 개화기 : 시조문학의 변모기-(5) 현대시조로의 이행' 등의 과정으로 정리해 볼 수 있다.

화를 스스로 창조하고 향유할 수 있는 인문학적 소양은 다소 부족했던 까닭에 민간의 문화를 궁중으로 영입하기 시작하였다. 고려속요는 이때의 궁중 유희 문화에 힘입어 발달하였다.

고려후기 신흥사대부층은 공민왕대의 유학교육에 힘입어 성장한 지방 향리층에서 비롯하였다. 유학적 지성으로 무장한 이들은 후에 조선 개국의 주역으로 등장한다. 자신들의 이상(理想)을 경기체가로 표현하고, 내면의 서정은 시조로 풀어내기도 하는 등 고려 말 문학을 이끈 장본인들이었다고 할 수 있다.

따라서 고려후기 권문세족과 대립관계에 있었던 신흥사대부들에 의해 싹트기 시작한 시조는 그들의 세력 신장과 개혁운동의 진전 및 주자학의 발달과 불교의 쇠퇴, 그리고 속요에 대한 유교 지성들의 반립 등 여러 요소들이 그 형성의 복합적인 요인으로 작용하였다. 조선초에 이르는 동안 속요에 혼용되어 있던 4음보의 음률이 시가의 표면으로 나타나게 되고 유교적 지식성이 결합하면서 시조의 형식이 정제된 것으로 파악된다.38)

이제 이 시기의 작가와 작품들을 살펴보자. 우선 조선후기에 편찬된 가집들에는 삼국시대의 인물들인 을파소, 성충, 설총의 작품이 실려 있다. 고려전기 때의 인물들인 강감찬, 최충, 곽여 등의 작품이 실려 있기도 하다. 그러나 이들 작가들의 작품들은 모두 후인의 위작일 것으로 추측된다. 왜냐하면 그들 관련 당대의 저술에는 해당 작품이 없고 후대의 기록, 즉 가집에만 존재하기 때문이다.

다음으로 정지상이나 이규보 같은 고려 중기의 문인들도 시조 작가로 등장한다. 물론 시기상으로 이들이 시조 작가일 개연성은 충분하다. 그러나 이들이 남긴 작품을 보면 이 역시 후대의 위작일 가능성이 높다고 보

---

38) 최동원, 『고시조론』, 삼영사, 1980, 47쪽. 고경식 · 김제현, 『시조 · 가사론』, 예전사, 1988, 161쪽 재인용.

인다. 한시를 개작한 후의 대작(代作)이라고 보이기 때문이다.

① 雨歇長堤 草色多ᄒᆞ니 送君南浦 動悲歌을
   大同江水 何時盡고 別淚年年添綠波ㅣ라
   勝地에 斷腸佳人이 몃몃친 줄 몰너라 (眞靑, 252)

雨歇長堤草色多	비 갠 긴 강둑에 풀빛 더욱 푸른데
送君南浦動悲歌	남포에서 님 보내자니 슬픈 노래 절로 이네
大同江水何時盡	대동강 그 물은 어느 때나 마를까
別淚年年添綠波	해마다 이별의 눈물 푸른 물에 더하네 〈送人〉

위의 시조와 한시를 비교해 보자. 이 시조의 초장과 중장은 정지상(鄭知常, ?-1135)의 <송인(送人)>이라는 한시 작품에 우리말 토를 단 것임을 알 수 있을 것이다. 즉, 한시의 각 구에 '하니, 을, 이라' 등의 한글로 토를 달고, 이어 종장을 새로 창작하여 덧붙인 것으로 추정된다. 사실 이 작품의 존재로 한때 시조의 '한시현토설'이 주장되기도 하였으나, 이 작품은 시조가 이미 형성된 후 나타난 것으로 보고, 이런 주장은 결국 받아들이지 않게 되었다. 이렇게 보면 정지상이나 이규보와 같은 문인들은 시조 작가로 인정할 수 없을 것이다.

이 시기 실제 시조작가로는 우탁, 이조년, 이색, 정몽주, 이방원, 길재 등을 꼽을 수 있다. 이들의 작품들은 모두 단시조의 형식을 갖추고 있으며, 크게 절의와 회한, 회고 등의 내용이 주를 이룬다. 당대의 시대적 상황과도 무관하지 않은 것이다. 물론 우탁의 시조와 같이 탄로의 노래도 없지 않았지만, 대개는 혼탁한 정치현실을 노래하거나 고려왕조에 대한 절의, 그리고 고려왕조의 멸망을 슬퍼하면서 옛 시절을 회고하는 노래들이 주류를 이룬다. 이로 보아 당시의 작품들은 대개 현장의 즉흥적인 분위기에서 생산되었음을 짐작할 수도 있다.

② 혼 손에 가시를 들고 쏘 혼 손에 막대 들고
   늙는 길 가시로 막고 오는 白髮 막대로 치랴트니
   白髮이 제 몬져 알고 즈럼길로 오더라 <small>(樂學, 47)</small>

③ 梨花에 月白ᄒ고 銀漢이 三更인지
   一枝 春心을 子規야 알냐마는
   多情도 病인양 ᄒ여 좀 못 일워 ᄒ노라 <small>(樂學, 50)</small>

④ 이런들 엇더ᄒ며 저런들 엇더ᄒ리
   萬壽山 드렁츩이 얼커진들 긔 엇더ᄒ리
   우리도 이ᄀᆺ치 얼거저 百年ᄭᆞ지 누리이라 <small>(樂學, 797)</small>

⑤ 이 몸이 죽어죽어 一白番 고쳐 죽어
   白骨이 塵土되여 넉시라도 잇고 업고
   님 向혼 一片丹心이야 가싈 줄이 이시랴 <small>(樂學, 52)</small>

⑥ 五百年 都邑地을 匹馬로 도라드니
   山川依은 舊ᄒ되 人傑은 간듸 업다
   어즈버 太平烟月이 꿈이런가 ᄒ노라 <small>(樂學, 54)</small>

작품 ②는 고려 말의 문인이었던 우탁(禹倬, 1262-1342)의 이른바 <탄로가(嘆老歌)>이다. 작품 ③은 동시대 문인이었던 이조년(李兆年, 1269-1343)의 일명 <다정가(多情歌)>이다. 그리고 작품 ④는 훗날 조선의 태종이 되었던 이방원(李芳遠, 1367-1422)의 <하여가(何如歌)>, 작품 ⑤는 고려 말 충신으로 손꼽히는 정몽주(鄭夢周, 1338-1392)의 <단심가(丹心歌)>이며, 마지막 작품 ⑥은 길재(吉再, 1353-1419)의 <회고가(懷古歌)>이다.

먼저 첫 번째 작품 ②는 우탁이 남긴 3수의 탄로가 중 하나로서, 가장 오래된 시조 작품이자 탄로가 중의 백미라고 꼽힌다. 가시와 막대기로만으로는 덧없이 흘러가는 세월과 더불어 늙어가는 것을 막을 수 없다는 한탄을 담고 있다. 초장의 '가시'와 '막대기'는 중장의 '백발'과 '늙어가는 길'이라는 시어와 묘하게 대조되어 작품의 문예미를 끌어올린다.

작품 ③은 그야말로 '춘심(春心)'으로 귀결되는 애잔한 정서가 '월백(月白)'이나 '은한(銀漢)'이라는 시어와 결합하여 순백의 이미지로 표출된다. 그만큼 더 깊은 외로움의 정서가 작품의 전반에 흘러넘치게 되는 것이다. 단순히 문학적 서정성으로만 보아도 이후 시조 작품들과 결코 뒤지지 않을 만큼 뛰어나다고 평가받는 작품이기도 하다.

작품 ④는 조선 건국 후 3대 왕이 되었던 태종 이방원이 지었다. 조선이 건국되기 직전 이방원은 정몽주를 초대한 자리에서 <하여가>를 지어 그의 마음을 은근하게 떠보았다. 그러자 정몽주가 응답하여 지은 작품이 바로 ⑤의 <단심가>이다. 이방원은 만수산 드렁칡과 같이 서로 얽혀 백 년까지 누리자고 하였다. 이 말을 받아 정몽주는 일백 번 고쳐 죽더라도 뜻이 변하지 않으리라고 하였다. 그런데 조선왕조 개국 과정에서 반대파의 주장을 대변하였던 이 노래가 개국 후에는 신하의 충성심을 나타내는 노래로 널리 퍼지게 되었다. 조선왕조가 내세운 유교적 지배질서와 부합하는 내용이기 때문이다. 또한, 이 노래는 절박한 상황에서도 묘미 있는 표현을 개척함으로써, 고려 말 새로운 갈래로 등장한 시조가 정착되는 데 상당한 기여를 하였다.

마지막 ⑥은 길재의 노래이다. 이 작품은 동시대 원천석(元天錫, 1330-?)이 지은 '興亡이 有數ㅎ니 ~'라는 작품과 함께 당대의 회고가를 대표하는 노래라고 할 수 있다. 고려의 옛 도읍지를 돌아보면서 문득 떠오르는 옛 시절에 대한 느낌을 비탄의 어조로 풀어내고 있다. 노래 전반에 걸쳐 흐르는 무상감 또한 길재 자신의 강직한 성품과 오히려 대조되는 면모를 보이고 있어 더욱 더 인간적인 면모를 드러내는 작품이라고도 하겠다.

정리하자면, 이 시기에는 현실정치의 좌절을 주로 노래하는 경향의 시조와 현실정치의 꿈을 주로 노래하는 경향의 시조가 주류를 이룬다. 여말·선초의 굵직굵직한 사건이 일어날 때마다 이들 초기 사대부 지식인들은 그들이 철석같이 믿던 유가적 의리론(義理論)에 따라 죽음으로써 항거하는 절의의 신념을 노래하기도 하고, 도도한 역사적 흐름 앞에 어쩌지도 못하는 개인의 회한을 노래하기도 하고, 혼란스러운 정치현실의 비리를 풍자적으로 노래하기도 한 것이다.39)

더불어 탄로(嘆老)·다정(多情)·회고(懷古)·호기(豪氣) 등 개인적 정서와 주의성(主意性)이 시조의 한 흐름을 이루고 있음을 알 수 있다. 비록 신흥 사대부들이 주된 작가군을 이루고 있으면서도 관념적·교의적 유교 이념보다는 체험적 정서가 이 시기 시조의 본질적 성격을 이루고 있다40)는 것이다.

5.2. 조선전기

이 시기의 시조는 크게 네 가지 범주로 나누어 볼 수 있다. 먼저 주로 세조의 왕위 찬탈과 관련한 절의의 노래들이 있다. 세조에게 항거해 단종의 복위를 꾀하다가 실패하여 죽임을 당했던 이른바 사육신과 생육신의 작품들이 주를 이룬다. 다음으로 성리학적 사유를 담은 본격적인 사대부 시조가 등장하면서 연시조가 형성된다. 이들 노래들은 주로 강호가도(江湖

---

39) 성기옥·손종흠, 『고전시가론』, 321쪽.
40) 고경식·김제현, 『시조·가사론』, 164-165쪽.

歌道)를 구현하는 데 치중한다. 사시가형 연시조와 오륜가형 연시조 등이
대표적이다. 이어 사설시조가 등장하고, 마지막으로 기녀시조가 등장하여
본격적으로 발전하는 시기이기도 하다.

당시는 훈민정음 창제와 경국대전 반포 등 사회·문화·정치적 사업을
통해 국가가 안정화되어 가는 시기였고, 따라서 시조에서도 작가의 개성
을 나타내고 자연의 미를 완상하는 등 시조문학의 진가를 발휘하게 된
시기였던 것이다. 이황과 이이, 송순과 정철 등의 문인들이 이 시기 주요
작가로 등장한다.

5.2.1. 절의형 시조의 표상

이 시기는 세종의 문화정치로 조선왕조의 기틀이 완성되어가는 과도기
였다. 그러다 단종1년(1453) 수양대군이 동생인 안평대군과 문종의 대신들
이었던 김종서 등을 죽이고, 단종3년(1445) 6월에는 단종의 양위와 함께
폐위당한 단종마저 죽였던 사건이 일어난 시기이기도 하다. 이후 성종대
에 이르러 비로소 조선의 성리학적 질서가 정착되어 가는 그런 시기였다.
이때 창작된 시조들은 대개 세조의 왕위 찬탈과 관련하여 이에 맞선 절
의의 노래들이 대부분이다.

   ① 　이 몸이 죽어가셔 무어시 될고 ᄒᆞ니
        蓬萊山 第一峰에 落落長松 되야이셔
        白雪이 滿乾坤 홀 졔 獨也靑靑 ᄒᆞ리라 　(樂學, 63)

   ② 　간밤의 부든 ᄇᆞ람 눈셔리 치단 말가
        落落長松이 다 기우러 가노미라
        ᄒᆞ물며 못다 핀 곳치야 일너 무엇ᄒᆞ리오 　(樂學, 66)

③　千萬里 머나먼 길히 고은 님 여희옵고
　　니 ᄆᆞᆷ 둘 디 업셔 냇ᄀᆞ의 안자시니
　　져 물도 내 ᄋᆞᆫ ᄀᆞᆺᄒᆞ여 우러 밤길 녜놋다　(樂學. 59)

　위 작품 ①은 사육신이었던 성삼문(成三問, 1418-1456)의 일명 <충의가>
로 회자되는 노래이다. 그러나 작시의 배경이나 작품명을 보더라도 응당
보였을 법한 분노나 절의가 적어도 표면적으로는 느껴지지 않는다. 오히
려 초탈 혹은 무념의 어떤 경지만을 보는 듯하다. 작품만을 놓고 볼 때
여기에서 어떤 '절의'를 이야기하기는 힘들다는 것이다. 즉 작시의 연유와
연관되어 분석될 때라야 가능한 일이다. 주지하다시피 이 작품의 지은이
는 사육신이었던 성삼문이다. 수양대군이 단종의 왕위를 빼앗는 정변에
대하여 비분강개하며 단종 복위에 힘쓰다가 처형장에 끌려갈 때 지었던
작품이라고 알려져 있다.[41]

　작품 ② 또한 사육신이었던 유응부(兪應孚, ?-1456)가 쓴 작품이다. 수양
대군이 단종을 몰아내고자 일으킨 계유정난(癸酉靖難)을 풍자하고 있으며,
작자는 그런 난리를 맞게 된 현실에 대해 한탄하며 비분강개할 수밖에
없었음을 어렵지 않게 포착할 수 있다. 간밤에 불던 바람과 눈서리는 수
양대군 일파의 횡포와 포악함이며 계유정난으로 인한 정치적 시련을 말
한다. 낙락장송은 단종을 지지하다 수양대군에게 살해당한 충신과 지사(志
士)들이며, 못 다 핀 꽃은 단종 복위를 위해 거사를 일으키려 했던 젊은
인재들을 말한다. 화자는 계유정난을 일으킨 것도 모자라 횡포를 부리고
조정의 중신들을 살해한데다 단종의 복위를 위해 움직이려던 젊은 인재
들마저도 없애려 하는 수양대군 일파에 대해 개탄의 목소리와 분노의 감

---

41) 조태성, 「의와 인의 감성적 경계, 절명시의 비극적 숭고미」, 『한국고시가문화연구』
　　32, 한국고시가문학회, 2013, 247쪽.

정을 스스럼없이 드러내고 있다.[42]

작품 ③은 단종에게 영월에서 사약을 진어하고 한양으로 돌아가던 금부도사 왕방연(王邦衍, ?-?)이 지은 노래이다. 세조의 신임을 받던 왕방연이기는 하지만 단종의 비참함에 함께 슬픔을 느끼며 어느 냇가에 앉아 읊은 것으로 알려져 있다. 여기에서 '냇ㄱ'는 이제 '고은 님'을 다시 볼 수 없게 하는 영원한 이별의 경계로 설정되어 있다. 헤어짐을 마주하였기에, 들리는 물소리 역시 울음소리와 다를 바 없다.[43]

5.2.2. 연시조의 등장

몇 개의 시조가 일군이 되어 다소의 연결성을 지니고 있는 분장식 장가(長歌)와 비슷한 형태의 시가군[44]을 연시조라고 한다. 그리고 여기에는 이러한 일군의 시조를 통칭하는 제목이 존재한다. 이처럼 일정한 제목 아래 여러 수의 시조를 창작하여 유기적으로 연결한 연시조의 등장은 조선 초기의 문인인 맹사성(孟思誠, 1360-1438)이 제작한 <강호사시가(江湖四時歌)>로부터 비롯된다.

조선의 건국과 더불어 성리학의 성행과 함께 발전한 연시조는 내용에 따라 크게 두 가지 범주로 구분할 수 있다. 강호(江湖)에 머물며 그곳에서의 삶을 노래한 강호시조(江湖時調)와 백성들의 훈민을 목적으로 오륜의 질서를 노래한 훈민시조(訓民時調)가 그것이다. 여기서 강호와 훈민은 각각 수기(修己)와 치인(治人)을 그 요체로 삼으며 상반되지만 실제로는 이 시기 사대부의 출처관(出處觀)을 반영한 삶의 요체라고 할 수 있다. 요컨대 나아

---

42) 조태성, 「텍스트를 통해 본 발분 메커니즘」, 『인간·환경·미래』 10, 인제대 인간환경미래연구원, 2013, 78쪽.

43) 조태성, 「고시조에 구현된 물의 심상」, 『시조학논총』 제29집, 한국시조학회, 2008, 114-115쪽.

44) 고정옥, 「국문학의 형태」, 우리어문학회편, 『국문학개론』, 일성당서점, 1949, 17쪽.

간 시기의 노래가 치인(治人)을 지향하는 훈민시조라면, 물러난 시기의 노래는 수기(修己)를 지향하는 강호시조가 된다.45)

강호시조는 다시 사시가형(四時歌型) 연시조와 어부가형(漁父歌型) 연시조, 팔경가형(八景歌型) 연시조, 육가형(六歌型) 연시조 등으로 구분할 수 있다. 그리고 훈민시조는 다시 오륜가형(五倫歌型) 연시조와 훈민가형(訓民歌型) 연시조로 구분할 수 있다.

5.2.2.1. 수기(修己) : 강호가도의 구현

조선전기 시조의 가장 큰 특징 중의 하나로 강호가도의 구현을 꼽을 수 있다. 조선에 성리학적 사유가 완전히 정착되었고, 그로부터 자연미에 대한 새로운 발견과 완상이 시작되었다고 보는 시기이기 때문이다. 그러나 이러한 경향이 15세기부터 발달했던 것은 아니다. 이 시기에도 물론 맹사성의 <강호사시가> 등 관인파들의 강호문학의 성격을 가진 작품이 있기는 했지만 사대부들이 진정으로 강호를 동경하고 산림에 파묻혀 그 속에서 시조문학을 산출하기 시작한 것은 16세기 이후의 일이었다.

당시 사대부 중 많은 사람이 시대적 상황 때문에 정치를 외면하고 산야에 은거하여 학문에 전념하고 후진들을 양성하는 경우가 많았다. "그러다가 사화가 일어난 다음에는 자연을 들어서 정치에 반격을 펴는 경향이 나타났다. 정치가 도학정치여야 하는데 그럴 수 없다는 것이 판명되자 자연에다 도학적인 의미를 부여하고 강호가도를 표방하는 데서 노래의 새로운 방향을 모색하였다."46) 이른바 사림파의 등장이자 사림파문학의 형성이라고 할 수 있다.

---

45) 김상진, 「조선조 연시조의 발전과 수용 양상」, 『시조학논총』 40, 한국시조학회, 2014, 84-86쪽.
46) 조동일, 『한국문학통사』 2, 339쪽.

자연과 사회(현실)를 대립적으로 보는 자연인식의 태도는 <강호사시가>에서 보듯, 자연과 사회의 행복한 합일을 노래한 15세기 관인층 사대부의 자연인식과는 분명히 다르다. 관인층 사대부들의 낙관론적 현실관을 더 이상 믿을 수 없었던 사림들의 경세관에 비추어 이러한 변화는 필연적이라 할 수 있다. 그러나 이를 사림들 특유의 자연인식으로 보기도 또한 어렵다. 이해관계로 얽힌 현실과 이를 초월한 무심(無心)의 자연, 때묻은 현실과 청정한 자연이라는 대립적 인식은, 기회만 있으면 자연에 들어 심신을 정화하고자 하는 오늘날 우리의 자연인식과도 별반 다를 것이 없기 때문이다.[47]

다음은 맹사성의 <강호사시가> 4수이다.

① 江湖에 봄이 드니 미친 흥이 절노 난다
   濁醪溪邊에 金鱗魚 安酒ㅣ로다
   이 몸이 閑暇히옴도 亦君恩이샷다

   江湖에 여름이 드니 草堂에 일이 업다
   有信흔 江波는 보닉ᄂ니 ㅂ롬이로다
   이 몸이 서눌히옴도 亦君恩이샷다

   江湖에 ᄀ을이 드니 고기마다 슐져 잇다
   小艇에 그믈 시러 흘리 씌여 더져 두고
   이 몸이 消日히옴도 亦君恩이샷다.

   江湖에 겨울이 드니 눈 기픠 자히 남다
   삿갓 비긔 쓰고 누역으로 옷슬 삼아
   이 몸이 칩지 아니히옴도 亦君恩이샷다 (樂學, 55-58)

─────────────

47) 성기옥·손종흠, 『고전시가론』, 330쪽.

위 ①은 어부의 노래이자 사계의 노래로, 강호한정을 노래하고 있다. 작가의 세계관을 알 수 있는 대표적인 연시조로, 강호가도의 선구로 꼽히는 작품이기도 하다. 또한 현전하는 가장 오래된 연시조이며, 이황의 <도산십이곡>, 이이의 <고산구곡가>에 영향을 끼친 작품이기도 하다.

형식상 이 작품은 '사시가형 연시조'라고 할 수 있다. 사시가형 노래는 전통적으로 오행사상(五行思想)과 밀접한 관련을 맺고 있다. 날, 달, 해, 계절과 같은 시간적 개념이 일직선상에 놓여 있지 않고 항상 순환한다는 의미이다. 따라서 사시가형 노래에 보이는 시간은 대개 자연의 시간이요, 관념적 시간이라고 할 수 있다. 개인의 소망적 차원에서 일종의 영원회귀 사상이 반영되었다고도 볼 수 있을 것이다. 강호가도를 노래하는 사시가형 시조는 대개 사대부들의 작품인 경우가 많다. 이는 내세관이 존재하지 않는 유교 이념의 한계를 극복하려는 일종의 문학적 장치일 수도 있다. 그러다 보니 오히려 자연을 관념화시켜 버리는 경향도 발생하였다.

여기에서 사시가에 대한 일반적인 특징에 대해 좀 더 살펴보자.[48] 일단 사시가의 중심 주제는 한 마디로 영원회귀 의식과 이상향의 추구라고 할 수 있다. 사시가를 내용에 따라 구분하면, 사대부층의 강호 생활을 노래한 강호한적류(江湖閑適類), 임금에게 배척받은 신하의 억울한 마음을 하소연한 고신원정류(孤臣冤情類), 부녀자의 내밀한 심사를 노래한 규방모정류(閨房慕情類), 농촌의 실상을 담은 전가실상류(田家實狀類) 기타 영물시(詠物詩), 제화시(題畫詩), 단순서경시(單純敍景詩) 등으로 나눌 수 있다. 그 중 영원회귀 의식과 이상향의 추구라는 주제 의식을 긍정적으로 표출시키고 있는 것은 강호한적류로, 대부분의 사시가가 여기에 속한다.

덧붙여 작품이 가지고 있는 주제의식을 긍정적으로 표출시킨 사시가는

---

48) 이하 사시가에 관한 내용은 김신중, 「한국 사시가의 연구」, 70쪽에서 발췌하였다.

거의 조선시대 사대부층의 소산으로 모든 작품에서 이상향은 강호(田園, 山中, 林泉, 山林 등)로, 현실 사회는 세속(人間, 塵世, 紫陌 등)으로 표현된다. 후자가 명리 추구를 바탕으로 한 인간관계가 유지되는 속된 세상이라면, 전자는 이를 벗어나 한적(閑適)을 즐기는 자유로운 세계인 것이다.

강호가도의 구현은 '어부가형 연시조'에서 보다 명확히 드러난다. 다음 작품을 보자.

> ② 이 듕에 시름 업스 니 漁父의 生涯이로다
>   一葉 扁舟를 萬頃波에 씌워 두고
>   人世를 다 니젯거니 날 가는 줄을 안가 〈1〉(사전, 3225)
>
>
>   구버는 千尋 綠水 도라 보니 萬疊 靑山
>   十丈 紅塵이 언매나 그롓는고
>   江湖애 月白흐거든 더옥 無心 하얘라 〈2〉(사전, 419)

위 작품은 농암(聾巖) 이현보(李賢輔, 1467-1555)의 <어부단가(漁父短歌)> 총 5장 중 제1, 2수로, 자연 속에서 탈속한 선비로서 즐기는 가어옹(假漁翁)의 노래이다. 화자는 이 작품을 통해 강호의 삶 속에서 일어나는 즐거움과 그러면서도 한편으로는 나라에 대한 근심으로 갈등하는 마음을 함께 노래한다. 제목에서 말하는 '어부'는 고기잡이를 생업으로 하는 어부(漁夫)가 아니라 퇴휴한 선비들의 은둔처사적 삶의 상징으로서의 어부(漁父)를 의미한다.

사실 '어부가(漁父歌)'는 초나라 굴원(屈原)의 <어부사> 이래 우리 문화예술 작품에 종종 등장해왔다. 이미 고려시대 때부터 12장으로 된 장가(長歌)와 10장으로 된 단가(短歌)가 존재했고, 이를 이현보가 9장의 장가와 5장의 단가로 재편하였다. 그리고 그의 <어부가>를 이어 조선중기에는 고산 윤선도가 <어부사시사>를 제작했던 것이다.

특히 이현보는 당시 영남 사림파에게 정신적·문학적 영향을 주어 영남가단(嶺南歌壇)을 형성하게 했다고 한다. 시조작가로서 그는 문학사적인 측면에서 중요한 위치를 차지하는데, 조선초기 시가에서 조선중기 시가로 발전하게 하는 기틀을 마련했다고 평가된다.

'팔경가형 연시조' 또한 크게 보아 강호의 노래에 가깝다. 대개 명승의 경관이나 누정제영과 관련이 있는 경우가 많다. 북송시대 송적의 <소상팔경가(瀟湘八景歌)>에서 영향을 받아 고려 명종시대 유입되었다고 알려져 있다. 이후 대도시를 중심으로 자연스럽게 널리 향유되면서, 특히 제화시(題畫詩)를 중심으로 '송도팔경', '한양팔경' 등의 명칭이 생겨나기도 하였다. 시조 형식으로는 단 한 작품만 존재하지만 한시에는 다수 존재한다는 점도 특기할 만하다.

다음은 청련(靑蓮) 이후백(李後白, 1520-1578)의 <소상팔경가> 8수 중 제1, 2수이다.

③　蒼梧山 聖帝魂이 구름 조차 瀟湘의 느려
　　夜半의 흘너드러 竹間雨 되온 뜻은
　　二妃의 千年淚痕을 시서 볼까 ㅎ노라 〈1〉

　　平沙의 落雁ㅎ니 江村의 日暮ㅣ로다
　　漁船은 已歸ㅎ고 白鷗ㅣ 다 잠든 밤의
　　어듸셔 數聲長笛이 잠든 날을 찌오는고 〈2〉

'소상팔경(瀟湘八景)'49)은 중국 호남성(湖南省)의 소수(瀟水)와 상수(湘水)가

---

49) 소상팔경은 중국 호남성 동정호 부근 소수(瀟水)와 상강(湘江)의 합류 지점인 소상의 여덟 가지 절경을 말한다. 차례로 ① 소상야우(瀟湘夜雨), ② 동정추월(洞庭秋月), ③

합류하는 지점의 인근 여덟 개의 아름다운 경치를 말한 것으로, 일찍부터 뛰어난 경치의 대명사로 인식되어 왔다. 위 <소상팔경가>는 전체 8수로 이루어진 시조로, 이후백이 15살(1534년) 때 백부를 따라 지리산에 갔다가 화개(花開)와 악양(岳陽) 사이의 두치강(斗治江)에 배를 띄우고 노닐면서 <소상팔경가>를 지어 주변의 승경을 노래하였다는 기록이 전한다.

이 기록에 의한다면 이후백의 <소상팔경가>는 중국의 특정 지역의 경치가 아닌 우리나라의 경치를 읊은 노래이어야 하나, 실상 시조의 내용을 보면 우리나라의 지명이나 경치 등은 거의 드러나지 않고 있다. 이러한 점들을 고려해 볼 때 이후백의 <소상팔경가>는 당시 '소상팔경가'라고 하는 우리 고시가 제작의 한 관습적 유형을 살필 수 있는 좋은 예가 되는 작품이라고 할 수 있다.[50]

더불어 이후백이 위와 같은 <소상팔경가>를 제작한 동인으로 서로 상이한 두 가지 성격이 작용했다는 평가도 있다. 그 하나는 윤리적 관념성을 앞세운 소상팔경가의 관습적 전통이요, 또 하나는 승경에서 촉발된 호기 서린 기상과 흥취라는 개인적 취향의 정서이다. 전자가 작품에 관여하여 공식적인 목소리를 유도하고 있다면, 후자는 다소나마 거기에서 일탈하는 태도를 이끌고 있다. 그런데 조선시대 중기 성리학적 이념에 보다 충실하였던 사림파로 불리는 문인들에게 보다 친숙했던 것은 위의 양자 중 전자의 공식적 목소리였다고 보인다. 따라서 그러한 성향의 문인들에 의해 제작된 소상팔경가에는 의도적으로 전자의 태도가 한층 강화되어 갔을 것이다.[51]

원포귀범(遠浦歸帆), ④ 평사낙안(平沙落雁), ⑤ 연사모종(烟寺暮鐘), ⑥ 어촌석조(漁村夕照), ⑦ 강천모설(江天暮雪), ⑧ 산시청람(山市晴嵐) 등이다.

50) 김신중 외, 『호남의 시조문학』, 32-33쪽. 인용한 작품 역시 이 책에 의한다.

51) 김신중, 「소상팔경가의 관습시적 성격」, 『한국시가문화연구』 5, 한국시가문화연구, 1998, 141쪽.

밖에 '육가형 연시조' 또한 수신자(修身者)의 내면세계, 즉 수신의 자세를 노래한다는 점에서 주제적 맥락이 같다고 할 수 있다. 이런 유형의 작품은 본래 중국 남송대 문천상(文天祥, 1236-1282)이 지은 <육가(六歌)>의 영향을 받았다. 먼저 김시습(金時習, 1435-1493)이 지은 칠언고시인 <동봉육가(東峰六歌)>가 제작되었고, 이어 이별(李鼈)의 <장육당육가(藏六堂六歌)>가 제작되었다.52) 김시습의 작품의 경우 한시지만, 이별의 작품은 시조이다. 그리고 이 작품의 영향으로 이황의 <도산십이곡>이 제작되었다고 보기도 한다.

5.2.2.2. 치인(治人) : 교화의 실천

조선 전기는 왕권의 강화와 더불어 성리학적 지배 이념이 정착되는 시기였다. '수기치인'은 따라서 사대부들이 체화하고 실천해야 할 궁극의 덕목이었다. 그것은 개인의 인격 완성과 사회적 문제에 대한 책임을 요청받는 바람직한 인간으로서의 군자의 길이며, 책임 있는 성인(成人)이 실천해야 할 내용인 것이다. 이런 내용이 시조에 담기면 흔히 교훈시조라 일컫는다. 특히 '오륜가형 연시조'나 '훈민가형 연시조'가 이에 해당한다.

교훈시조는 사대부들의 경세의식이 가장 직접적으로 투영된 유형으로서, 이 역시 강호시조와 비슷한 시기인 16세기 중반에 이미 양식적 확립을 이룬다. 주세붕의 <오륜가>와 송순의 <오륜가>, 이황의 <도산십이곡> '언학편(言學篇)'이 이 시기에 창작되기 때문이다. 정철의 <훈민가>는 교훈시조 가운데서도 작품 수준이 가장 빼어나서, 17세기 후반에는 『경민편(警民編)』에 수록되는 등 전국으로 널리 보급되기도 하였다. 그러나 17세기부터는 이 계열의 노래는 더 이상 창작되지 않는다. 아마도 향약(鄉

---

52) 이상원, 「'육가' 시형의 연원과 '육가형 시조'의 성립」, 『어문논집』 52, 민족어문학회, 2005, 182쪽.

約)의 보급 등 사림들의 향촌사회 교화가 일반화되면서 관(官) 주도식 훈민
의 효용성이 그만큼 약화되었기 때문이 아닌가 한다.53)

　　다음은 경유(景游) 주세붕(周世鵬, 1495-1554)의 <오륜가> 6수 중 일부
이다.

　　①　사롬 사롬마다 이 말슴 드러스라
　　　　이 말슴 아니면 사룸미오 사롬 아니
　　　　이 말슴 닛디 말오 비호고야 마로링이다　〈1〉(사전. 1957)

　　　　아버님 날 나흐시고 어마님 날 기루시니
　　　　父母옷 아니시면 내 몸이 업실낫다
　　　　이 德을 갑흐려 하니 하놀 ᄀ이 업스샷다　〈2〉(사전. 2601)

　　주세붕은 위 시조를 통해 삼강오륜을 배워야 하는 이유에 대해 말한다.
그리고 나서 나머지 5수를 통해 오륜의 다섯 덕목을 차례로 노래하고 있
는 것이다. 예를 들어 위의 제2수는 부모에 대한 자식의 도리로서 '부자
유친(父子有親)'의 덕목을 노래한다. 마찬가지로 나머지 작품들을 통해 차례
로 '군신유의(君臣有義)', '부부유별(夫婦有別)', '형제우애(兄弟友愛)'54), '장유유
서(長幼有序)'의 덕목을 노래하고 있다.

　　다음은 송강(松江) 정철(鄭澈, 1536-1593)의 <훈민가> 중 일부이다.

　　②　아바님 날 나흐시고 어마님 날 기루시니
　　　　두 분곳 아니시면 이 몸이 사라실가
　　　　하눌 ᄀ툰 ᄀ 업손 은덕을 어디 다혀 갑소오리　〈1 : 父義母慈〉(사전. 2599)

---

53) 성기옥 · 손종흠, 『고전시가론』, 333쪽.
54) 원래 오륜에는 '붕우유신(朋友有信)'이어야 하나, 주세붕은 대신 '형제우애(兄弟友愛)'를
　　꼽았다.

님금과 빅셩과 스이 하눌과 짜히로더
내의 셜운 일을 다 아로려 ᄒ시거든
우린둘 술진 미나리롤 혼자 엇디 머그리 〈2 : 君臣有義〉(사전, 1034)

형아 아으야 네 술홀 만져 보아
뉘손더 타나관더 양ᄌ조차 ᄀᄐᆞᆫ순다
ᄒ졋먹고 길러 나이셔 닷ᄆᆞᆷ을 먹디 마라 〈3 : 兄友弟恭〉(사전, 4603)

어버이 사라진 제 셤길 일란 다 ᄒ여라
디나간 後면 애ᄃᆞᆲ다 엇디 ᄒ리
평싱애 고텨 못홀 이리 이 ᄲᅮᆫ인가 ᄒ노라 〈4 : 子孝〉(사전, 2729)

<훈민가>는 모두 16수이다. 이 시조는 정철이 강원도 관찰사로 재직
하던 선조13년(1580) 정월부터 이듬해 3월 사이에 백성들을 계몽하고 교
화하기 위하여 지은 것이다. <훈민가>의 창작 의도는 유교적인 윤리관에
근거하여 바람직한 생활을 영위하도록 권유하는 데 있었다. 그러나 정철
의 이 시조는 사대부계층의 선험적인 가치체계를 일방적으로 따르도록
명령하는 어법을 사용하지 않았다는 점에서 하나의 특징이 있다. 오히려
백성들이 절실하게 느끼는 인간관계를 설정하고 정감어린 어휘들을 사용
함으로써 이러한 제재들을 다룬 어떤 작품들보다도 강렬한 설득력을 가
지게 하였던 것이다.[55]

5.2.3. 사설시조와 등장과 발전

사설시조는 '장형시조'라고도 부른다. 본래는 '만횡청류(蔓橫淸流)'라 하여
창법의 명칭으로 쓰이다가 문학양식의 명칭으로 바뀌었다. 사설시조의

---

55) 『한국민족문화대백과사전』 참조.

발생에 대해서는 일반적으로 고려후기에 이미 발생했다는 견해, 조선전기 사대부들에 의해 발생되었다는 견해, 조선후기 사회변동과 음악의 발달에 힘입어 평시조가 변형·파격을 이루었다는 견해 등과 더불어 경우에 따라 조선중기부터 민간가요가 시조창에 얹혀 불린 것이라는 견해도 있다. 여기에서는 조선전기 사대부에 의한 발생설을 따르기로 하되, 우선 고려후기 발생설의 근거가 되는 작품부터 살펴보기로 한다.

    ①   가슴에 궁굴에 둥시러케 뚤고
          왼숫기를 눈길게 쯔와 그 궁게 그 숫기 너코 두놈이 마조 잡아 이리로
          훌근 져리로 훌근 훌적 훌적이는 나남죽 남大都ㅣ도 그는 아모쬬로나
          견듸려 니와
          아마도 님 외오 살나흐면 그는 그리 못흐리라. (眞靑. 1728)

  위 작품은 대은(大隱) 변안렬(邊安烈, 1334-1390)이 거듭되는 민족의 수난을 온몸으로 부딪치면서 그로 인해 발현하는 통분을 비유적으로 노래하고 있다. 변안렬은 고려후기의 무신으로 호는 대은(大隱), 본관은 원주이다. 이 작품은 변안렬이 위화도에서 회군하고 돌아온 뒤에 창작한 작품[56]으로 알려져 있다. 당시 시대 상황과 관련해서 보면 그가 <불굴가>를 창작하게 된 까닭이 고려후기 급변하는 정세 속에서 신흥사대부들을 위시한 이성계 등과의 관계에서 비롯된 것으로 보인다.

  여하튼 작품의 형식적 측면에서 보면 오늘날 사설시조와 크게 다를 바 없어 사설시조의 효시로 꼽힐 만하다. 그러나 이 작품은 후대의 변용이 의심되는 작품으로써, 원래의 <불굴가>가 어떤 모습이었는지 아직 밝혀지지 않았다는 점에서 문제가 된다. 조선후기에 간행된 가집에 실려 있기

---

56) 황패강, 「변안렬의 <불굴가> 보고」, 『국어국문학』 49·50합집, 국어국문학회, 1970. 참조

도 하거니와 그 한역시와의 선후 관계조차 명확히 밝혀진 바가 없다는 것이다.

사설시조의 발생은 사실 조선전기 문인이었던 두곡(杜谷) 고응척(高應陟, 1531-1605)으로부터 비롯한다고 볼 수 있다. 고응척은 경상도 선산(善山) 해평현(海平縣) 문량동(文良洞)에서 태어났다. 본관은 안동(安東)으로 학문에 집착이 강했던 인물이며, 성리학이 정착을 이룬 16세기 중·후반에 삶의 자취를 남겼다. 과거에 급제하기는 했으나 주로 고향에 머물며 학문 연구에 몰두했던 인물이기도 하다. 특히 『대학』과 『중용』을 중요시하여 『대학』의 내용을 시조로 읊어 교훈시를 만들기도 하였다. 그가 남긴 『두곡집』에는 '가곡'이라는 명칭으로 총 28편의 시조가 실려 있다. 이 중 <호호가(浩浩歌)>가 주목된다. 이 작품은 연시조의 형식을 갖추고 있으면서도 그의 작품 중 유일하게 사설시조로만 이루어져 있다. 사설시조의 발생 시기를 확정하는데 있어 사실상 기준이 되는 작품이라고 할 수 있는 것이다.

② 　 天地 萬物이 엇디 ᄒᆞ야 삼긴 게고
　　시저리 쓰시면 太倉애 祿米을 쩌 누기고 머그리라 시저리 ᄇᆞ리시면 綠水 靑山이 어듸가 업시리 오 渭川 漁夫도 낫대 ᄒᆞ나 ᄲᅮ니오 莘野 耕叟도 두어 고랑 바티로다 ᄒᆞ물며 嚴子陵도 帝腹애 발 연즈니 그믈기도 몯ᄒᆞ거든 셩식글 내실랴
　　어릴샤 뎌 宰相아 제 지브로 오라 홀샤 〈1〉(사전. 3952)

　　天地 萬物이 엇디 ᄒᆞ야 삼긴 게고
　　屈原은 므스 일로 汨羅江에 ᄲᅡ디며 夷齊ᄂᆞᆫ 긔 므스 일 西山애 기굴믈 것고 聖賢의 ᄆᆞᄋᆞᆷ은 절로 즐겨ᄒᆞ거놀
　　百姓이 거복ᄒᆞ니 내라 혈마 엇더ᄒᆞ료 〈2〉(사전. 3951)

　　天地 萬物이 엇디 ᄒᆞ야 삼긴 게고

玉堂 金馬는 어듸만 인느뇨 雲山 石室이 간듸마다 노픈세고 구프려 바 톨 가니 쌍이야 젹다마는 울워러 프람 부니 하르리 무호하다 내 비즌 혼 말 술 벋님과 취호새다 二三月 春風은 푸메 ᄀ 독호엿거눌 九十月 丹楓은 느치 ᄀ독 오르느다
아마도 醉裏乾坤을 나와 너와 놀리라 〈3〉(사전, 3953)

〈호호가〉는 총 3수로 이루어진 연시조다. 위의 제1수에서는 화자의 출처관(出處觀)을 보여준다. 때에 따라 나아가고, 물러나 있을 때에 역시 어떻게 살아가야 하는지 노래한다. 제2수에서는 보다 구체적으로 관직에 나아가 있을 때의 삶의 자세를 노래한다. 그리고 제3수에서는 자연에 은 거하고 있는 화자 자신의 삶을 노래한다. 읽는 관점에 따라 '강호한정'을 떠올릴 수도 있는 작품이다.

그러나 고응척의 사설시조는 사설시조의 장르적 특성으로 꼽히는 시대, 계층, 내용 모두에서 예외적이다. 우선 그가 태어나 생활했던 시기나 계 층을 보더라도 그는 조선 전기의 양반계층에 속한다. 그러므로 고응척의 사설시조로써 환기될 수 있는 것은 사설시조가 조선후기 서민계층의 산 물이 아니라[57] 발생적 측면에서 이미 조선의 사대부들로부터 형성되었다 는 점일 것이다.

송강 정철의 〈장진주사(將進酒辭)〉도 이 시기 주목해야 할 작품이다.

③ 혼 盞 먹새근여 쏘 혼 盞 먹새근여 곳 것거 算노 코 無盡 無盡 먹새근여
이 몸 죽은 後면 지게 우히 거적 더퍼 주리혀 미여 가나 流蘇 寶帳의
萬人이 우러 녜나 어욱새 속새 덥가나모 白楊수폐 가기곳 가면 누른
히 흰 둘 ᄀ는 비 굴근 눈 쇼쇼리 브람 불 제 뉘혼 盞 먹쟈 호고
호믈며 무덤 우히 잔나비 프람 불 제 뉘우츤들 엇더리 〈성주본 『송강가사』, 80〉

---

57) 김상진, 「두곡 고응척의 시조에 관한 고찰」, 『시조학논총』 35집, 2011, 105쪽.

위 작품은 일명 권주가(勸酒歌)라고 할 수 있다. 죽은 뒤에 후회하지 말고 살아 있을 때 먹고 싶은 술 마셔가며 삶의 허무함조차 잊어버리자고 노래한다. 사실 표면적으로만 보자면 단순한 권주가를 벗어나지 못하는 가벼움도 보인다. 하지만 노래의 전반적인 기조는 삶에 대한 '암울함'이자 '허무함'이다.

사람이 이 세상에 머무는 것은 잠시, 그 누구라도 싸늘한 주검이 되어 땅에 묻히면 그만이다. 한번 무덤 속에 들면 그 누가 한잔 술을 권할 수 있을 것인가? 그때서야 살아생전 한잔 술에 인색하였음을 후회하면 또 무엇하겠는가?[58)

이렇게 무거운 주제를 오히려 역설적으로 표현하고 있다는 점이 이 노래의 백미라고 하겠다. 더불어 앞선 시기 고응척의 작품에 보이는 고사성어나 한문 조어, 전거의 사용 등을 피하고 우리말을 자유롭게 구사하고 있다는 점에서도 더욱 참신한 평가를 받는 작품이기도 하다.

5.2.4. 기녀시조의 등장과 서정의 확장

사대부시조는 그들의 성리학적 세계관에 따라 가치 지향성이 강하여 시로서의 순수한 서정적 정취를 맛보기가 어렵다. 시조를 통해 드높은 정신세계를 발현한 대가로, 아름다운 예술적 향취를 발산할 시조의 미적 가능성 발견에는 상대적으로 소홀했던 것이다. 이처럼 사대부들이 놓치고 있는 시로서의 아름다운 예술적 향취를 시조에 담아내어, 시조의 미적 가능성을 최대한으로 발현시킨 장본인은 바로 이 시대의 기녀시인들이다. 기녀시조에서 주로 노래된 사랑의 제재는 영원히 반복되며 개발될 문학적 제재이자 미적 영역이다.[59)

---

58) 김신중, 『은둔의 노래, 실존의 미학』, 도서출판 다지리, 2001, 68쪽.
59) 성기옥·손종흠, 『고전시가론』, 335쪽.

기녀시조의 효시는 홍장(紅粧, 미상)이다. 홍장은 고려말에서 조선초에 활동했던 강릉기녀이다. 송강 정철의 <관동별곡>에 나오는 '홍장고사'의 주인공이기도 하다. 홍장은 당시 강원도 관리였던 박신(朴信, 1362-1444)의 사랑을 받았다고 한다. 현전하는 홍장의 시조는 박신이 떠난 뒤 그를 기다리며 지은 것으로 보인다.

소춘풍(笑春風, 미상)은 조선 성종 때의 함경도 영흥 기녀이다. 성종의 총애를 받아 주로 궁중의 연희에 참석했다고 전해진다. 『악부』의 기록에 의하면 성종이 어느 연회에서 소춘풍에게 옛 곡을 쓰지 말고 스스로 노래를 지어 부르라고 하였는데 단지 문사만을 찬양하여 즉석에서 첫 번째 노래를 불렀다. 이에 모든 무관이 다 노여워하자 왕이 또 노래를 불러 무관의 노여움을 풀어주라고 하였다. 이에 다시 두 번째 노래를 불렀는데 이번에는 문관들이 기뻐하지 않았다. 왕이 또 노래를 불러 문관과 무관 양편의 불쾌함을 풀어주라고 하자 곧 다시 세 번째 노래를 부르니 문관과 무관이 모두 즐거워하였다고 한다.[60]

이 시기 대표적인 기녀시인은 황진이(黃眞伊, 1506-?)다. 그녀는 중종과 명종 대 활동했던 기생으로, 진랑(眞娘) 혹은 명월(明月)이라는 이름으로도 알려져 있다. 서경덕, 박연폭포와 함께 송도삼절(松都三絶)로도 불렸다. 다음은 그녀가 남긴 대표적인 작품 중 한 수이다.

① 冬至ㅅ돌 기나긴 밤을 혼 허리를 버혀닉여
　　春風 이불 아리 셔리셔리 너헛다가
　　님 오신 날 밤이어든 구뷔구뷔 펴리라 (樂學. 24)

---

[60] 이상 홍장과 소춘풍의 시조에 관해서는 조연숙, 「기녀시조의 전개 양상과 성격」, 『아시아여성연구』 49, 숙명여대 아시아여성연구소, 2010, 225-226쪽을 발췌 요약하였다.

위 ①에서 님은 사랑의 대상으로서의 님이다. 그러나 우리는 조선조의 유교정신 때문에 사랑의 불길을 철저히 숨겨야 했던 사정을 알고 있다. 그런 까닭에 "사랑을 부정하려는 이러한 인습에 대하여 황진이 등은 본능적으로 저항하였으며 여기서 시조의 정서는 개인적 체험의 서정세계를 낳았던 것이다. 관념적 사랑이 아닌 사랑의 대상으로서의 님은 부정될 수 없는 존재이며 님을 사랑하고 있는 자아의 발전은 개인적 서정세계를 노래하게 하였"61)던 것이다.

기녀시조가 보여주는 서정세계는 개인에서 그치는 것만은 아니다. 애초에 그들의 예술활동은 사대부들과의 관계망 안에서 이루어질 수밖에 없었다. 그런 까닭에 그들의 서정세계 또한 일부 공유될 수밖에 없었을 것이다. 다음은 백호(白湖) 임제(林悌, 1549-1587)와 기녀 한우(寒雨)가 주고받았던 작품이다.

② 北天이 묽다커를 우장 업시 길을 나니
   산의는 눈이 오고 들에는 츤 비 온다
   오늘은 츤 비 마즈시니 얼어 줄가 ㅎ노라 (樂學. 197)

③ 어이 어러 즈리 무스일 어러 즈리
   鴛鴦枕 翡翠衾을 어듸 두고 어러 즈리
   오늘은 츤 비 맛나시니 더옥 덥겨줄가 ㅎ노라 (樂學. 553)

먼저 작품 ②는 임제가 평양의 기녀였던 한우에게 준 일명 <한우가(寒雨歌)>이다. 북쪽의 날씨가 맑다고 해서 아무런 준비 없이 길을 나섰는데, 갑자기 산에는 눈이 내리고 들에는 찬비가 들이친다. 그 찬비를 모두 맞았는데 그래서 하는 수 없이 춥게 잘 수밖에 없다는 내용이다.

61) 고경식·김제현, 『시조·가사론』, 177쪽.

그러나 궂은 날씨에 대한 대비 없이 길을 나서서 찬비를 맞았으니 얼어 잘 수밖에 없겠다는 외연만으로는 어떤 특별한 시다운 느낌이 들지 않는 작품이다. 그렇지만 '찬비'를 기녀 '한우(寒雨)'를 뜻하는 중의적 표현으로 이해하고 나면, 비로소 그 숨겨진 의미가 생생하게 살아난다. 뜻하지 아니하게 오늘 한우 그대를 만났는데, 나 혼자서 쓸쓸한 밤을 지내야만 하겠는가? 이것이 이 시조에 숨어 있는 뜻이다.

작품 ③은 임제의 유혹을 은근히 받아들여 잠자리로 인도하는 한우의 화답이다. 한우, 즉 나를 만났으니 좋은 이부자리에서 함께 따뜻한 밤을 보내자는 것이다. 분명 멋들어진 창에 얹어 술잔과 함께 주고받았을 것이니, 예전의 시조 연행만이 가질 수 있었던 묘미가 바로 여기에 있다. 이런 시조를 흔히 수작형 시조라고 부르거니와, 남녀 사이의 수작도 이 정도면 가히 수준급이라 아니할 수 없다.[62]

기녀들은 기예적 기능뿐만 아니라, 사랑과 성애의 기능을 담당하는 위치에 있었다. 사대부를 위한 유희적 노예로서의 역할을 담당해야 했던 그들은 타자의 욕망의 대상이 되어 내적 진실과 상관없이 거짓으로라도 유혹적, 관능적 태도를 가져야 했다. 따라서 기녀시조는 대체로 유혹과 관능의 의미를 지니는데, 이는 기녀의 사회적 위치와 기능에 의해 타자로부터 요구된 역할을 수행함으로써 이루어질 수밖에 없었을 것이다.[63] 이 시기 송강 정철과 기녀 진옥 사이에 오간 작품들도 함께 살펴보자.

④ 玉을 玉이라커늘 燔玉만 너겨쩌니
　　이제야 보아ᄒ니 眞玉일시 적실ᄒ다
　　내게 술송곳 잇던니 ᄲ러 볼가 ᄒ노라 (사전, 2993)

---

62) 김신중, 『은둔의 노래, 실존의 미학』, 84쪽.
63) 김형철, 「조선시대 애정시조 연구」, 전남대학교 박사학위논문, 2005, 132쪽.

⑤ 　鐵이 鐵이라커놀 무쇠 鑷鐵만 너겨쩌니
　　이제야 보아ᄒ니 正鐵일시 분명ᄒ다
　　내게 골블무 잇던니 뇌겨 볼가 ᄒ노라 　(사전. 3977)

위의 ④는 어느 날 정철이 진옥과 술자리를 갖는 중에 즉석에서 그녀에게 답가를 요구하며 지었다고 한다. 그러자 진옥이 일말의 주저함도 없이 바로 화답한 시조가 바로 ⑤이다. ④에 대해 진옥은 글자 하나하나는 물론 구절마다 대구(對句)의 형식을 취하며 화답한다. 시재(詩才)로만 보자면 대문장가 못지않은 것이다. 이런 사연과 형식으로 인해 이 두 시조는 당대 사랑가의 백미라 꼽히기도 한다.[64]

⑥ 　묏버들 갈히 것거 보내노라 님의손더
　　자시는 窓 밧긔 심거두고 보쇼셔
　　밤 비예 새 닙곳 나거든 날인가도 너기쇼셔 　(사전. 1501)

⑦ 　梨花雨 훗쑤릴제 울며 잡고 離別ᄒ 임
　　秋風 落葉에 져도 날 生覺ᄂ가
　　千里에 외로운 쑴만 오락가락 ᄒ노다 　(樂學. 556)

⑥은 홍랑(洪娘, 미상)의 시조이다. 사대부 유학자인 최경창(崔慶昌, 1539-1583)과의 애정관계 속에서 창작된 작품으로 알려져 있다. 홍랑은 홍원 기녀로 당시 백광훈, 이달과 함께 삼당시인으로 불리던 최경창이 선조 6년(1573) 북해평사로 경성에 왔을 때 친하게 지냈다. 이듬해 최경창이 서울로 돌아가게 되자 홍낭이 영흥까지 따라가 배웅을 하고 돌아오는 길에 함관령에 이르러 저문 날 비 내리는 속에서 이 시조 한 수를 지어 묏버들

―――――――――――

64) 조태성, 「거짓사랑과 참사랑의 경계」, 한순미 외, 『우리시대의 사랑』, 전남대학교 출판부, 2014, 117쪽.

과 함께 보냈다고 한다.

⑦은 계랑(桂娘, 1573-1610)의 시조이다. 계랑은 부안의 명기로 스스로 호를 매창(梅窓)이라고 했다. 그녀는 전라도 아전 이탕종의 딸로 태어나 아버지에게 한문을 배웠으며 시와 노래, 거문고에 두루 능했다고 한다. 유희경(劉希慶, 1545-1636), 허균(許筠, 1569-1618) 등과 가깝게 지냈다. 특히 유희경과 친하게 지내 두 사람간의 애정을 읊은 한시가 다수 전하고 있다. 이렇게 유희경은 계랑을 만나 서로 풍류를 즐겼지만, 임진왜란이 일어나던 해인 1592년 유희경이 의병을 일으켜 싸우다가 서울로 돌아가 이후 한동안 만나지 못하였다. 이때 계랑이 멀리 떠난 유희경을 그리워하며 지은 시조인 것이다.

조선전기 기녀시조는 모든 일에 적극적이며 능동적인 모습을 보여주는 작품이 많다. 이 시기 기녀시조는 연모 상사의 정을 읊은 애정시조와 기녀 특유의 재치를 발휘한 기지시조, 그리고 사대부의 시에 화답한 화답시조 등이 주를 이루고 있다. 애정시조에서는 남녀 사이 애정관계에서 사랑의 주체로서 적극적·능동적 태도를, 기지시조와 화답시조에서는 상대방 남성과 대등하거나 한 수 높은 자리에서 상대방을 희롱하는 듯한 자세를 보이고 있다.

즉 이 시기 기녀시조는 일반 여성의 시에서 많이 볼 수 있는 남녀 간 애정을 읊음으로써 여성 시가의 맥을 그대로 잇고 있으나 사랑의 주체로서 애정관계에서 적극적이며 능동적 자세를 취해 일반 여성의 시와는 구별되는 특성을 지니고 있다. 또 기지시조와 화답시조 등에서는 신분의 특수성에 기인한 기녀 특유의 재치와 순발력으로 희학적 언어를 구사하여 상대방을 능가하는 기량을 과시하고 있는데, 기녀의 이런 당당함은 당시 기녀의 사회적 역할과 기능의 비중에 따른 존재 위상에서 비롯된 것[65]이라고 할 수 있다.

5.3. 조선후기

5.3.1. 우국시조의 사회적 지향

이 시기는 임진왜란을 비롯하여 정묘호란과 병자호란 등 3대 전란을 치른 만큼 정치·사회사적으로 혼란한 시기이기도 하다. 농지가 황폐화되고 농민들의 생활은 기근에 허덕이는 비참한 국면에 처했으며 거기에 질병이 만연하여 서민들의 참상은 이루 말할 수 없었다. 제도상으로는 신분제도가 해이됨으로써 신분체제가 무너지기 시작하여 조선사회는 밑바탕부터 무너져갔던 것이다.66) 이 시기의 시조는 우선 시대상을 반영하는 작품으로 시작한다고 할 수 있다. 국난에 처한 사대부들은 시조를 통해 우국의 심정과 전란의 패배에 따른 비분강개 등을 절절이 토로하고 있는 것이다.

다음은 칠실(漆室) 이덕일(李德一, 1561-1622)의 <우국가(憂國歌)> 28장의 일부이다. 임진왜란 직후 광해군의 혼정을 보고 고향에 돌아와서 나라의 장래를 근심하며 지은 작품으로, 우국의 정과 아울러 현실에 대한 개탄이 내용의 주류를 이룬다.

> ①   힘뻐 ᄒᆞ는 ᄊᆞ홈 나라 爲혼 ᄊᆞ홈인가
>   옷밥의 뭇텨이셔 홀 일 업서 ᄊᆞ오놋다
>   아마도 근티디 아니ᄒᆞ니 다시 어히ᄒᆞ리 ⟨13⟩
>
>   이ᄂᆞᆫ 져 외다 ᄒᆞ고 져ᄂᆞᆫ 이 외다 ᄒᆞ니
>   每日의 ᄒᆞ는 일이 이 ᄊᆞ홈 ᄲᅮᆫ이로다
>   이 중의 孤立無助ᄂᆞᆫ 님이신가 ᄒᆞ노라 ⟨14⟩

---

65) 조연숙, 「기녀시조의 전개 양상과 성격」, 243쪽.
66) 변태섭, 『한국사통론』, 삼영사, 1987, 322쪽.

이덕일이 살았던 시기는 명종, 선조, 광해군대이다. 이 시기는 전란과 더불어 당쟁이 극에 달한 때였다고 볼 수 있다. 그러한 시기 그의 눈에 비친 당쟁은 쓸데없고 허무한 싸움에 불과했다. 이 작품은 임금과 나라는 안중에도 없고 오직 자신들만의 당을 위해 '힘써' 싸우는 그들에 대해 안타까워하는 마음을 토로한다. 또한 그 싸움을 말릴 길 없는 자신의 처지가 너무 한스러워 자책하는 모습을 표현한 작품이라고도 할 수 있다. 게다가 이 사람 저 사람 모두 서로 옳다 그르다만 하면서 허송세월하는 조정 대신들의 모습을 보며 칠실은 임금을 생각하고 있다. 할 수 있는 일이 아무 것도 없어 보여 고립무원인 임금이 칠실에게는 오히려 당쟁의 희생인 양 여겨지는 것이다.[67]

1636년에는 청나라의 침략으로 인해 병자호란이 발발하였다. 결과적으로 병자호란은 패배한 전쟁이었다. 그런 까닭에 이 시기 제작된 시조들은 비애와 울분으로 가득 차 있다. 다음 작품을 보자.

② 　青石嶺 지나거냐 草河溝ㅣ 어듸메오
　　胡風도 춤도 출샤 구즌 비는 무슴 일고
　　뉘라셔 내 行色 그려 내여 님 겨신 듸 드릴고 (樂學. 23)

인조14년(1636)에 청나라는 20만 대군을 보내 조선을 초토화시켰고, 인조는 마침내 삼전도에서 굴욕적인 항복을 하게 된다. 병자호란을 말함이다. 결국 조선의 두 왕자, 즉 소현세자와 봉림대군은 볼모가 되어 청나라로 끌려가게 되었다. 이 노래는 그때 봉림대군이 청석령을 지나면서 지었다고 알려진 작품이다.[68]

---

67) 조태성, 「칠실 이덕일의 <우국가> 28장에 나타난 우국의 양상」, 『한국시가문화연구』 18, 한국시가문화학회, 2006, 331쪽. 인용한 작품 또한 이에 의한다.
68) 조태성, 「텍스트를 통해 본 발분 메커니즘」, 『인간·환경·미래』 제10호, 인제대학교

다음은 병자호란 당시 척화파의 한 사람이었던 화포(花浦) 홍익한(洪翼漢, 1586~1637)의 작품이다.

③ 主辱臣死라 흐니 내 몬져 죽어져서
魂歸故國 흐미 나의 願이러니
어즈버 胡塵이 蔽日 흐믈 츠마 어이 보리오 (사전, 3732)

초장에서는 삼전도에서의 항복을 두고 군주가 욕을 당하면 신하인 자신이 먼저 죽어 그에 답해야 한다고 토로한다. 그러면서도 자신은 포로가 되어 청나라로 끌려가 있지만 죽어서 넋이라도 다시 돌아가 치욕을 씻는 것이 자신의 소원이라고 말한다. 청나라와의 전쟁 참화가 햇빛마저 가릴 정도인 현실이 안타까울 뿐인 것이다. 당시 청나라로 함께 끌려갔던 김상헌, 이정환 등의 시조에서도 이런 울분의 감정은 여과 없이 드러난다.

이처럼 "우국시조가 이 시대에 특히 집중적으로 창작된 것은 임진왜란과 병자호란이라는 치욕적인 양대 전란을 겪었기 때문이다. 경세의 이상에 투철한 사대부들이므로 국가가 최대의 위난에 빠졌을 때 의병을 모집하는 등 다방면에서 구국활동을 펼칠 것임은 당연히 예상할 수 있으며, 전란을 소재로 한 노래의 창작 또한 쉽게 짐작할 수 있다. 그러나 양대 전란의 충격과 치욕이 워낙 큰 때문인지, 대장부로서의 참전 의지를 다지거나 승전의 의욕을 고취하는 14-15세기 호기가류(豪氣歌類)의 노래보다 국가의 안위를 지키지 못한 울분과 슬픔을 토로한 노래가 압도적으로 더 많다"[69]는 점도 주목할 만한 특징이라고 하겠다.

인간환경미래연구원, 2013, 82쪽.

69) 성기옥·손종흠, 『고전시가론』, 334쪽.

5.3.2. 사대부시조의 발전과 변모

전란이 끝난 후 조선사회는 커다란 변화를 겪었으며 백성들의 의식 또한 크게 달라졌다. 평민계층의 인간적 자각은 문학의 방향에도 커다란 변화를 가져왔으며 시조는 나라 안 전체에 폭넓게 확산되어 갔다. 평민의식을 바탕으로 한 주제화(主題化)의 흐름과 서정성은 공리성이나 교의적 관념체계를 벗어나 순수한 자연의 서정세계를 확보해 간 것이다.[70] 그런 과정에서도 사대부들의 시조는 더욱 더 발전해간다. 강호가도의 구현이 정점에 이르는가 하면 자연을 대하는 세계관의 변모가 이루어지기도 한다. 다음은 고산 윤선도의 <어부사시사(漁父四時詞)> 일부이다.

① 　구즌 비 머저가고 시냇믈이 묽아온다
　　　비 떠라 비 떠라
　　낫대롤 두러메니 기픈 흥興을 금禁못홀돠
　　　지국총至匊悤 지국총至匊悤 어ᄉ와於思臥
　　연강烟江 텹장疊嶂은 뉘라셔 그려낸고 〈夏1〉

　　년닙희 밥 싸두고 반찬으란 쟝만마라
　　　닫 드러라 닫 드러라
　　청약립青篛笠은 써잇노라 녹사의綠蓑衣 가져오냐
　　　지국총至匊悤 지국총至匊悤 어ᄉ와於思臥
　　무심無心ᄒᆫ 빅구白鷗는 내 좃는가 제 좃는가 〈夏2〉

　　마람닙희 ᄇ람 나니 봉창篷窓이 서늘코야
　　　돈 ᄃ라라 돈 ᄃ라라
　　녀롬 ᄇ람 뎡홀소냐 가는대로 비시겨리
　　　지국총至匊悤 지국총至匊悤 어ᄉ와於思臥

---

70) 고경식·김제현, 『시조·가사론』, 181-182쪽.

북포北浦 남강南江이 어디 아니 됴흘리니 〈夏3〉

묽결이 흐리거든 발을 싯다 엇더흐리
　　이어라 이어라
오강吳江의 가쟈 흐니 쳔년노도千年怒濤 슬플로다
　　지국총至匊念 지국총至匊念 어스와於思臥
초강楚江의 가쟈 흐니 어복튱혼魚腹忠魂 낟글셰라 〈夏4〉

만류녹음萬柳綠陰 어린 고디 일편틱긔一片苔磯 기특奇特흐다
　　이어라 이어라
드리예 다둗거든 어인징도漁人爭渡 허믈마라
　　지국총至匊念 지국총至匊念 어스와於思臥
학발로옹鶴髮老翁 만나거든 리틱양거雷澤讓居 효측效則흐자 〈夏5〉

　윤선도가 남긴 시조 작품은 모두 75수에 이르는데, 이들 작품은 그의
친필가첩과 판본에 전한다. 이 중 목판본『고산유고』제6권에 실린 시조
들은 고산이 순수 자연에의 사랑과 경험이 바탕이 되어 성숙한 시인의
경지에 이르게 되었을 때 제작한 것으로, 우리 시조문학의 백미라고 할
만한 작품들이 주를 이룬다.

　위의 <어부사시사>는 고산이 65세 때 벼슬을 그만두고 전남 완도의
보길도에 들어가 한적한 나날을 보내면서 지은 노래이다. <어부사시사>
는 세상에서 벗어나 아름다운 자연과 한 몸이 되어 강호에서 노니는, 이
른 바 강호한정을 노래하고 있다. 4계절을 제재로 매 장을 각각 10수씩
총 40수로 하고, 각 수마다 여음을 붙였다. 여음은 배를 띄워서부터 돌아
오기까지의 과정을 표현한 것인데, 고려 후기의 <어부가>를 이어받아 다
시 창작한 것으로 보인다. 이현보의 <어부단가>나 그 밖의 어부가류의
노래와는 달리 <어부사시사>는 순 우리말로 새롭게 썼다는 점에서 큰

의의가 있으며, <오우가>와 함께 그의 대표작으로 꼽힌다.[71]

18세기에 이르면 사대부시조에도 일종의 변화가 일어난다. 자연을 대하는 그들의 세계관에 변화가 보이기 시작한다는 것인데, 존재(存齋) 위백규(魏伯珪, 1727-1798)의 작품이 이를 대변한다. 다음은 그의 작품 <농가(農歌)> 9장 중 일부이다.

> ②   西山의 도들 볏 셔고 굴움은 느제로 낸다
>   비 뒷 무근 플이 뉘 밧시 짓텃든고
>   두어라 추례 지운 일이니 믹는 대로 믹오리라 〈1 : 朝出〉
>
>
>   둘너 내쟈 둘너 내쟈 길촌 골 둘너 내쟈
>   바라기 역괴를 골골마다 둘너 내쟈
>   쉬 짓튼 긴 스래는 마조 잡아 둘너 내쟈 〈3 : 耘草〉

위백규는 정조대의 대표적인 향촌실학자이다. 그가 남긴 『존재전서(存齋全書)』에 두 종류의 이본 형태로 이 작품이 전한다. 특히 『사강회문서첩』에 전하는 작품은 국한문 혼용으로, 가곡(歌曲)의 오장(五章) 형식으로 되어 있으며, 각 작품마다 작품의 내용에 대한 주제어가 제시되어있다.

이 작품은 기존 사대부시조의 관념적 자연관을 벗어나 실생활로서의 실체적 자연관을 보여준다는 것에 특징이 있다. <농가> 1에서 '믹오리라'는 스스로 밭은 매겠다는 것, <농가> 2에 보이는 '두러 내쟈'는 밭이랑에 돋은 풀을 뽑겠다는 것 등이 그것이다. 농가의 일을 멀리서 관조하며 즐기던 기존의 전원시적 경향에서 벗어나 실제 농사일에 뛰어들어 생겨난 감흥을 체험적으로 노래하고 있는 것이다.

---

71) 이와 관련한 서술은 김신중 외, 『호남의 시조문학』, 161-162쪽 참조. 인용한 작품 또한 이에 의한다.

제1장에서 제9장에 이르기까지 <농가>는 농부의 하루 일과와 일 년 농사의 과정에 따른 시간 순으로 구성된 작품이다. 아침에 김 맬 하루 일과를 설계하여(제1장), 소 몰고 밭으로 나가(제2장), 골골마다 김을 매다가(제3장), 잠시 휴식을 취하고(제4장), 오손도손 보리밥 점심을 먹은 다음(제5장), 해 지면 돌아오는(제6장) 것이 농부의 하루 일과이다. 이렇듯 땀 흘려 일하며 오뉴월을 보내고 나서 흐뭇한 마음으로 면화가 피고 벼가 익어가는 칠월 초가을을 맞고(제7장), 추수한 새 곡식으로 새 밥과 새 술을 맛보는 즐거움을 누리면서(제8장), 농사를 마무리하고 노소가 함께 모여 술잔을 권하며 향음을 행하면서(제9장) 농촌의 한 해는 저물어 간다.

<농가>에는 또 도롱이, 호미, 뿔 굽은 검은 소, 품진 벗님 등 도처에 정겨운 토속적인 말들이 보석처럼 박혀 있다. '도롱이에 호미 걸고 뿔 굽은 검은 소 몰고', '둘러내자 둘러내자 길찬 골 둘러내자', '행기에 보리메요 사발의 콩잎채라' 등 시종 작품 전면에 드러나고 있는 반복과 대조를 통한 율동감 있는 리듬은 건강하고 활기찬 농촌의 정경을 떠올리게 한다. 특히 노소가 함께 모여 술잔을 권하면서 흙 장구 노랫가락에 맞춰 어깨 춤을 덩실대는 제9장에 이르면 신바람이 절로 인다.

현장에서 직접 농사일을 체험한 사람이 아니고서는 느끼거나 표현해낼 수 없는 정취이다. 마치 언제 누구에 의해 비롯되었는지도 모르면서 누구나 쉽게 따라 불렀던 민요의 모습 그대로이다. 그것이 바로 <농가>가 관조자가 아닌 직접 농사를 짓는 농부의 입장에서 제작되었음을 말해주는 표증이기도 하다.72) 이런 측면으로 말미암아 그의 <농가>는 조선 후기 사대부시조의 결정적 변모를 보여준다는 평가를 받는다.

우리 고시조의 말미를 무게 있게 장식한 최다작 시인 경평군(慶平君) 이

---

72) <농가>에 대한 내용 설명은 김신중, 『은둔의 노래, 실존의 미학』, 122-123쪽을 발췌 요약하였다. 작품 인용은 김신중 외, 『호남의 시조문학』에 의한다.

세보(李世輔, 1832-1895)의 시조 세계도 마땅히 살펴볼 필요가 있다. 유배 작가인 이세보는 조선 왕실의 종친으로 선조의 제3자인 의안군의 9대손이며, 대원군의 재종제이다. 그는 20세에 철종으로부터 경평군이라는 작호를 받았으나, 안동 김씨일파가 세도를 부리던 무렵 그들을 비난하였다 하여 작호를 빼앗기고 완도의 신지도에 유배되었다. 이때 그의 나이 29세 (철종11년)였으며, 철종의 승하 후인 고종 즉위년(1863)에 해배되었다. 그의 작품은 필사본 가집 『풍아(風雅)』 2책과 『시가(詩歌)』 및 유배 일기인 『신도일록(薪島日錄)』에 수록되어 있는데, 모두 463수의 방대한 양이다.

> ③   니 나을 혜여 보니 명년이 샴십이라
>   슈구 여병 웨 모르고 쳔니 거젹 무삼 일고
>   아마도 츙언이 역이나 이어힝인가 (시전. 776)

이 작품에서 그는 스물아홉의 나이로 '천리거적(千里居謫)'을 하게 되었음을 한스러워 하면서, 그것은 자신이 '수구여병(守口如瓶)' 하지 않은 때문이라 하였다. 안동 김씨 일파를 비난하였다가 유배당한 사실을 말한 것이다. 그러면서 자신의 말은 곧 충언이었으나, 오히려 그것이 상대편의 행동에 이롭게 작용해버린[利於行] 것이 아닌가 반문하고 있다. 그는 조선시대 시조의 마지막을 가장 성대하고 특성 있게 장식한 작가로 평가된다.[73]

5.3.3. 사설시조의 발전과 보급

사설시조가 본격적으로 발전하기 시작한 때는 숙종 이후 영조 무렵이다. 이때부터 사설시조는 중인 및 서민층으로 그 향유 계층이 확대되기 시작한다. 이전까지 성행하던 연시조 창작 풍토는 현저하게 줄어드는 대

---

73) 김신중, 『은둔의 노래, 실존의 미학』, 247-248쪽.

신 그 자리를 사설시조가 담당하기 시작하였다. 연시조의 감소는 이 시기
에 들어 급격히 진행된 가곡의 발전, 특히 악곡의 분화에 따른 음악성의
강화와 직접적 관련이 있다. 연시조는 본디 여러 연이 중첩되는 형식적
특성상 가곡의 음악적 편제와는 조화를 이루기 어려운 양식이다.

사설시조의 성행 또한 가곡의 음악성 강화와 직접 관련되어 있다. 18세
기 이전에 사설시조가 이미 존재하고 있었음은 17세기 사대부들 작품 가
운데 10여 수의 사설시조 작품이 남아 있는 점, 1728년에 편찬된 김천택
의 『청구영언』에 당시 전승되던 사설시조 119수를 '만횡청류(蔓橫淸流)'로
묶어 수록하면서 "그 유래가 이미 오래되어 일시에 폐기할 할 수는 없다
(其流來也已久 不可以一時廢棄)"고 한 점에서 분명하다.74)

이 시기 사설시조는 크게 '현실에 대한 긍정과 부정', '서민적인 사랑',
'취락(聚落)과 한로(限老)', '풍자와 해학', 그리고 '서민생활의 반영'이라는 내
용적 특징을 가지고 있다.75) 또한 사설시조는 사대부시조와 달리 거칠면
서도 활기에 찬 삶의 역동성을 담고 있다. 사설시조를 웃음의 미학이라고
도 할 수 있겠는데, 일상적 삶 속의 갑남을녀들에 대한 해학적 관찰, 중세
적 고정 관념을 거리낌 없이 추락시키는 풍자, 고달픈 생활에 대한 해학
등이 주요 내용76)을 이루고 있다고도 한다. 그리고 이런 내용의 노래들은
중인과 서리를 중심으로 이루어진 가객들에 의해 처음 보급되기 시작하
면서 이후 평민층에 이르기까지 광범위하게 그 향유 계층을 확대해 나가
기 시작한다.

특히 사설시조가 내포하고 있는 세계관적 기반, 즉 '세계를 있는 그대
로 받아들이고 생존의 기쁨을 향수'하면서 '관념'이 아닌 '구체적 세계',

---

74) 성기옥·손종흠, 『고전시가론』, 342-344쪽 참조.
75) 정재호, 『한국시조문학론』, 262쪽 참조.
76) 류연석, 『시조와 가사의 해석』, 역락, 2006, 163쪽.

'추상'이 아닌 '감성적 세계'에 대한 비상한 관심을 보이는 것은 중세문화를 극복하는 새로운 조류로서, 또 중세해체라는 시대적 변환에 대한 반영으로서, 그 역사적 가치를 인정할 수 있다.[77]

이제 사설시조가 가지고 있는 내용적 특질 중 하나인 풍자(諷刺)에 대해 살펴보자. 풍자는 건전한 사회 비판의 유용한 한 방식이다. 감성을 발현해야 하는 당위에 가장 적합한 기제 중의 하나로도 볼 수 있는 것이다. 이를 예술의 한 형식으로 본다면, 주로 문학이나 연극, 무용, 미술 등의 장르에서 사회를 비웃거나 조롱하면서 그 문제를 드러내보이고자 하는데 사용된다.[78] 다음 작품을 보자.

① 一身이 사자ᄒ니 물컷 계워 못 살니로다
　皮ㅅ겨 ᄀᆞᆺ튼 가랑니 보리알 ᄀᆞᆺ튼 슈통니 줄인 니 갓ᄭᅵᆫ 니 잔 벼록 굵
　은 벼록 강벼록 倭벼록 긔는 놈 ᄠᅱ는 놈에 琵琶 ᄀᆞᆺ튼 빈더 삿기 使
　命 ᄀᆞᆺ튼 등에 어이 갈따귀 ᄉᆞ무아기 센 박휘 누른 박휘 바금이 거
　저리 부리 ᄲᅩ족 ᄒᆞᆫ 모긔 다리 긔다ᄒᆞᆫ 모긔 살진 모긔 야윈 모긔
　그리마 ᄲᅩ록 이 晝夜로 ᄇᆡᆫ 틈 업시 물거니 쏘거니 ᄲᆞᆯ거니 ᄯᅳᆺ거니
　甚ᄒᆞᆫ 唐비루 예셔 어려왜라
　그 듕에 ᄎᆞᆷ아 못 견될 슨 五六月 伏더위에 쉬ᄑᆞ린가 ᄒᆞ노라 　(사전.
3437)

위 ①을 보면 어떤 이가 세상을 살아가고자 하는데 가랑이, 수통이, 잘고 굵은 벼룩, 빈대, 등에, 각다귀, 모기 등의 온갖 물컷들이 쏘아대고 물어뜯고 해서 살기가 고달픈 중에서도 오뉴월 복더위에 쉬파리는 더 참기

---

77) 고미숙, 「사설시조의 역사적 성격과 그 계급적 기반 분석」, 『어문논집』 30, 안암어문학회, 1991, 52쪽.
78) 조태성, 「사설시조의 모더니티」, 『한국고시가문화연구』 36집, 한국고시가문화학회, 2015, 330쪽.

가 어렵다[79]고 말하는 모습을 살펴볼 수 있다. 당대 현실과 결부하여 관리와 양반들을 온갖 벌레로 풍자하면서 그들의 백성 수탈을 비판하고 있는 것이다.

흔히 말하는 '자아의 발견'도 사설시조의 맥락을 이해하는 주요한 키워드이다. 물론 사설시조에서 말하는 자아의 주체는 사대부들이 아닌 서민들이다. 이들이 인간으로서의 자신에 대해 각성하기 시작하고, 자신을 둘러싼 세계에 대해 적극적으로 인식하면서 사설시조를 통해 그러한 인식들을 드러내기 시작했다는 것이다. 그런 양상을 여실히 보여주는 사례가 바로 애정이자 그것에서 비롯하는 욕망의 문제이다.

> ② 어이려뇨 어이려뇨 싀어마님아 어이려뇨
> 쇼대 남진의 밥을 담다가 놋쥬걱 잘늘 부르쳐시니 이를 어이려뇨 싀어 마님아
> 져 아기 하 걱정 마라스라 우리도 져머신 제 여러흘 부르쳐 보왓뇌
> (사전, 2771)

위 시조 ②는 며느리가 '샛서방'의 밥을 담다 놋 주걱을 부러뜨렸고, 이를 걱정하는 차에 시어머니가 자신도 젊었을 때 그랬다면서 걱정하지 말라고 '위로'해주는 그야말로 '이상한' 상황을 보여준다. 잘 부러지지도 않는 놋 주걱이 부러질 정도면 얼마나 밥을 꾹꾹 눌러 담으려 했을 것인가. 그리고 얼마나 다급했으면 시어머니께 이를 어찌할까 물었을까. 이런 상황을 보면 부러진 놋 주걱에 대한 안타까움이 아니라 샛서방에게 차려 줄 밥을 못 담는 데서 비롯한 며느리의 안타까움이 더 진하게 느껴진다. 본서방도 아닌 샛서방에 대한 며느리의 애욕이 전적으로 드러난 부분이

---

79) 서원섭, 『시조문학연구』, 285쪽.

라고 할 수 있다.[80)]

성욕 혹은 애욕은 인간의 지진 가장 본질적인 욕망 중의 하나라고 한다. 드러내느냐 그렇지 못하느냐 혹은 긍정적이냐 부정적이냐 등 그 질적인 차이만 존재할 뿐이다. 사설시조를 통해 드러나는 이들의 욕망은 일단 거침이 없다. 그리고 직설적이다. 이 점이 바로 이 시기 사설시조의 발전 양상을 가장 잘 드러내는 지점이라고 할 수 있을 것이다.

5.3.4. 가객의 등장과 가단의 형성

조선중기까지의 시조 향유층은 사대부들이 중심이었다. 이런 사정이 조선후기로 넘어서면서부터 달라지기 시작한다. 중간층이 새로운 시조의 향유층으로 부상함으로써, 사대부시조 중심으로 전개되어 온 전대와는 또 다른 판도 변화가 시조문학계에서도 일어나기 시작했기 때문이다. 가객(歌客)의 등장이 그것이다. 가객시인 그룹은 18세기에 들어 부의 축적 여부를 떠나 문화적으로 성장한 중간층 지식인들이 시조를 자신의 예술적 교양물로서 애호하며 창작한 일종의 동호인 그룹에 해당한다. 사회적으로 급성장한 18세기 중간층 지식인들이 초기의 소박한 취미 활동을 넘어 시조를 자기표현의 주된 문학적 양식으로 삼음으로써, 마침내 중간층이 명실상부한 시조의 중심 향유층으로 부상하기 시작한 것이다.[81)]

이들은 궁중음악을 연주하거나 창(唱)을 하던 직업적·전문적 악공이 아닌, 풍류로 악기를 연주하고 노래하는 여항의 노래꾼들로서 주로 시조창을 불렀다. 따라서 관(官)에 예속되어 틀에 박힌 음악만을 전수하던 예인들과 달리 주체적이고 창조적인 예술을 전개시키는 데 이바지하였다. 조선후기 도시의 발달로 인한 유흥문화의 성장과 함께 등장한 이들은 정

---

80) 조태성, 『고전과 감성』, 전남대학교 출판부, 2012, 169쪽.
81) 성기옥·손종흠, 『고전시가론』, 338-339쪽.

악에 속하는 시조창·가곡창을 주로 불렀기 때문에 민속악인 판소리를 부르는 광대나 잡가를 부르는 사계축이나 삼패 같은 하층 노래꾼들과는 구별된다. 이들의 신분은 주로 중인층으로, 그중에서도 특히 서리층이 많았다.

김수장이 펴낸 『해동가요』의 <고금창가제씨>에는 당시 알려진 가객 56명의 이름이 열거되어 있는데, 이들 중 허정(許珽, 1621-?)을 비롯한 몇 명의 사대부를 제외하고 거의 모든 가객이 '경아전(京衙前)'이라 불리는 서리층으로 기록되어 있다. 18세기 초반에 등장한 선구적 가객으로 김천택·김유기·김성기 등이 있고, 18세기 후반의 가객에는 김수장·김우규·박문욱·김묵수·김진태 등과 같은 노가재가단의 가객 및 이세춘·송실솔 등이 유명하다. 19세기 후반에는 박효관·안민영·안경지 등이 그 뒤를 이어 활약하였다.82)

가단(歌壇)이란 이들 가객들의 사회 또는 그 모임을 말한다. 그러나 일반적으로 가단이라고 하는 경우는 보통 조선후기의 중인·아전층을 중심으로 한 가객집단을 가리킨다. 조선후기에는 시조창이 크게 발달하면서 중인·서리층 출신의 가객들이 도시의 문학과 풍류를 주도했는데, 가단은 당시 중인 신분으로 한시를 쓰는 사람들의 모임인 시사(詩社)에 대응하는 모임이었다. 이들이 일정한 모임을 갖고 함께 활동한 흔적은 기록에 남아 있지만, 가단이란 이름 아래 본격적인 활동을 했다는 뚜렷한 기록은 남아 있지 않아서 그 양상을 정확히 알기는 어렵다.83) 경정산가단(敬亭山歌壇), 노가재가단(老歌齋歌壇), 승평계가단(昇平契歌壇) 등이 대표적이다.

먼저 '경정산가단'은 영조대 김천택과 김수장을 중심으로 하여 활동한 가객들의 모임이라고 알려져 있지만, 사실 그 실체가 분명하지는 않다.

---

82) 이상의 서술은 『다음백과사전』을 참조한 것임.

83) 『두산백과사전』 참조.

김수장이 편찬한 『해동가요』 서문에 관련 언급이 있기는 하지만, 그것이
가단의 성립이나 구체적 활동 내용을 보여주는 것은 아니기 때문이다.

김천택은 『해동가요』에 숙종 때의 포교(捕校)라 소개되어 있다. 당시 가
객들의 신분이 대부분 그러했듯이, 그도 역시 중인계층으로서 관직생활
은 젊었을 때 잠시 지냈고, 거의 평생을 여항에서 가인·가객으로 지낸
인물이다. 그러면서도 부귀(富貴)와는 무관한 사람으로 알려져 있다. 다음
작품 ①에는 세상의 영욕에 초탈하여 자연 속에 묻혀 살겠다는 그의 삶
의 태도가 담겨 있다.

① 榮辱이 並行ᄒ니 富貴도 不關토라
第一江山에 내 혼자 님자되야
夕陽에 낙싯대 두러메고 오명가명 ᄒ리라 (眞靑. 256)

사실 이 시기의 가악계를 주도한 모임은 노가재가단이라고 할 수 있다.
'노가재가단'은 김수장이 71세 되던 해인 영조36년(1760)에 서울 화개동에
노가재(老歌齋)를 짓고, 만년을 여기에 묻혀 여러 벗을 비롯하여 후배들과
함께 활발하게 시조창작과 가악활동을 한 데서 비롯한다. 이들은 선배인
김천택과 달리 신분의 한계에서 벗어나 예술의 주체로서 적극적으로 창
작하였고, 풍류남으로서 호방한 기질로 성정(性情)의 자유를 희구하며 이
를 노골적으로 시조에 드러냈다. 그러면서도 김수장은 김천택이 추구했
던 무반적(武班的) 풍류 세계를 노래하는 것에는 경계를 두었다. 다음 시조
②의 종장에는 그의 생각이 직설적으로 언급되어 있음을 볼 수 있다.

② 長安甲第 벗님네야 이 말ᄉᆞᆷ 들으시소
몸치레 홀연이와 마음치레 ᄒ여보소
솔直領 쟝도리 風流에란 브디 즑여 말으시 (『해동가요』, 481)

노가재의 중요한 성과 가운데 주목할 만한 것으로 『해동가요』의 부록인 「청구가요(靑邱歌謠)」의 편찬을 꼽을 수 있다. 이 가집의 수록 작가나 작품의 문학성도 중요하지만, 각 작가의 작품 끝에 붙인 후서(後序)는 당시 가악계를 살필 수 있는 중요한 자료가 되기 때문이다. 「청구가요」는 김수장이 노가재를 중심으로 한 가단 활동을 통해서 이루어낸 작품을 뽑아 엮은 것으로, 바로 노가재가단 활동의 결실[84]이라고 할 수 있다.

다음으로 '승평계가단'은 19세기 후반 박효관과 안민영이 중심이 되어 서울 인왕산의 필운대를 무대로 활동을 펼쳤던 가단이다. 특히 안민영은 1867년에 흥선대원군을 처음 만난 이후로 그의 후원을 받아 '승평계'라는 가곡풍류회를 결성하였다. 안민영은 대원군의 비호를 영광으로 여기고 그것을 드러내기 위해 의도적으로 '승평(昇平)'을 내세웠다는 설도 있다. 이들은 '가곡풍류'라는 기치에 걸맞게 당대 유행하던 시조창을 벗어나 가곡창을 고수하고자 노력하였다. 박효관은 이때 안민영의 도움을 받아 『가곡원류』를 편찬하였고, 안민영은 『금옥총부』를 편찬하여 이러한 목적을 달성하고자 하였다.

안민영은 특히 매화에 대한 취향이 남달랐던 같다. 그가 남긴 <매화사(梅花詞)> 8수는 매화에 대한 예찬임에도 오히려 비유적으로 그가 평소 마음에 두었던 지조의 기풍이 고아한 풍취와 어울려 뛰어난 문예미로 발현되고 있다.

③ 梅影이 부드친 窓예 玉人金釵 비겨신져
   二三 白髮翁은 거문고와 노리로다
   이윽고 盞드러 勸하랼 져 달이 ○한 오르더라 (『금옥총부』, 6)

---

84) 『한국민족문화대백과사전』 참조.

어리고 셩근 梅花 너를 밋지 안얏더니

눈 期約 能히 직켜 두세 송이 푸엿구나

燭 잡고 갓가이 사랑할 제 暗香浮動하더라 (『금옥총부』, 15)

③은 일명 영매가(詠梅歌)로 불리기도 한다. 안민영이 55세 때인 고종7년(1870), 그의 스승 박효관의 운애산방(運崖山房)에서 기생과 더불어 놀 때 지었다고 전해진다. 매화가 피어난 모습에서 평상시 품었던 자신의 생각을 매화향처럼 은은하게 담아낸 작품이라고 할 수 있다.

이처럼 19세기에 들어오면 시조창, 판소리 등이 새로운 음악연희로 자리를 잡게 되는 데에 비해 가곡창은 점점 쇠퇴한다. 그럼에도 불구하고 이러한 가단활동은 도시의 발달로 예술에 대한 수요가 증가하는 상황에서 도시의 유흥과 풍류를 주도했으며, 많은 수의 작품을 창작하여 우리의 고시조 목록을 더욱 풍부히 하였다고 볼 수 있다.

5.3.5. 가집의 편찬

가객들이 시조문학사상 남긴 가장 큰 업적은 가집(歌集)의 편찬일 것이다. 현전하는 주요 가집으로는 『악학습령(樂學拾零)』, 『청구영언(靑丘永言)』, 『해동가요(海東歌謠)』, 『남훈태평가(南薰太平歌)』, 『가곡원류(歌曲源流)』, 『금옥총부(金玉叢部)』 등이 있다.

『악학습령』은 『병와가곡집(甁窩歌曲集)』이라고도 알려진 가집이다. 숙종 39년(1713) 이형상이 편찬하였으며, 현존 최고(最古) 및 최다작(最多作)을 수록하고 있는 가집이다. 제1장부터 4장까지에는 <음절도>, <오음도> 등이 수록되어 있으며, 그밖에 목록 3장과 본문 99장 등으로 구성되어 있다. 특히, <음절도> 부분에서는 시조라는 용어가 사용되었는데, 이는 <관서악부>에 보이는 명칭보다 조금 이른 것이라는 점도 특징이다.

수록된 작품수는 총 1,109수로 유명씨 작품이 595수이며 무명씨 작품이 514수이다. 수록된 실제 작가의 수는 172명인데, 목록란에는 175명으로 되어 있다. 이 가집은 다른 가집에 비하여 삭대엽과 낙희조가 있다는 것이 특징이다. 또한, 『청구영언』과 『해동가요』에는 초중대엽부터 초삭대엽까지 각각 1수의 작품만을 들고 있지만, 이 가집에는 초중대엽 7수, 이중대엽 5수, 삼중대엽 5수를 싣고 있어 중대엽의 곡조를 중시하였음을 알 수 있다.

『청구영언』은 영조4년(1728)에 남파(南坡) 김천택(金天澤, 미상)이 편찬한 가집이다. 김천택은 원래 포교 출신의 중인가객이자 전문가객이었다. 당대까지 사대부들이 즐겼던 시조를 중인 계층까지 확대시키는데 결정적인 역할을 담당하였다. 『청구영언』에는 평시조 이외에도 '만횡청류'라 하여 오늘날 사설시조 111수를 수록해 놓기도 하였다.

『청구영언』은 모두 7종의 이본(異本) 형태로 현전한다. 대표적인 것으로 1930년 경성대학에서 출판한 육당본이 있는데, 이 책은 다시 1939년 조선문고본, 1946년 통문관신문고본 등으로 출판되었다. 그리고 1948년 조선진서간행회에서 오씨소장본을 토대로 모범으로 삼을 만한 선본 500수를 묶어 출간한 『진본 청구영언』은 원본에 가장 가까운 것으로 알려져 있다.

『해동가요』는 노가재(老歌齋) 김수장(金壽長, 1690-?)이 영조31년(1755)에 편찬한 가집이다. 『해동가요』는 『청구영언』, 『가곡원류』와 더불어 3대 가집으로 불린다. 김수장은 김천택과 더불어 숙종·영조 시대를 대표하는 가객이다. 몰년이 미상이기는 하나 영조45년(1769)까지도 자신이 편찬한 가집에 보수 작업을 했던 것으로 보아 80세가 넘도록 생존하였을 것으로 추측된다.

이본으로 박씨본(朴氏本)·일석본(一石本)·주씨본(周氏本)·U.C본(University

of California Berkely에 소장) 등 4종이 있다. 이 중 일석본은 표지에 '해동풍아
(海東風雅)'라 하고 본문의 서두에는 '해동가요'라 하였다. 주씨본은 주시경
(周時經)이 교열·교정한 것으로 최남선이 소장하여 육당본(六堂本)이라 일
컫기도 한다. 일석본과 주씨본은 6·25 때 소실되었다.

박씨본에 의하면, 『해동가요』는 영조30년(1754)에 김수장이 가집 편찬
을 거의 완료한 다음 자신의 서문을 썼고, 그 다음 해인 1755년 장복소(張
福紹)와 자신의 발문을 첨가하여 편찬을 완결하였다고 한다. 이 초찬본을
을해본(乙亥本)이라 하나 전하지는 않으며, 이 초찬본을 수정·보완하여
1763년에 제2차본을 편찬하였는데, 이를 계미본(癸未本)이라고 한다. 그는
계미본을 완성한 이후에도 수정과 보완을 계속하여 1767년 시조 2편과
<각조체격(各條體格)>, <고금창가제씨(古今唱歌諸氏)> 명단을 작성하여 책
끝에 붙이고, 마지막으로 「청구가요(靑邱歌謠)」라는 부편(附篇)을 엮어 권말
에 수록하였다. 이것이 제3차본이라 할 정해본(丁亥本)이다.

『해동가요』는 풍부한 작품 수록은 물론, 『청구영언』과 『가곡원류』의
교량적 위치에서 후대 가집의 편찬에 많은 영향을 미쳤다. 특히, 부록편
「청구가요」에 노가재를 중심으로 활동한 중인 가객층의 작품만 80수를
수록하고 있다는 점도 하나의 특징이라고 할 수 있다. 이와 더불어 당시
대까지 활동하던 가객의 명단을 작성한 것과 시조를 얹어 부르는 악곡의
풍격과 특징을 제시한 것은 시조 음악 연구에 중요한 자료적 가치를 지
닌다고 할 수 있다.

『남훈태평가』는 철종14년(1863)에 판각된 것으로 추정되는 편자 미상의
방각본(坊刻本)이다. 방각본은 방간본(坊刊本)이라 하기도 하는데, 영리를 목
적으로 한 목판 인쇄본을 말한다. 이 가집이 방각본의 형태로 존재했다는
것은 19세기 후반에 이미 가집도 민간 자본에 의한 상업화의 대상이 되
었다는 의미이다. 즉 노래책도 판매되었다는 것이며, 이는 가곡창과 시조

창 또한 대중화가 이루어졌다는 사실을 시사한다. 만약 이 가집이 1863년에 간행되었다는 추정이 사실이라면 1876년에 편찬된 『가곡원류』보다 10여 년 앞선 셈이 된다. 본문은 총 28장으로 구성되어 있다.

본문의 제목은 '남훈태평가 권지단'이라 적고, 이어 '낙시됴·롱·편·송·소용·우됴·후정화·계면·만수엽·원사청·잡가·가사' 등 12항의 곡목을 적었다. '낙시됴' 항목 아래 시조 224수가 모두 실려 있고, 이어 '잡가' 3편, '가사' 4편이 실려 있다. 시조의 경우, 한 작품을 3장으로 나누어 장 사이에 구점을 찍고 종장 마지막 구는 생략하였다. 이로 보아 이 가집은 창을 위한 음악적인 목적으로 편찬되었음을 알 수 있다. 작가는 밝히고 있지 않으나 영조 이전의 작가들의 작품이 상당수 보인다. 또한, 이 책에만 수록되어 있는 작품은 7수이다.

『가곡원류』는 고종13년(1876) 박효관(朴孝寬, 1800-1880)과 안민영(安玟英, 1816-?)이 편찬한 필사본 가집이다. 편찬자인 박효관과 안민영은 스승과 제자 사이였으며, 박효관은 당시 가객들을 중심으로 조직한 노인계(老人稧)와 승평계(昇平稧)의 중심인물이었다. 이들은 대원군을 등에 업고 운현궁 등지에서 활동하였으며, 『가곡원류』는 이러한 모임의 후원으로 만들어진 가집인 것이다.

『청구영언』과 『해동가요』가 김천택과 김수장을 중심으로 한 가단의 이해와 협조에 의하여 편찬될 수 있었던 사실에 비추어, 박효관과 안민영을 중심으로 한 노인계·승평계 등도 이러한 가단활동의 계승이라고 볼 수 있을 것이다. 그들은 이 가집을 통해 가곡창을 고수하면서 정악으로서의 위상을 확보하려고 노력하였다. 즉, 세상의 잘못되어져 가는 소리 바로 잡고, 정악의 질서를 회복하려는 의도에서 제작한 것이다. 오늘날 가창되는 가곡창의 곡조 및 체재는 모두 여기에서 비롯한다.

『가곡원류』가 편찬될 당시 곡조의 특징은 첫째, 삭대엽이 발달하여 빠

른 속도의 시조창이 유행하였다는 점이다. 둘째, 엇롱·엇악·엇편 등
'엇'의 형태를 지닌 곡조가 확립되었으며, 셋째, 가곡의 음악형태와 시조
의 음악 형태가 어느 정도 일치되었다는 점 등을 들 수 있다. 원래 가곡
은 그 원형이 만대엽·중대엽·삭대엽의 세 갈래였다. 그러다 영조 이전
에 만대엽이 없어졌고, 『가곡원류』 편찬 당시에 이르러서는 중대엽까지
어느 정도 쇠퇴하면서 삭대엽이 한층 발달하였는데, 『가곡원류』는 이러
한 시기의 곡조 변화를 증언하고 있는 셈이다.

또 다른 특징 중의 하나로 장(章)의 표기를 들 수 있다. 『청구영언』이
나 『해동가요』에서는 장의 구분을 하지 않거나 하였더라도 3장으로 되
어 있는데, 『가곡원류』는 대체로 5장으로 구분되어 있다는 점이 그것이
다. 장의 구분은 대체로 장의 의미 전달과도 직접적으로 연관된다. 따라
서 오늘날 시조의 감상에 있어 가곡창의 장 구분 방식처럼 5행으로 변환
하여 이해하는 것도 시조의 본 의미를 이해하는 하나의 방식이 될 수 있
을 것이다.[85]

『금옥총부』는 앞서의 가집들과는 달리 고종22년(1885)에 편찬된 안민영
의 개인 가집이다. 그러나 이 가집에 실린 박효관의 <서(序)>로 볼 때 사
실 초고는 고종13년(1876)에 이미 만들어졌으며, 이후 약 9년에 걸친 수정
보완 작업을 거쳐 현전하는 모습을 갖추게 된 것으로 보인다.

이 책의 내용은 편찬된 글의 성격에 따라 크게 두 부분으로 나누어진
다. 서문 및 가곡에 대한 각종 기록을 모아 엮은 서두 부분과, 안민영의
작품을 곡조별로 배열한 본문에 해당되는 부분이 그것이다. 특히 본문에
서는 우조와 계면조 및 변격의 '농·낙·편'의 순서로 배열하고 있는데,
그 구성 곡조는 모두 23조에 달하며 도합 181수가 실려 있다. 그런데 이

---

85) 이상의 가집에 대한 설명은 주로 『한국민족문화대백과사전』을 참조하였다.

구성 곡조와 배열 순서는 『가곡원류』 이후 정착된 현행 남창 가곡의 그
것과 대체로 일치하며, 특별히 눈에 띄는 점으로는 맨 마지막 곡조 자리
에 <태평가(太平歌)>가 빠지고 대신 '편시조(編時調)'가 들어 있다는 점이다.
    "이려도 태평성대~"로 시작하는 <태평가>는 일반적인 가곡 연창을
마무리하며 불렀던 이삭대엽 이형태의 근엄한 품격을 가진 노래로, 당시
의 모든 가곡창이 공유하였으며 특별히 안민영이 지은 바는 아니다. 따라
서 안민영의 개인 가집인 『금옥총부』에 그것을 수록하지 않은 것은 당연
한 일이라 할 수 있다. 그렇지만 그 자리에 대신 들어 있는 편시조의 존
재는 그것이 여타 곡조들과는 다른 이질적 성격을 가진 것이라는 점에서
눈길을 끈다. 즉 『금옥총부』에 실린 여타의 모든 곡조들이 가곡창의 곡조
인데 반하여, 이 편시조만은 시조창을 위한 것이기 때문이다. 여기에서
안민영이 가곡창 위주의 가객 활동을 하였지만, 때로는 시조창에도 관심
을 가지고 편시조 제작도 시도하였음을 알 수 있다.86)

5.4. 개화기

    개화기라고 하면 보통 1876년에 체결된 병자수호조약과 함께 조선 왕
조의 쇄국의 문이 열리면서, 봉건적 사회 질서가 타파되고 근대적 사회로
이행되어 가는 시기를 가리킨다. 외세의 침탈이라는 특수한 상황 속에서
유교적 가치 질서에서의 이탈과 새로운 가치를 형성하고자 하는 노력이
전면에 부상했던 것이 이 시기의 특징이다.87)

---

86) 『금옥총부』에 관해서는 김신중 역주, 『역주 금옥총부』, 도서출판 박이정, 2003, 24-
    27쪽에서 발췌 요약하였다.
87) 김신중, 『은둔의 노래, 실존의 미학』, 218쪽.

또한 개화기에 들어서면서 각종 신문과 잡지 등 대중매체가 등장하였다. 대중매체의 등장은 단순히 언로의 다양한 통로가 구성되었다는 점에서뿐만 아니라 문화적 향유 방식이 달라질 것임을 예고하는 획기적인 사건이라고 볼 수도 있다. 이 시기 시조 역시 이러한 대중매체의 영향을 직접적으로 받게 된다.

우선 그 향유 방식에 있어서도 기존 '부르고 듣는' 즉 가창물로서의 시조가 '보고 읽는' 즉 독서물로서의 시조로 변모하게 된다. 물론 실제 신문 지면에서도 작품 종장의 종지사가 여전히 생략되어 있어 이전 시조창의 형태를 완벽히 벗어나지는 못하였지만, 장의 구분이 없이 게재되었다는 점 등으로도 이런 변모의 양상을 충분히 파악해 볼 수 있는 것이다. 바꾸어 생각하면 당시까지도 시조는 음악으로 향유될 때 가곡창보다 시조창이 보다 대중화되었다는 증거가 되기도 한다.

내용적 측면에서 보더라도 개인의 정서보다는 집단적 정서에 기댄 더 경우가 많다. 당시 개화기라는 시대상과 맞물려 개화의 수용과 자주 독립, 외세 배격 등이 주요 주제가 되었다. 이는 대중매체를 통한 각종의 관련 정보가 보다 빠르고 널리 확산됨으로써 그에 대한 즉각적인 반영이 가능하였던 까닭이기도 하다. 특히 대중매체는 그간 한정되어 있던 시조의 작자층이 일반 대중에게로 확산시키는 매개물의 역할을 담당하기도 하였다. 더불어 이 시기 시조는 지면을 통해 자신의 주장을 알리려는 특징을 가지고 있기도 하다.

다음은 1906년 『대한매일신보』에 게재된 대구여사의 〈혈죽가(血竹歌)〉 총 3수이다.

　① 　협실의 소슨 디는 충정공 혈적이라
　　　우로를 불식ᄒ고 방중의 풀은 뜻은

　　　지금의 위국충심을 진각세계. (사전, 4737)

　　　츙졍의 구든 졀긔 리을 믜자 디가 도여
　　　뉴샹의 홀노 소사 만민을 경동키는
　　　인싱의 비여 잡쵸키로 독야청청. (사전, 4738)

　　　츙졍공 고든 졀긔 포은션셩 우희로다
　　　셕교에 소슨 디도 션쥭이라 유젼커든
　　　허물며 방즁에 는 디야 일너 무삼. (사전, 4739)

　위 ①에서 언급하고 있는 '츙졍공'은 민영환(閔泳煥, 1861-1905)이다. 그는 을사늑약이 체결되자 이완식의 집에 가서 「경고한국인민(警告韓國人民)」 등 유서 3통을 남기고 자결하였다고 한다. 이후 그의 피 묻은 옷을 보관하던 방에서 푸른 대나무가 솟아나왔다는 전설이 생겨났다. 이런 사실과 전설이 대구여사를 통해 이 작품으로 형상화된 것이다.

　구체적으로 살펴보면 위의 제1수에서는 충정공이 자결한 방에서 피 묻은 대나무가 솟아났다는 사실을 말하면서, 그것이 바로 그의 애국심을 상징한다는 내용으로 구성되어 있다. 제2수에서는 그 대나무가 충정공의 피 맺힌 절개의 표상이니 민초(民草)들 가운데서도 독야청청할 것이라고 말한다. 그리고 제3수에서는 그의 충절이 고려 말 포은 정몽주보다 위에 있다는 것으로 그의 충절을 다시금 상기시키고 있다.

　위 작품이 개화기시조임에도 이전 시조의 형태를 완벽하게 벗어나지 못하고 있는 반면, 파형시조를 통한 새로운 시조형을 만들고자 하는 시도가 이어지고 있었다. 사실 사상의 전개를 시가형태로 나타내고자 할 때에는 시가가 갖는 율문의 규칙 때문에 산문에 비해 사상 전개가 구체성을 띠지 못하지만 사상이 정서와 융합하거나 리듬과 융합함으로써 산문에서 보다는 특별한 효과가 있을 수 있다는 측면에서[88] 이러한 시도가 끊임없이 이루어졌을 것이다.

② 사랑ᄒᆞᄂᆞ우리청년들 오늘날에셔르맛나니
반가온뜻이懇懃ᄒᆞ중 나라생각더욱깁헛네
언제나언제나
獨立宴에다시맛날가

청년들이죠상나라를 亡케ᄒᆞᆷ도니責任이오
흥케ᄒᆞᆷ도니職分이라
소원을소원을
성취할날이머지안네 〈相逢有思〉전 5연 중 1·5연

위 ②는 1909년 『대한매일신보』에 실린 <상봉유사>라는 작품이다. 이는 시조형을 변개한 작품이라고 할 수 있는데, 이렇게 함으로써 새로운 내용을 담을 수 있는 가능성을 실현함과 동시에 독자들에게 새로운 형태를 통한 신선미를 제공하려 의도한 것 같다.[89]

5.5. 현대시조로의 이행

개화기를 지나면서 현대문학이 발전하게 되자 종래의 시가를 대신하여 자유시가 새로이 시의 본령을 이루며 활발히 창작되기 시작하였다. 그렇지만 종래의 전통적인 시가가 자유시에 밀려 이 시기에 모두 퇴조하였던

---

88) 임종찬, 『시조에 담긴 주제와 시각』, 국학자료원, 2010, 178쪽.
89) 임종찬, 『시조에 담긴 주제와 시각』, 178-179쪽.

것은 아니다. 가사가 개화기 이후의 시대적 변화에 적응하지 못하고 문학사의 전면(前面)에서 다소 물러선 것과는 달리, 시조는 새롭게 형성된 현대문단에서도 관심을 끌며 지속적으로 창작되었다. 시조가 현대에 들어와서도 명맥을 유지하게 된 가장 큰 요인은 그 간결하면서도 정제된 시형이 우리 민족의 서정을 담기에 알맞은 그릇이었기 때문일 것이다.

현대시조의 발전 과정에서 빼놓을 수 없는 사실이 1920년대 후반에 있었던 시조부흥운동[90]이다. 이 시조부흥운동은 당시 좌파의 계급문학에 맞선 우파의 민족문학 옹호의 일환으로 추진되었다는 점에서 시조 자체에 대한 정확한 인식이 다소 미흡하였다는 평가를 받기도 하였다. 그렇지만 시조의 발전에 나름대로의 성과를 거두었던 것도 사실이다. 즉 이 무렵 전문 학자들에 의해 비로소 시조 이론이 본격적으로 탐색되기 시작하였으며, 이와 함께 이른바 3장 6구 형식을 시조의 정형으로 인식하게 되

---

90) 시조부흥운동은 1920년대 후반에 국민문학파가 민족주의 문학운동의 하나로 제시한 근대시조 창작운동이다. 당시 프롤레타리아문학(프로문학)에 맞서 최남선·이광수 등이 참가한 국민문학파의 핵심내용으로서, 조선 프롤레타리아 예술가동맹(KAPF)의 계급문학에 대응해 문단의 주도권을 차지하기 위해 펼친 것으로 보인다. 이들은 한국 근대시에는 자유시뿐 아니라 민족 고유의 정형시도 있어야 한다고 주장했으며, 처음에는 문학사적인 검증 없이 시조의 계승만을 주장하여 옛시조의 재현이라는 차원을 넘어서지는 못하였다. 이때 최남선은 「조선국민문학으로서의 시조」(조선문단, 1926.5)에서 조선심을 운율로 표현한 양식이 시조이며 민족정신을 되살리려면 시조를 부흥해야 한다고 주장했다. 그 뒤 이병기·김억·심훈·정인섭 등은 시조를 부흥하되 내용과 형식을 새롭게 해야 한다고 했으며, 함일돈은 시조를 고집하는 것은 옛날로 물러서는 것이고 시조는 보수적 형태이므로 새로운 내용을 담을 수 없다고 주장하기도 하였다. 그 사이 구체적 방법에 대한 설득력 있는 주장이 없다가 이병기가 「시조를 혁신하자」(동아일보, 1932.1.23-2.4)에서 고시조의 깊은 이해를 바탕으로 시조형식에 자유로움을 주고 주위에서 흔히 느끼는 감상과 내용을 담아야 할 것이며 연작을 많이 쓰자는 방법을 제시했다. 또 조윤제는 옛시조를 벗어나면 시조답지는 않으나 현대인의 복잡한 생각을 담기에는 적합하지 않다고 했다. 이처럼 시조부흥운동에 대한 여러 논의가 있었으나 실제 근대인의 감성에는 시조가 크게 들어맞지 않아 널리 창작되지는 못했다. 그러나 고전문학 가운데 시조만이 창작의 명맥을 이어온 것은 시조부흥운동의 영향이 컸다고 볼 수 있다(『다음백과사전』 참조).

었다. 또 양장시조(兩章時調)나 사장시조(四章時調)와 같은 실험적 양식의 작
품이 제작되기도 하였다.

현대시조 초창기에 활동하였던 대표적인 시인은 최남선(1890-1957), 이
은상(1903-1982), 이병기(1891-1968), 조운(1900-?)이다. 이들의 시조집인『백
팔번뇌』(1926),『노산시조집』(1933),『가람시조집』(1939),『조운시조집』(1947)
은 현대시조 개척의 선구적 업적으로 꼽힌다. 그런데 위의 4인 중 특히
조운은 현대시조로의 이행기에 선구적 활동을 보인 대표적 시인으로 주
목되는 인물이다.

1900년 전남 영광에서 출생한 조운(曺雲)은 1921년 동아일보에 자유시
<불살러주오>를 발표하면서 작품 활동을 시작하였다. 이후 그는 1925년
『조선문단』에 발표한 <법성포십이경>을 통해 시조 작가로서의 출발을
보여주었는데, 1947년에는 자신의 시조를 정리한『조운시조집』을 펴내
문단의 주목을 받기도 하였다. 그렇지만 이내 1949년 월북함으로 말미암
아 한동안 문학사에서 잊혀진 인물이 되고 말았다. 이에 따라 그는 근래
에 들어서야 평자들의 관심을 끌고 있는데, 그가 현대시조 초창기를 장식
한 대표적인 시인이라는 점에는 별다른 이견이 없다.[91] 다음은 조운의 작
품이다.

① 투박한 나의 얼굴
　　두툴한 나의 입술

　　알알이 붉은 뜻을
　　내가 어이 이르리까

　　보소라 임아 보소라

---

91) 이상의 내용은 김신중,『은둔의 노래 실존의 미학』, 249-250쪽에서 발췌 요약하였다.

　　　　빠개 젖힌
　　　　이 가슴

　『조운시조집』의 첫머리를 장식하고 있으면서 그의 시조 중 수작으로
알려진 <석류>이다. 흔히 세인들의 장난기 어린 입살 속에서 석류에 비
유되곤 하는 중년 여인의 임을 향한 터질 듯한 열정을 쉽게 연상시키는
내용이다.[92] 또한 자신의 붉은 뜻을 석류에 투영시켜 임을 그리워하는 심
상을 석류의 빠개진 가슴에 비유한 것은 그의 언어에 대한 세련된 감성
을 입증할 수 있게 한다. 이 시조의 중심 시어인 '붉은 뜻'과 '임'은 그의
민족주의적 이상과 밀접하게 연결되어 있으며, '빠개 젖힌 이 가슴'은 소
극적이나 수동적이 아닌, 비장하면서도 적극적인 결의를 내보임으로써
그의 실천적 의지를 드러내고 있다[93]는 것이다.
　가람 이병기 또한 조운과 마찬가지로 시어에 대해 각별한 노력을 기울
인 작가라고 할 수 있다. 그러나 가람은 시문의 구성에 있어서는 동시대
작가들과 생각이 달랐다. 고시조의 구성 형태를 좇으면서도 그 안에서 새
로운 리듬과 일상적 시어를 통해 시조의 미를 확보해야 한다는 것이었다.

　　②　담머리 넘어드는 달빛은 은은하고
　　　　한두 개 소리없이 나려지는 梧桐꽃을
　　　　가려다 발을 멈추고 다시 돌아보노라　〈梧桐꽃〉

　　③　달은 넘어가고 별만 서로 반짝인다
　　　　저 별은 뉘 별이며 내 별 또한 어느 게오
　　　　잠자코 호올로 서서 별을 헤어 보노라　〈별2〉

---

92) 김신중, 『은둔의 노래 실존의 미학』, 108-181쪽.
93) 조윤경, 「조운 시조의 현대성 연구」, 전남대학교 박사학위논문, 2003, 17쪽.

위 ①은 비록 자수율에 따른 시문 구성이기는 해도 시문 구성에 따른 억지스러움이 없어 보인다. 또 글자의 자수 구속에 따르면서도 자수 구속을 독자가 느끼지 않을 만큼 자연스럽게 리듬과 작품 내용을 조화시킴으로 해서 당시 시조문단에서의 가람의 위치가 돋보이게 되었다.94) 다음 ②의 시조는 쉬운 우리말을 시어로 채택하면서도 시조의 미적 효과를 극대화시킨 작품이라고 할 수 있다.

조운과 더불어 시조 제작에 있어 "이병기가 가장 심혈을 기울였던 부분은 문학세계의 품격(品格)이었다. 유장한 시조의 역사성은 품격으로 대치될 수밖에 없다고 보았던 것이다. 그의 시조가 즐겨 난(蘭)과 수선화(水仙花)를 선택한 것은 바로 이러한 이유에서였다. 이러한 품격과 전아(典雅)함은 산사(山寺)에서 수도에 정진하는 수도승의 문학세계로 이어졌고, 이는 우리 시조의 큰 주류를 형성하게 되었다. 이은상의 시조에서 두드러진 것은 국토와 역사에 대한 깊은 관심이라고 할 수 있다. 서구(西歐)와의 관련 속에서 이루어진 현대시의 모습이 개인의 서정과 근대정신으로 매진하고 있을 때, 그는 짐짓 뒤로 물러나 역사의 향기를 호흡하고 있었던 것이다. 전통과 역사를 따지는 사람들에게 그는 언제나 돌아가 포근한 안식을 취할 수 있는 고향으로 시조의 세계를 제시하였던 것이다. 이러한 선각자들의 새로운 시 세계 개척에 대한 열망이 지금의 시조를 가능하게 하였95)던 것이다.

고시조는 현대시조로 이행하는 과정에서 그 형식과 내용 등에서 커다란 변화를 겪어 왔다. 그리고 그 변화의 양상에 대한 논의 역시 적지 않다. 그럼에도 불구하고 현재 우리 문학에서 시조의 위상은 어떠한지 등에 대한 과제는 여전히 풀리지 못하고 있다. 예를 들어 음악과 관련하여 시

---

94) 임종찬, 『시조에 담긴 주제와 시각』, 181-182쪽. 작품 원문 또한 여기에서 재인용.
95) 정병헌, 『한국문학의 만남과 성찰』, 역락, 2016, 341쪽.

조의 자율성을 어떻게 확보할 것인가의 문제, 형식과 관련하여 어떤 형식까지를 시조로 인정해야 할 것인가의 문제 등이 그것이다. 즉, 시조와 시조가 아닌 것과의 경계가 여전히 모호하다는 것이다.

현대의 시조는 그 형식만 빌려 쓰는 이른바 '세습적 글쓰기'와 주체적 언어로서 표현되는 '현대시조 쓰기'라는 두 가지 창작 형태가 존재한다고 한다.96) 전자는 말 그대로 '옛 율격, 옛 시어, 옛 이미지, 옛 소재'를 사용하는, 그래서 '고'시조와는 전혀 다를 바 없는 시조를 관습적으로 창작하기에 세습적 글쓰기라고 칭했을 것이다. 후자는 어떤가. 현대시조 쓰기라는 미명 아래 '주체적 언어 사용'이라는 방식을 포장함으로써 현대시조 창작의 시대적 당위성을 확보하려 하지 않았나 싶다.97) 그러나 이 또한 시조 본연의 형식 구조에서 마땅히 허용해야 하는 '파격' 쯤으로 여겨버리는 우를 범하고 있지는 않은가 생각해 볼 일이다.

6. 비평과 한역

6.1. 비평

시조비평의 전통은 김천택의 가집 『청구영언』이 편찬된 때부터 본격적으로 시작한다고 볼 수 있다. 그런데 이런 시조비평의 양상은 당대 문학

---

96) http://cafe.daum.net/west3, 유재영, <현대시조, 극복의 논리>와 박구하, <시조는 시조이어야 한다>의 논쟁 참조
97) 조태성, 「감성발현체로서의 시조의 역동성」, 『시조학논총』 42, 한국시조학회, 2015, 112쪽.

론, 특히 한시비평론에서 영향받은 바가 크다. 이를 향유하고 비평할 수 있는 계층이 한시 향유층과 거의 일치하기 때문이며, 따라서 시조비평과 한시비평은 그 체제나 내용면에서 매우 유사하다고 할 수 있다. 이런 현상은 20세기 초 시조부흥운동기에 이르러서야 비로소 새로운 변화를 맞이하게 된다.

6.1.1. 작품의 서발 : 〈어부사시사〉의 경우

〈어부사시사〉는 고산 윤선도의 작품이다. 윤선도는 이 작품을 짓고 스스로 다음과 같은 발문을 남겼다.

예로부터 우리나라에 어부사가 있었으나 누가 지은 것인지는 알 수 없었는데, 집고시로 그 곡조를 이루었다. 이를 읊조리면 강바람과 바닷비가 어금니와 뺨 사이에서 일어, 사람들로 하여금 표연하게 하고, 세상을 버리고 홀로 서는 뜻을 갖게 하는구나. 이런 까닭에 농암선생은 이를 좋아하여 쉼이 없었고, 퇴계선생도 이를 탄상할 따름이었다. 그러나 음향이 서로 호응하지 않고, 말의 뜻도 대개 갖추지 못한 것은 집고에만 얽매인 까닭에 움츠리게 되는 흠을 면하지 못했기 때문이다.

내가 그 뜻을 더욱 넓히고 우리말을 사용하여 어부사를 지었으니, 사시 각 1편이요, 각 편은 10장이다. 나는 곡조와 음률에 대하여 감히 망령스럽게 논의할 수 없고, 더구나 창주에 있는 나의 도에 대해서도 남몰래 덧붙일 수 없었다. 그러나 맑은 연못이나 드넓은 호수에서 조각배를 띄워 유유자적할 때에 사람들로 하여금 함께 목청을 높이면서 서로 노를 젓게 한다면 이 또한 하나의 즐거운 일이러니. 게다가 훗날 창주에서 노니는 일사는 반드시 나의 이러한 마음을 기약하여 오래도록 널리 서로 느끼지 않을 수 없을 것이다. 신묘년(1651) 9월 가을에 부용동에 사는 조수가 세연정의 낙기난간 가에 있는 배 위에 이를 써 놓고 아이들에게 읽도록 보이노라.[98]

---

98) 東方古有漁父詞未知何人所爲而集古詩而成腔者也諷詠則江風海雨生牙頰間令人飄飄然有遺
　　世獨立之意是以聾巖先生好之不倦退溪夫子歎賞無已然音響不相應語意不甚備盖拘於集古故

윤선도의 발문은 기존의 <어부사>가 집고에만 얽매인 까닭에 노래다
운 맛이 없음을 지적한다. 그리하여 스스로 우리말을 사용하여 새롭게
<사시가>를 만들었다고 밝히고 있다. 자신의 작품에 대해 그 곡조나 음
률에 대해서 평하지는 못하겠지만, 이 노래를 통해 훗날 사람들이 즐거운
일을 기약한다면 자신의 마음도 오래도록 전해질 것이라 쓰고 있다. 특히
우리말을 사용했다는 점에서 노래 자체의 즐거움과 그 뜻을 넓히는데 더
욱 주력했음을 알 수 있다.

6.1.2. 가집의 서발 : 『청구영언』의 경우

가집의 서·발에는 대체로 가집이 이루어진 시말뿐 아니라 대상으로
삼는 노래나 시의 본질 문제, 감상 및 비평문제 등이 포괄적으로 언급되
어 있다. 가집 전체의 서발에 못지않게 개개 작품에 첨부된 서·발도 상
당수에 이르고 경우에 따라서 간단하나마 자각에 대한 언급도 나타난
다.[99]

(상략) 내가 취하여 보니 그 말이 진실로 모두 염려하여 완상할 만하고, 그
취지가 화평하고 즐거워하는 것과 애원하고 슬퍼함이 있고, 또 뜻이 깊고 곡절
이 있어서 깨어나게 하고 격앙하여 사람을 감동케 하니 족히 일대의 성세를
징계하고 풍속의 미악을 증험할 수 있어 가히 시인과 더불어 안뀨으로 병행하
니 서로 (관계가) 없을 수 없다.

오호라, 무릇 이 가사는 그 생각을 말하고 울적함을 펼치는데 그칠 뿐만 아

不免有局促之欠也余衍其意用俚語作漁父詞四時各一篇篇十章余於腔調音律固不敢妄議余於
滄洲吾道尤不敢竊附而澄潭廣湖片舸容與之時使人並喉而相棹則亦一快也且後之滄洲逸士未
必不與此心期而曠百世而相感也秋九月歲辛卯芙蓉洞釣叟書于洗然亭樂飢欄邉船上示兒曹
(김신중 외, 『호남의 시조문학』, 204-205쪽 재인용).
99) 조규익, 『조선조시문집 서·발의 연구』, 숭실대 출판부, 1988, 106-107쪽. 문무학,
「고시조 비평 연구」, 『우리말글』 11집, 대구어문학회, 1993, 184쪽 재인용.

니고, 사람으로 하여금 보고 감동케 하고 흥을 일으키는 바가 또한 그 가운데
붙어 있기 때문에, 이를 악부에 올려서 고을 사람에게 사용하면 족히 풍속 교
화에 일조가 될 수 있을 것이다. 그 가사가 비록 반드시 시인처럼 정교하지는
않지만 그것이 세상의 도리에 유익함이 오히려 많다면, 세상의 군자가 내버려
두고 채집하지 않는 까닭은 무엇인가? 어찌 또한 음을 완상하는 자는 적고 이
를 반성하지 아니하는가?[100](하략)

위의 글은 조선후기 여항시인이었던 정래교(鄭來僑, 1681-1759)가 김천택
의 요청을 받고 써 준 서문의 일부이다. 여기에서 주목되는 바는 '풍속 교
화'라고 할 수 있다. 김천택이 가집 편찬과 더불어 자신에게 서문을 구한
까닭은 그것을 널리 전하고자 했음이요, 그러므로 그 목적 또한 풍속 교
화에 일조할 수 있을 것이라는 생각이 펼쳐져 있음을 볼 수 있다.

6.1.3. 작가에 대한 비평

시조 작가에 대한 비평은 주로 『청구영언』, 『해동가요』, 『청구가요』
등의 가집에서 찾아볼 수 있다. 따라서 이들 가집의 편찬자나 서 · 발의
작가들이 이러한 평을 남기는 경우가 많았다. 즉, "가집과 작품들에 대해
서는 서 · 발을 첨부함으로써 편찬 및 창작이라는 구체적 행위의 과정을
술회한다거나 그와 관련된 문학의식을 노출시켰"[101]던 반면 작가에 대해
서는 짧은 평을 남김으로써 그가 남긴 작품의 문학성이나 그의 문학관을

---

100) 余取以覽焉 其詞固皆艶麗可玩 而其旨有和平惟愉者 有哀怨悽苦者 微婉則含警 激昂則動
　　人 有足以懲一對之衰盛 驗風俗之美惡 可與詩家表裏竝行 而不相無矣 嗚呼 凡爲是詞者
　　非惟述其思 宣其鬱而止爾 所以 使人觀感而興起者 亦寓於其中 則登諸樂府 用之鄕人 亦
　　足爲風化之一助矣 其詞雖未必盡 如詩家之巧 其有益世道反有多焉 則世之君子 置而不採
　　何哉 豈亦賞音者寡而莫之省歟(<청구영언서>. 해석은 박을수 편저, 『한국시조대사전』
　　下, 1506-1507쪽에 따른다.
101) 조규익, 「시조 작자 短評에 나타난 비평의 양상」, 『열상고전연구』 1권, 열상고전연
　　구회, 1988, 60쪽.

드러내기도 하였다.

다음은 김수장이 조선후기 가객이라고 알려진 김묵수(金默壽, 미상)에 대해 쓴 평으로, 먼저 김묵수의 작품 한 수를 살펴보기로 한다.

> 蜀鏤劒 드는 칼 들고 白馬를 號令ᄒ여
> 吳江 潮頭에 밤마다 돌니는 뜻은
> 至今에 鴟夷 憤氣를 못니 게워 홈이라 (樂學 523)

촉루검은 누명을 쓰고 자결한 오자서의 혼령이 깃들어져 있다고 알려진 명검이다. 그런 검을 들고 백마를 호령하여 오강을 밤마다 날리는 것을 무슨 까닭일까. 오왕이 가죽자루에 담긴 자신의 시신을 강물에 버린 것에 대해 지금도 분하게 여기기 때문이 아닐까. 이런 시적 분위기를 두고 김수장은 다음과 같이 평하고 있다.

> 장·단가 여섯 작품을 지었는데 음조와 절강이 지극히 호협하여 이 때문에 내가 사랑하고 존경한다.102)

사실 이 평은 위의 작품보다는 김묵수가 지은 전체 작품을 두고 내린 짧은 평가이다. 김묵수가 많은 작품을 지은 전문적인 작가는 아니지만 가객으로서의 역량 등을 염두에 두고 내린 평이라고 보인다. '음조'나 '절강' 즉 곡조에 관한 이야기이고 보면 이 평은 작품보다는 작가 혹은 가객으로서의 평에 가까워보인다.

다음은 김수장과 정래교가 김천택에 대해 남긴 평이다.

---

102) 作長短歌六章 音調節腔 極其豪俠 吾以此愛敬焉. 이런 평에 대한 원문 대본은 심재완, 『역대시조전서』(세종문화사, 1972)에 의하며, 이하 관련 평의 재인용에 관하여는 조규익, 「시조 작자 短評에 나타난 비평의 양상」에 의한다.

① 말 가운데 진실하고 순후하고 청렴하고 효충한 것을 채택하고, 가벼우
며 맥락이 이어지지 않은 것은 버렸다.[103]

② 내가 그 가사를 보니 다 곱고 아름다워서 이치가 있었고, 음조절강과 청
탁고하가 스스로 율에 맞아 송강공의 신번[新飜/시조]과 더불어 앞뒤를
다툴 만했다.[104]

위의 두 평은 작가에 대한 평이라기보다는 작품평에 해당한다. 노랫말
의 선택 기준에 대해서 평가한다거나 나아가 곡조에 대한 평가에까지 이
르고 있다. 특히 ②의 경우는 김천택의 작품을 송강 정철의 시조에 비교
함으로써 그 평의 격을 끌어올리고 있다. 이러한 시조비평의 양상은 개화
기로까지 이어진다.

6.1.4. 『만세보』의 시조비평

1900년대 이후 시조비평은 신문매체를 통해 이루어졌다. 1906년 6월부
터 발행된 일간지 『만세보』에는 「해동영언」이라는 표제 아래 5개월 동안
총 128수의 고시조 작품을 선별해 싣고 짤막한 시조비평까지 곁들였다.
아래는 실제 『만세보』에 수록된 비평 양상이다.

白骨丹心歌
鄭夢周(麗末忠臣)
이몸이죽어죽어 一白番곤쳐죽어 白骨이塵土되여넉시라도잇고웁고 님向혼 一
片丹心이야가실줄이잇슬랴
雲外子曰江山은變호야도忠魂은消치아니호리로다 _1906.8.1.(31호)

---

103) 言之眞實 淳厚 淸廉 孝忠者 採之 輕忽不重 脈絡絶間者 去之.
104) 余觀其詞 皆艶麗 有理致 音調節腔 淸濁高下 自協於律 可與松江公新飜後先方賀衣.

여기에서 보면 제목 아래 작가(정보)를 밝힌 후, 작품은 띄어쓰기만으로 연속해서 제시했으며, 줄을 바꾸어 '雲外子曰'로 시작되는 비평을 담았다. 비평은 대체로 한 줄 이내 문장을 써서 짤막한 편이나 4자 평어의 한시비평과 유사한 형태이거나 때로는 몇 줄에 달하는 긴 비평도 있다.105)

「해동영언」에서 특별히 주목할 만한 것은 1900년대 자료로서는 유일하게 시조비평을 행하였다는 점이다. 총 128수의 작품 모두에 '雲外子曰'로 시작되는 시조비평을 달고, 이를 통해 시조 양식 및 작품 내용에 대한 해설적 언급에다 시사적인 인식까지도 보여주었다. 이는 근대계몽기 문학양식을 통해 적극적인 시대적 대응을 한 사례라고 인정된다고 하겠다.106)

사실 당시의 문학 풍토에서 "시조 작품이나 작가에 대하여 타인이 단평을 쓰는 경우는 작자와 작품을 일방적으로 찬양하기 때문에 작품의 정확한 이해에 별 도움을 받지 못하는 예들이 종종 있다. 그러나 그러한 한계에 구애받지 말고 그들이 찬양하고 있는 점을 작품 가운데서 찾아보고 그러한 비평의 타당성 여부나 評文에 잠재되어 있는 행간의 의미를 논의한다면 대상 작가 혹은 작품이 당대에 수용되던 상황과 비평적 관습을 파악할 수는 있"107)다는 점에서 당대 시조비평의 의의를 찾을 수 있을 것이다.

---

105) 조해숙, 「『萬歲報』 소재 「海東永言」의 성격과 시조비평의 의의」, 『고전문학과 교육』 제30집, 한국고전문학교육학회, 2015, 122쪽. 이 항의 전반적인 논의에 대해서는 여기에 자세하다.
106) 조해숙, 「『萬歲報』 소재 「海東永言」의 성격과 시조비평의 의의」, 136쪽.
107) 조규익, 「시조 작자 短評에 나타난 비평의 양상」, 75쪽.

6.2. 한역

　시조의 한역은 소악부(小樂府)의 전통으로부터 비롯한다. 먼저 악부(樂府)
란 중국의 한대(漢代)에 음악을 관장하던 관부(官府)의 이름으로, 거기서 불
리던 노래의 가사인 시가(詩歌)를 악부라 하였다. 이 중 한시의 칠언절구체
만을 사용한 작품을 일러 소악부라 한다. 우리 문학에서도 소악부라는 이
름 아래 구사된 한시가 있는데, 고려시대 이제현(李齊賢, 1287-1367)의 소악
부는『익재난고』에 11편이 전하고, 민사평의 것은『급암선생시고』에 6편
이 전한다. 비록 그 형식이 한시일지라도 표현이나 정서에서는 우리 문학
다운 면모를 갖추어야 하겠다는 자각[108]에서 우리 소악부가 발생하였다
고 할 수 있다.

　소악부는 이처럼 한시이면서도 우리말 노래 특히 민요의 진솔한 사연
을 담으려고 했기에 주목된다. 한시와 우리말 노래가 공존하는 것이 중세
문학의 기본적인 특징이라고 할 수 있다. 그런데 고려후기 신흥사대부는
둘이 각기 그것대로의 영역을 지키도록 하는 데 만족하지 않고 서로 접
근시키는 방안의 하나로 소악부를 창안했으며, 또 한편으로는 우리말 노
래가 한시와 같은 격조를 갖출 수 있는 시조를 만들어냈다. 소악부는 한
시가 민족문학으로서 적극적인 의의를 가지도록 하는 것이기에 이때 이
루어진 모형이 계속 중요시되었으며, 조선후기에 이르면 대단한 융성을
보게 되었다.[109] 이민성(李民宬, 1570-1629)의 시조 한역 12수, 남구만(南九萬,
1629-1711)의 <번방곡(飜方曲)> 11수, 이형상의 <금속행용가곡(今俗行用歌
曲)> 55수, <호파구(浩皤謳)> 16수 등이 대표적이다.

　이 중 이형상은 18세기 전반 시조 한역에서 가장 주목되는 인물이기도

---

108) 조동일,『한국문학통사』 2, 162쪽 참조
109) 조동일,『한국문학통사』 2, 166쪽.

하다. 특히 <호파구>는 1715년 전후 경북 영천에 기거할 때 지은 것으로 보인다. 16수 가운데 원시조를 확인할 수 있는 작품은 13수이다. 강호에서의 소박한 삶을 노래한 작품이 다수를 차지한다. '탄로', '지절'을 노래한 작품이 엿보이나 '애정', '취락'을 노래한 작품은 보이지 않는다. 이러한 주제 층위는 그가 영천에 있을 때의 삶의 태도와 무관하지 않다고 보인다.110)

다음은 남구만의 시조와 그 시조를 한역한 한시이다.

東窓이 붉앗는야 노고지리 우진지다
쇼 칠 아희는 至今 아니 이러느냐
진 너머 스리 긴 밧츨 언제 갈냐 ᄒᆞᄂᆞ니 (樂學. 329)

東方欲曙未 鶴庚已先鳴   동녘이 밝으려는가 꾀꼬리는 벌써 울었네
可憎牧豎輩 尙耽短長更   얄밉구나 목동들은 아직도 밤 긴 것만 좋아하네
上平田畝長 恐未趁日耕   윗녘들 밭이랑이 긴데 해 맞추어 다 못 갈까 걱정이라네.

〈호파구〉 13

위 이형상의 한역시 <호파구> 13에서는, 근면을 강조하면서도 잠에서 깨지 못한 아이를 책망한다기보다는 전원의 한가한 풍경을 가볍게 데생하고 있는 듯한 원가의 분위기를 '얄미운 목동들'이나 '공미진일경(恐未趁日耕)'이라는 표현으로 살려냈다. 한시 제4구 정도가 변이된 부분인데, '여태 아니 니러느냐'라는 제3자다운 관점이 아니라 잠에 취해 깨어나지 못하는 목동의 입장에서 보다 한시답게 바꾸어 표현했다.111)

---

110) 권순회, 「조선 후기 시조 한역의 재검토」, 『우리어문연구』 44, 우리어문학회, 2012, 158-159쪽.
111) 이상 시조 한역에 관한 설명은 조해숙, 「시조 한역의 사적 전개양상과 그 시조사적

사실 고려 때에 이제현은 당시의 민요를 한역해서 소악부라고 했으며, 짧은 시의 형식을 칠언절구로 한정시켰다. 그런데 조선후기의 소악부는 이제현의 작품을 본받아 칠언절구를 필수적인 요건으로 삼고서, 민요가 아닌 시조를 한역의 대상으로 했다. 그렇게 한 의도는 시조에 대한 관심을 촉구하기 위해서라기보다 한시의 새로운 기풍을 진작하자는 데 있었다. 한시의 정수에 해당하는 형식은 견지하면서 소재·표현·흥취 등에서 새롭고 충격적인 효과를 얻고자 해서 시조를 이용했던 것이다. 따라서 소악부는 아주 정성들여 이룩한 작품이라는 점에서 시조 한역에 그친 다른 한시와는 구별되었다고 할 수 있다. 소악부를 이런 방향으로 가다듬는 데 결정적인 기여를 한 사람이 신위(申緯, 1769-1845)였다.[112]

신위의 <소악부>는 총 40수로, 『경수당전고(警修堂全藁)』에 수록되어 있다. 신위는 <소악부>를 지으면서 서문에서 몇 가지 필요성을 말하였다. 우리의 노래는 자연스럽게 음률에 맞아 마음을 감동시킨다. 그런데 이 노래를 시로 채록하지 않으면 없어질 우려가 있다고 하였다. 그는 이러한 점을 걱정하면서 이제현이 제작한 <소악부>의 공적(功績)을 칭찬하였다. 이로 보아서 신위의 <소악부>는 이제현의 <소악부>에 영향을 받아 지은 것임을 짐작할 수 있다.[113]

다음은 이유(李渘, 1654-1721)의 시조와 신위가 옮긴 <소악부> 중 1수이다.

子規야 우지 마라 울어도 俗節 업다
울거든 너만 우지 날은 어이 울니는다

의미」, 『한국시가연구』 15, 한국시가학회, 2004, 203-205쪽에 의한다. 인용한 한시 원문이나 해석 또한 여기에 따른다.
112) 조동일, 『한국문학통사』 3, 지식출판사, 1996, 265-266쪽.
113) 『한국민족문화대백과사전』 참조

아마도 네 소리 드를 제면 가슴 알파 호노라 (樂學. 342)

寄語子規休且曲子規	야 우지 마라
哭之無益到如今	울어도 俗節 업다
云何只管渠心事	울거든 너만 우지 날은 어이 울니는다
我淚飜敎又不禁	아마도 네 소리 드를 제면 가슴 알파 호노라

먼저 이 시조는 누가 지었는지 구태여 기억하지 않아도 좋을 보편적인 정서를 지녔다. 신위는 이 시조를 옮기면서 시조의 첫줄을 한시에서는 두 줄로 나누어 서두를 강조하면서도 한시의 관례에 따라 자규가 울고 있는 모습을 묘사하지는 않았으며, 자규에게 하는 말로 노래하는 이의 심정을 토로하는 시조다운 표현을 충실하게 살리는 데 집중한다.[114]

결론적으로 보자면 조선 후기 시조의 한역화 과정에서 작가들은 사라지는 우리 노래에 대한 보존의 욕구와 더불어 기록의 영원성을 추구하고자 하는 뚜렷한 목적의식을 가지고 있었다. 그럼에도 불구하고 그들이 살다 간 시대별로 미묘한 차이가 있었음을 간과할 수 없다. 즉, 시조의 한역은 당대의 문학적 상황 혹은 음악적 상황과도 밀접한 관련을 맺고 있었다는 것이다. 여하튼, 소악부의 문학사적 공헌은 말과 글이 달랐던 옛 시대에, 노래의 말을 그대로 전할 방법이 없자 노랫말 그대로는 아니라 하더라도 한시로라도 번안하였다는 것은, 그 내용의 보존 자체에 큰 의의가 있다고 보아야 할 것이다.[115]

---

114) 조동일, 『한국문학통사』 3, 266-267쪽.
115) 『한국민족문화대백과사전』 참조

가사문학의 이해

제3부 가사문학의 이해

1. 개념과 명칭

1.1. 개념

가사(歌辭 또는 歌詞)란 무엇인가?[1] 글자 뜻 그대로 풀이하면 가사는 노랫말이다. 즉 노래의 곡조에 대응하는 말이나 글이다. 그래서 흔히 지금도 '노래 가사' 등의 형태로 관용되고 있다. 여기서 가사가 상당히 포괄적인 의미를 갖는 용어임을 알 수 있다.

그런데 문학으로서 가사는 역사적 장르이다. 고려말 또는 그 이전에 비롯되어, 조선시대를 거쳐, 오늘에 이른다. 따라서 가사를 역사적 관점에서 바라본다면, 그 의미가 보다 분명해진다. 그것이 시(詩)에 대응하는 시가(詩歌)의 의미를 지니고 있기 때문이다.

예전에 시라고 하면 주로 읊조리는 것으로서 한시(漢詩)를 지칭하였다. 이에 비해 시가라고 하면 노래[歌唱이나 吟詠]하는 것으로서 한국말로 된 가사를 가지고 있었다. 이렇듯 시와 시가의 구별이 생겨난 것은 물론 한자와 한문이 전래된 이후 지속되어 온, 말과 글이 일치되지 않은 한국의

---

1) 이하 가사의 개념에 대해서는 필자의 「가사문학의 발생과 의의」(『우리문학』, 광주시립 민속박물관, 2007) '머리말' 내용을 바탕으로 기술하였다.

독특한 언어생활의 결과였다. 게다가 훈민정음 창제 이후 한문과 한글을 통한 이중의 문자생활은 그 구별을 보다 자연스럽게 해 주었다. 이러한 인식을 기반으로 가사란 종래 한시에 대응되는 한국말 노래를 두루 뜻하기도 하였으며, 그 중에서도 특히 조선시대에 성행한 단가(短歌)와 장가(長歌)를 아우르는 용어로 많이 사용되었다.[2]

이후 현대에 와서 형성된 한국시가에 대한 장르 인식은 가사의 범주를 보다 제한적으로 설정하였다. 조선시대의 단가를 시조(時調)라고 규정한 것에 대응하여, 가사를 장가에 국한시킨 개념으로만 사용하게 되었다.

이렇듯 가사는 다양한 의미의 층위를 가진 말이다. 넓게는 음악의 곡조에 대응되는 '노랫말'의 의미를 가지고 있으며, 역사적으로는 한시에 대응되는 '한국말 노래'를 두루 뜻하기도 하였고, 때로는 '단가'와 '장가'를 아우르기도 하다가, 지금은 특히 '장가'만을 지칭하는 용어로 쓰이고 있다.

그러면 이제 시가문학으로서 가사의 개념을 정리해 보자. 가사는 보통 3·4조나 4·4조의 자수율을 바탕으로, 4음 4보 1행이라는 기본 율격을 갖춘, 행수에 특별한 제한이 없는 연속체로 된, 한국 고유의 시가문학이라고 규정된다. 여기서 특히 가사를 이루는 여러 요건 가운데 '4음 4보 1행'이라는 율격적 측면이 강조되는데, 이는 4개의 음량이 모여 1음보를 이루고, 다시 4개의 음보가 모여 1행을 이룬다는 가사의 외적 형태를 말한 것이다.

또 가사는 한 작품을 이루는 행수에 특별한 제한이 없는 연속체라는

---

2) 가사가 한국말 노래의 범칭으로 쓰인 예로는 고려에서 조선초까지의 노래를 모은 『樂章歌詞』를 들 수 있고, 조선3시대의 단가와 장가를 아우른 예로는 정철의 시조와 가사를 집성한 『松江歌辭』가 있다. 또 윤선도의 『고산유고』에서는 '권6하'에 단가인 시조를 모아 수록하며 그 표제를 '歌辭'라 하였다.

점에서, 초장·중장·종장의 이른바 3장 구성을 가진 시조와 결정적으로 구분된다. 즉 4음보 3행을 기본으로 성립한 시조는 음보 배열에 있어서 대개 '소음보-평음보-소[평]음보-평음보'로 이루어진 초장이나 중장과 달리, 종장을 '소음보-과음보-평음보-소음보' 형태로 마무리하는 '닫힌 구성'을 필수적으로 요구한다. 하지만 가사는 행수에 제한을 두지 않으면서, 시조의 종장과 같은 결사 형태를 필수적 자질로 요구하지도 않는다는 점에서 '열린 구성'을 취하였다고 할 수 있다. 시조를 '규범적 장르'라 하고, 가사를 '관습적 장르'라고 일컫는 것도[3] 같은 맥락에서 이해할 수 있다.

뿐만 아니라, 가사는 이렇게 열린 구성을 취한 관습적 장르였기에 변화하는 환경의 요구에 따른 적응력이 강하여 매우 다양한 형태로 창작되었다.[4] 때문에 그 장르적 성격이 단순하지 않고 복잡한 양상을 보인다. 같은 시기에 존재하였던 역사적 장르에 있어서는 인접 장르와의 교섭이 활발하여, 주변성이 강한 일부 작품의 경우 특정한 인접 장르와 혼재 양상을 보이기도 한다. 장시조·잡가·창가·고소설·판소리·민요 등이 그런 인접 장르이다. 또 보다 추상적인 층위에 있어서 가사는 서정성·서사성·교술성을 두루 공유하고 있다. 따라서 가사를 과연 상위의 어느 장르에 귀속시켜야 하는지, 그 성격 해명에 많은 논의가 비중 있게 이루어졌다.

---

3) 김학성, 「가사의 장르성격 재론」(『한국시가문학연구』, 백영정병욱선생 환갑기념논총 Ⅱ, 신구문화사, 1983) 참고.

4) 이와 관련하여 김학성은 "시조와 같은 규범적 장르는 그 문학사적 운동의 폭이 단순하면서도 한정되어 있다. 그에 반해 가사는 관습적 장르로서의 속성을 끝까지 견지했으므로 그 운동의 폭이 넓고도 다양할 수 있었다."고 하였다(김학성, 「가사의 장르성격 재론」, 318쪽).

1.2. 명칭

가사는 지난날 '가사' 외에 '가곡(歌曲)' 또는 '장가(長歌)'라는 이름으로도 지칭되었다.[5] 가곡이란 가사창이 원래 대엽조의 가곡창과 동일한 음악적 성격을 공유하였기 때문에 사용된 이름이다. 또 가곡 중에서도 그 길이가 비교적 길기 때문에 장가라는 이름도 갖게 되었다. 그럼에도 현재 가사라는 명칭이 장르명으로 정착된 것은 그것의 곡조보다는 사설에 주목한 결과이다.

가사의 한자 표기에는 '歌辭'와 '歌詞'가 혼용되다가, 지금은 '歌辭'로 일반화되었다. 그런데 과거의 용례를 보면, 이 둘은 그 의미를 엄격히 구분하여 쓰이지는 않은 듯하다. 하지만 지금 굳이 이 두 말의 차이를 따지자면, '歌辭'에는 사설과 관련된 문학적 측면이, 그리고 '歌詞'에는 곡조와 관련된 음악적 측면이 보다 부각된다.

그래서 주로 조선전기에 나온 음악과 관련 있는 작품은 '歌詞'로, 조선후기에 나온 음악과 관련 없는 작품은 '歌辭'로 구별하자는 주장이 제기되기도 하였다. 또 '歌辭'는 가집명으로 쓰고, '歌詞'를 장르명으로 하자는 의견도 있었다.[6] 하지만 지금은 가사의 문학적 측면에 비중을 두어 '歌辭'를 장르명으로 쓰는 것이 일반적이다. 다만 조선후기에 가창된 12가사를 지칭할 때에는 특별히 그 음악성에 주목하여 '歌詞'로 표기하고 있다.

현전하는 가사 작품의 유산이 얼마나 되는지는 단언하기 어렵다. 다만

---

5) 그 한 예를 홍만종의 『순오지』에서 볼 수 있다. 홍만종은 진복창의 <역대가>를 비롯하여 10여 편의 가사 작품을 차례로 평하는 자리에서, 이 작품들을 가리켜 '방언을 전용하면서도, 간혹 문자를 섞어 썼으며, 언서로 세상에 전해지는, 가곡 중의 장가[我東人所作歌曲 專用方言 間雜文字 率以諺書 傳行於世 (…중략…) 余取其長歌中表表盛行於世者 略加評語如左]'라고 지칭하였다.

6) 한자의 '歌詞'와 '歌辭'를 구별하여 사용하자는 견해에 대해서는 윤석창의 『가사문학개론』(깊은샘, 1991), 25-27쪽 참고

현재까지 나온 가장 방대한 자료집이라 할 『역대가사문학전집』에 2,500 편 가량의 작품이 수록되어 있는 것으로 보아,7) 현전하는 작품은 이 숫자 를 훨씬 상회할 것이다. 역사적 장르인 가사에 대한 연구는 기본적으로 이런 자료의 수집 및 정리에서 출발한다. 따라서 학문적 대상으로 가사를 연구하기 시작하면서, 그 초기에는 자료의 주석 또는 해석과 관련된 실증 적 탐색이 주류를 이루었다.

이후 실증적 단계를 넘어 진행된 가사 연구는 크게 개별론적인 측면과 일반론적인 측면으로 구분된다. 개별론이 특정 작가나 작품의 세계에 주 목한 것이라면, 일반론은 보다 거시적으로 가사문학 자체의 정체성을 해 명하는 데 관심이 있다. 개별론적 측면에서 가장 관심을 끌었던 대상은 두말할 것도 없이 정철의 송강가사였다. 아울러 나옹화상, 정극인, 송순, 이황, 백광홍, 이이, 허초희, 박인로 등 주로 사대부작가와 그들의 작품을 중심으로 많은 논의가 이루어졌다. 그러면서 점차 18세기 이후의 여성가 사와 서민가사는 물론 근대의 개화가사에 이르기까지 연구의 지평이 크 게 확대되었다. 이런 개별론적 성과에 힘입으며 일반론적인 접근 또한 꾸 준히 진행되었다. 이를테면 시대적 배경, 향유 계층, 인접 장르 등을 고려 한 개념과 명칭, 음악적 연행, 장르적 성격, 발생과 연원, 역사적 전개, 비 평과 한역 등에 대한 접근이 그것이다.

그런데 이 책에서 주로 관심을 갖는 것은 가사의 일반론적인 측면이다. 그래서 지금까지 가사의 개념과 명칭에 대해 먼저 언급하였다. 이제 장을 바꾸어 음악적 연행 등 가사의 나머지 모습을 차례로 살펴보기로 한다.

---

7) 임기중이 편한 전50권의 『역대가사문학전집』(아세아문화사, 1987-1998)에 동종이본 포함 2,469편의 가사가 수록되어 있다.

2. 음악적 연행

2.1. 가사창의 일례

가사는 시가문학이다. 따라서 생명력을 가지고 현장에서 향유되던 당시에는 시(詩)가 아닌 시가(詩歌)로서 연행되었다. 다시 말하면 곡조를 가진 노래로 불리어졌다. 종래 가사를 노래하였던 방식은 가창과 음영으로 대별된다. 시기적으로 선후를 따지자면 먼저 가창이 대세를 이루다가, 점차 음악성이 희석되면서 나중에는 음영이 주를 이루게 되었다. 또 음영마저 어려울 경우에는 율독이 그 자리를 대신하였다. 때문에 가사의 음악적 연행에서 중심에 놓이는 것이 바로 가창이다.

여기서 먼저 가사의 가창 사실을 말해주는 예를 보기로 하자. 다음은 송강가사가 당대는 물론 백여 년이 지난 뒤에도 가창되었음을 알게 해주는 기록이다.

① 關東歌曲最清新　　관동가곡은 매우 맑고 산뜻해
　　樂府流傳五十春　　악부에 유전한 지 오십 년인데
　　文采風流今寂寞　　문채와 풍류 이제 적막해졌으니
　　世間誰見謫仙人[8]　세상에 누가 적선인을 만나보랴

② 동방의 가사 중에서 정송강의 전후사미인곡과 같은 작품이 가장 훌륭하다. 일찍이 듣건대, 김청음이 이 가사 듣기를 매우 좋아하여 집안의 여종들로 하여금 모두들 외워 익히게 하였다. 우리 집의 늙은 여종 춘대가 어렸을 때 청음을 모셨는데, 노경에 이르러서도 아직 옛날 일을 말하며 그 '나위 적막하고 수막이 비어있다'는 등의 구절을 능히 외웠

---

8) 金尙憲, 『淸陰集』, 卷之二, 七言絶句(『松江別集追錄』, 卷之一에 재수록).

다. 청음이 그것을 좋아하였음이 이와 같았다.[9]

위의 ①은 청음 김상헌(1570-1652)이 윤중소[10]에게 준 한시 <증관동안
사윤중소(贈關東按使尹仲素)> 4수 중의 제3수이다. 이 시를 줄 당시 윤중소
가 '관동안사' 즉 강원도관찰사였음을 제목을 통해 알 수 있다. 때문에 김
상헌은 지난날 역시 강원도관찰사의 신분이었던 정철(1536-1593)이 쓴
<관동별곡>을 거론하며, '적선인'의 풍모로 유명한 작자 정철을 추억하
였다. '관동가곡' 즉 <관동별곡>이 악부에 올라 가창된 지 이미 오십 년
이 되었는데, 뛰어난 문채와 풍류로 이름을 떨쳤던 정철은 이미 고인이
되어 다시는 이 세상에서 만나볼 수 없게 되었다는 것이다. 정철이 <관
동별곡>을 지은 것이 선조13년(1580)이고, 윤중소가 강원도관찰사가 된
것은 인조7년(1629)이다. 김상헌의 이 시를 통해 <관동별곡>이 창작되어
오십 년 가까이 악부에 올라 가창되었음을 알 수 있다.

또 ②는 『송강별집』과 『송강별집추록』에 실려 있는 것으로, 원 출전은
김춘택(1670-1717)의 『북헌집(北軒集)』이다. 따라서 이 기록의 서술자는 김
춘택이다. 김춘택은 여기에서 역시 김상헌이 정철의 <관동별곡>뿐만 아
니라, '전후사미인곡' 즉 <사미인곡>과 <속미인곡>도 매우 좋아하였음
을 강조하였다. 특히 그것을 노래로 듣기를 좋아하여 집안의 여종들에게
까지 암송시킬 정도였고, 그러한 유풍이 김춘택 자신의 시대까지도 남아
있었다고 하였다.[11] 송강가사가 17세기 말이나 18세기 초에도 사대부가

---

9) 東方歌詞中 如鄭松江前後思美人曲最勝 嘗聞金淸陰劇好聽此詞 家內婢使皆令誦習 吾家老婢
春臺 兒時逮事淸陰 至老而猶道舊日事 能誦其羅幃寂寞綉幕虛等句 淸陰之好之如此『松江別
集』, 卷之七, 記述雜錄; 『松江別集追錄』, 卷之一; 金春澤, 『北軒集』, 卷之十六, 囚海錄,
<論詩文>.)

10) 尹仲素(1579-1668) : 尹履之 仲素는 그의 자이며, 호는 秋峯이다.

11) 이렇듯 송강가사를 애호하였기에 김상헌은 <관동별곡>을 한역하였고, 김춘택은 '전
후사미인곡'의 의취를 이어받아 <별사미인곡>을 창작하였다.

에서 연행되었음을 알 수 있다. 정철이 세상을 떠나고 백 년가량이 지난 뒤의 일이었다. 이밖에도 송강가사가 가창되었다는 증거는 많다.12)

2.2. 가사창의 전개

그러면 가사의 가창은 어떻게 이루어졌을까? 유감스럽게도 가사가 발생하고 발전하던 당시의 가창 원형은 현재 전해지지 않는다. 또 그것을 분명하게 알려주는 문헌 기록도 찾아볼 수 없다. 다만 여러 가지 정황에 비추어, 가사 역시 가곡창과 마찬가지로 대엽조의 가락에 얹어 노래되었을 것이라 추정된다. 즉 조선초에 단가로 형성된 가곡창과 함께 대엽조의 음악적 성격을 공유하였을 것이다. 조규익의 다음 언급들은 가사창의 이런 성격을 잘 적시해 준다.

① 가사는 短歌인 大葉(혹은 歌曲)과 함께 초창기부터 가창되던 長歌의 대표적 장르였다. 이러한 단가나 장가 모두 조선조까지 많이 불리던 眞勺으로부터 파생된 곡조들임은 물론이다. 가사가 노래 부르기 위한 장르였던 만큼 지난 시대 가맥의 한 갈래를 장가로서의 가사가 담당했었음은 자명한 사실이다. 그리고 그러한 사실은 <상춘곡>, <서호별곡>, 「송강가사」 등 가사작품들의 통시적 맥락에서 확인되기도 한다.13)

② 그러나 진작 혹은 진작의 변용태로 가창되었다는 점에서 단가나 장가의

---

12) 예를 하나 더 들면, 송준길(1606-1672)도 <관동별곡>을 좋아하여 '선가자 홍주석'에게 가창시켰다고 한다(同春以退溪漁父詞 謄置冊中 使善歌者洪柱石唱之曰 如鄭松江關東別曲 亦是絶調 汝知此意否 仍使更唱關東別曲.『松江別集追錄』, 卷之一).

13) 조규익, 「조선조 장가 가맥의 일단」, 정재호 편저, 『한국가사문학연구』, 태학사, 1996, 233쪽.

음악적 측면은 하나의 근원을 공유하게 되었다. 다시 말하여 단가나 장
가 사이에는 '장-단'이라는 노랫말의 양적 변별성만이 개재하고 있었을
뿐 양자는 원래부터 같은 성격의 노래 장르였던 것이다.[14]

조선초의 음악은 당연히 고려 속악인 진작의 영향권 아래 있었다. 그러
면서 외형상 노랫말의 길이에 따른 단가와 장가의 구별이 있었다. 선초의
단형악장과 장형악장이 그런 현상을 잘 대변해 준다. 이후 시조와 가사가
사대부라는 동일 계층을 중심으로 함께 발전하면서 단가와 장가의 공존
관계는 새로운 양상으로 지속되었다. 시조와 가사가 각각 단가와 장가의
주도적 위치를 점하게 되었던 것이다. 양자 모두 음악적으로는 고려 진작
을 모태로 한 대엽조를 근간으로 성립하였다. 시조가 일찍부터 선초에 형
성된 만(慢)·중(中)·삭(數)의 대엽조로 이루어진 가곡창으로 연행되었다는
것은 주지의 사실이다. 여기서 시조의 담당층이었던 사대부층이 역시 가
사의 발전을 주도하였다는 사실을 상기한다면, 가사가 시조와 동일한 음
악적 근원을 가졌을 것이라는 점도 쉽게 유추할 수 있을 것이다.

하지만 가사의 가창에 대한 자료는 시조의 그것에 훨씬 미치지 못한다.
때문에 특히 조선전기의 가사창에 대한 파악이 어려운바, 위의 ①에서는
<상춘곡>, <서호별곡>, 송강가사를 장가의 가맥을 탐색하는 대표적 사
례로 거론하였다. 그런데 여기서 확인하고자 하는 것이 가사창이 가곡창
과 같은 대엽조로 이루어졌다는 개괄적 사실인 만큼, 굳이 이 사례들에
대한 상세한 언급이 필요하지는 않을 것이다. 다만 정극인의 <상춘곡>이
그의 『불우헌집(不憂軒集)』 말미 '가곡(歌曲)'부에 <불우헌가> 및 <불우헌
곡>과 함께 실려 있다는 점, 허강의 <서호별곡> 가사 사이사이에 전
강·중강·후강과 대엽·이엽·삼엽·사엽·오엽·중엽·소엽·부엽이

---

14) 조규익, 「조선조 장가 가맥의 일단」, 218쪽.

라는 '삼강팔엽(三腔八葉)'으로 요약되는 곡조명이 33군데나 기입되어 있다는 점만 들어도,[15] 이 두 작품이 가곡창이나 대엽조의 범주 속에서 가창되었음을 알 수 있을 것이다. 또 송강가사의 가창에 대해서는 이미 앞에서 언급하였다.

한편 위의 ②에서 보는 바와 같이 장가와 단가, 즉 가사와 시조는 '장-단'이라는 노랫말의 양적 변별성만을 가지고 있었을 뿐, 음악적으로는 하나의 근원을 공유하고 있었다. 다시 말하면 동일한 성격을 지니고 있었다. 따라서 당연히 둘 사이에는 가창상의 경쟁 관계가 형성되었는데, 긴 노래일수록 경쟁력이 약할 수밖에 없었다. 그 결과 시간이 지날수록 가사는 점차 가창력을 상실해 갔으며, 마침내 가창보다는 음영을 위주로 연행되게 되었다. 연행의 주조가 가창에서 음영으로 넘어간 때는 18세기를 전후한 시기였을 것으로 보인다.

하지만 그렇다고 하여 가사의 가창 관습이 완전히 사라진 것은 아니다. 18세기를 지나면서 이전과는 다른, 변모된 형태의 가사창이 새롭게 등장하였기 때문이다. 여기서 18세기 이후에 나온 여러 전문 가집 중 일부의 가사 수록 양상이 그런 현상을 살피는 데 좋은 참고가 된다. 단가 위주의 이런 가집들이 당시의 가창 현장을 반영하여 편찬되었기 때문이다. 『고금가곡』(1764), 『근화악부』(1779 또는 1839), 『가곡원류』(국립국악원본, 1876), 『정선 조선가곡』(1914) 등이 장가로서 가사를 수록한 가집들이다.

먼저 『고금가곡』에는 300여 수의 단가에 앞서 <어부사>, <감군은>, <상저가>, <관동별곡>, <사미인곡>, <속미인곡>, <성산별곡>, <장진주사>, <강촌별곡>, <규원가>, <춘면곡>의 장가 11편이 실려 있고, 같

---

15) <서호별곡>의 이런 음악적 체재를 <서호사발(西湖詞跋)>에서는 '삼강팔엽총삼십삼절(三腔八葉總三十三節)'이라는 말로 표현하였다(조규익, 「조선조 장가 가맥의 일단」, 220쪽, 주20 참고).

은 계열의 『근화악부』에는 <어부사>, <명당가>, <퇴거가>, <관동별곡>, <사미인곡>, <속미인곡>의 6편이 수록되어 있다. 또 『가곡원류』에는 말미에 <어부사> 1편만이 부기되어 있고, 『정선 조선가곡』은 가곡 다음에 별도로 '가사(歌詞)'부를 두고 20편의 작품을 수록하였다. <상사별곡>, <춘면곡>, <고상사별곡>, <수양산가>, <양양가>, <처사가>, <죽지사>, <백구사>, <황계사>, <어부사>, <관산융마>, <회심곡>, <왕소군원탄>, <노처녀가>, <향산록>, <과부가>, <봉황곡>, <화류사>, <석춘사>, <규수상사곡>이 그것이다.

이러한 작품들이 곧 18세기 이후 현장에서 가창되었던 가사의 주요 목록을 이룬다. 그 면면을 보면, <관동별곡> 등의 송강가사가 18세기에도 지속적으로 노래되었다는 사실과, 근대로 오면서 이른바 12가사가 가창에서 차지하는 비중이 크게 높아졌다는 점이 특징적이다. 그런데 여기서 보다 주목되는 것이 12가사의 존재이다. 위에 보이는 <어부사>, <춘면곡>, <상사별곡>, <수양산가>, <양양가>, <처사가>, <죽지사>, <백구사>, <황계사>의 9편에다 <권주가>, <매화가>, <행군악>을 더한 것이 바로 12가사이다. <어부사>와 <춘면곡>의 이름이 먼저 보이는데, 특히 <어부사>가 가장 오랫동안 널리 노래되었음을 알 수 있다.16) 또 <상사별곡>에 앞서 <고상사별곡>이 있음도 이채롭다.

이 12가사가 바로 조선후기에 변모된 형태로 새롭게 등장한 가창가사의 정수이다. 이것들이 18세기 후반부터 일부 가집에 산발적으로 수록되었다는 사실은 곧 작품 형성도 주로 이 무렵에 이루어졌음을 말해 준다. 그런데 이 12가사는 음악적 측면에서 조선시대의 정악인 대엽조에서 속악인 여항음악 쪽으로 그 무게중심이 옮겨갔다는 데 특징이 있다. 이런

---

16) 12가사의 <어부사(漁父詞)>는 『악장가사』에 전하던 12장을 이현보가 9장으로 줄여 개작한 것과 대동소이한 작품이다.

음악적 변화를 흔히 '가사창의 여항음악화'라고 말한다. '농(弄)·낙(樂)·편(編)의 삭대엽 변주곡 발생', '가곡창에서 시조창의 파생'과 더불어 나타난 18세기 후반의 음악적 변화 가운데 하나이다.

이후 19세기에 들어 시정의 유흥을 위한 여항음악의 수요가 더욱 늘어나게 되자, 그 요구에 부응하여 다시 나타난 것이 바로 잡가이다. 잡가는 12가사보다 속악에 한층 더 가까워진 것으로, 그 발생 시기는 분명하지 않다. 하지만 19세기 후반에는 12잡가로 체계화되었고, 일제강점기에 현대식 유행가가 퍼질 때까지 성행하였다.

한편 가창과 관련된 이런 특수한 현상들과 달리, 대부분의 가사는 18세기 이후 가창력을 크게 상실하였다. 때문에 새로 창작되는 작품들은 대개 음영이나 율독을 의식하여 이루어졌다. 길이의 장편화나 율격의 변화와도 밀접한 관련이 있는 연행방식의 변화였다.

3. 장르적 성격

3.1. 일반론적 검토

문학에서 장르라 하면, 그것은 보통 장르류와 장르종, 즉 큰 갈래와 작은 갈래를 말한다. 장르류는 시공을 초월하여 모든 문학에 공통적으로 적용될 수 있는 보편적이고 추상적인 것이다. 시공을 초월한다고 하였으니, 동서고금의 제약이 없이 어떤 문학에나 두루 쓰이는 '이론적 장르'이다. 이에 비해 장르종은 시공의 제약을 받아 문학에 따라 달리 나타나는 개별적이고 구체적인 것이다. 시공의 제약을 받기 때문에 시대[문학사]나 지

역[문학권]에 따라 각기 고유한 형태로 달리 나타난다. 그래서 장르종을
'역사적 장르' 또는 '지역적 장르'라고도 부른다.

여기서 논의하고 있는 가사는 물론 한국문학에 고유한 장르종의 하나
이다. 향가, 고려속요, 경기체가, 악장, 시조 등도 역시 가사와 같은 층위
에서 논의되는 한국문학의 장르종이다. 그렇다면 지금까지 가사에서 가
장 쟁점이 되었던 장르 문제는 무엇인가? 그것은 곧 가사는 어떤 장르종
이며, 보다 상위의 어떤 장르류에 속하는가 하는 것이었다. 한마디로 가
사의 상위 장르 귀속 문제였다. 시조와 달리 가사에서 특별히 장르 문제
가 거론되었던 것은 그만큼 가사가 복잡다단한 성격을 가졌기 때문이다.
그것은 이미 앞의 '1.1. 개념'에서 언급했다시피, 가사가 '열린 구성'을 취
한 '관습적 장르'라는 사실과도 밀접한 관련이 있다.

가사의 장르 귀속 문제를 따지자면, 먼저 가사의 상위 장르에 대한 검
토가 필요하다. 종래 장르류에 대한 인식은 동서의 문학적 전통이나 시대
에 따라 크게 달랐다.

동양 즉 한자문학권에서는 일찍부터 문학을 둘로 나누어 보는 이분법
이 일반적 태도였다. 보통 시(詩)와 문(文), 또는 운문과 산문으로 일컬어지
는 것이 그것이다. 그리고 시는 다시 절구(絶句), 율시(律詩), 배율(排律), 가곡
(歌曲) 등으로, 문은 소(疏), 설(說), 서(書), 서(序), 기(記), 전(傳) 등의 다양한 문
체로 구분된다.

서양에서도 역시 문학을 운문(verse)과 산문(prose)으로 이분하는 태도가
일찍부터 존재하였다. 하지만 서양의 고전적 장르론에서는 기본적으로는
문학을 서정(lyric), 서사(epic), 희곡(drama)으로 나누는 삼분법적 태도가 주류
를 이루었다. 그러다가 근대적 장르론이 펼쳐지며, 삼분법이 노출한 한계
를 보완하기 위해 교술(didactic)이라는 제4의 장르가 추가되기도 하였다.
그것을 사분법이라 할 수 있다.

장르류를 구분하는 이런 태도는 다음과 같이 정리된다.

- 이분법 : 운문[율문], 산문
- 삼분법 : 서정, 서사, 희곡
- 사분법 : 서정, 서사, 희곡, 교술

여기서 각 분류 체계가 취하는 장르 구분의 준거에 잠시 주목할 필요가 있다. 먼저 문학을 운문과 산문으로 나누는 이분법의 준거는 작품의 외적 형태인 일정한 운율의 유무이다. 그런데 운율은 다시 압운과 율격으로 구분된다. 압운이라 하면 흔히 두운·요운·각운을 떠올리게 되고, 율격이라 하면 음수율·음보율·음량율 등을 생각하게 된다. 운율을 가진 시가에서 압운을 필수 자질로 가진 것이 운문이고, 율격을 필수 자질로 하여 성립한 것이 바로 율문이다. 이와 달리 문학을 서정·서사·희곡으로 나누는 삼분법의 준거는 작품을 지배하는 내적 양식과 관련이 있다. 작품 속 자아의 세계에 대한 태도나 언어적 진술양식 등이 그것이다. 삼분법의 연장선상에 있는 사분법 역시 마찬가지이다. 그러므로 이분법과 삼분법[또는 사분법]은 각각 문학의 외적 형태와 내적 양식이라는 전혀 다른 기준을 가진 분류 체계임을 알 수 있다. 장르류의 체계에 대해 어떤 입장을 취하든 간에 그 논의가 일관된 기준을 적용하여 이루어져야 함은 물론이다.

3.2. 장르 논의의 출발

한국문학에서 가사가 갖는 장르적 성격에 대한 논의는 그 역사가 상당

히 길다. 가사가 과연 어떤 장르인가라는 고민은 현대에 들어 한국문학의
체계를 기술하는 과정에서 시작되었다. 이후 그것은 1970년대를 지나면
서 가사 연구의 중심 논제로 크게 부각되었고, 이에 대한 뜨거운 논쟁이
지속적으로 펼쳐졌다. 그 과정에서 '시가', '문필', '서정', '교술', '전술',
'중간·혼합' 등이 키워드로 떠올랐다. 논의의 중심은 한국문학의 기술
체계를 어떻게 세울 것인가라는 문제와 가사문학이 갖는 양식적 특성을
어떻게 해명할 것인가라는 문제로 압축된다. 여기서 그 개요를 정리해
보자.

가사의 장르적 성격에 대한 의문은 일찍이 조윤제에 의해 본격적으로
제기되었다. 그는 1937년에 펴낸 『조선시가사강』에서는 일단 별다른 이
의 없이 가사를 '시가의 일종'으로 간주한 바 있다.[17] 하지만 그 후 1948
년 『한국시가의 연구』에서 「가사 문학론」이라는 별도의 논고를 통해 비
로소 이 문제에 대한 집중적 논의를 전개하였다. 이 글에서 그는 먼저 가
사가 단순히 시가의 일종으로 간주되었던 것은 "그 글의 形式이 全體 韻文
으로 되어 있고, 또 그 名稱이 바로 歌辭(詞)라고 되어 있기 때문인 듯"하
다고 진단하였다.[18] 이어 가사의 명칭, 운문과 시가와의 관계, 가사와 시
가와의 관계를 차례로 살피고, 이를 통해 가사의 문학적 성격을 다음과
같이 정리하였다.

그러면 歌辭文學은 結局 어떻게 될 것인가. 詩歌라 할 것인가 文筆이라 할
것인가. 詩歌 便에서 보면 詩歌 같기도 하고, 文筆 便에서 보면 文筆 같기도 한
것이 歌辭다. 그러니까 이것을 單純히 詩歌라 規定한다면 歌辭의 一部에는 適
用될지언정 그 全體에는 適用할 수 없고, 文筆이라 規定한댔자 亦是 마찬가지

---

17) 조윤제, 『조선시가사강』, 동광당서점, 1937.
18) 조윤제, 「가사 문학론」, 『한국시가의 연구』, 을유문화사, 1984(초판; 1948), 117쪽.

다. 그렇다면 홀으로 詩歌니 文筆이니 하고 規定하려 하는 거기에 無理가 있지 않을까. 世界의 文學이 그렇게 區別된다 하여 그에 억지로 꿰맞추려 하니까 어딘지 不自然스럽고 無理가 생기지 않는가. 그보다는 차라리 世界文學에서 超脫하고 그에 拘束됨이 없이 自由스러운 朝鮮的 立場에서 한번 생각하여 보는 것이 더 適切히 더 確實히 그 文學的 性格을 規定할 수 있을 듯하다. 卽 朝鮮의 歌辭文學은 詩歌, 文筆의 兩 性格을 同時에 具有한 特殊한 形態 文學인데, 그러한 兩 性格을 具有한 만큼 그 어느 것도 排擊하지 않고, 또 傷함이 없이 兩面을 同時에 包攝하여, 차라리 그 어느 것에도 全屬되지 않은 歌辭文學이라는 것을 하나 따로 確立하였으면 어떨까. 그리하여 <u>歌辭文學은 韻文的 形式을 쓰면서 文筆的 內容을 表現 描寫하는 文學</u>이라고 한다면 훨씬 더 明確하게 그 文學的 性格을 規定할 수 있을 듯하다.[19]

이 문면에 명료하게 드러나 있지는 않지만, 이 논의는 문학이 크게 운문과 산문 또는 시가와 문필로 나뉜다는 것을 전제로 하고 있다. 여기서 운문과 산문은 물론 운율이라는 문학의 외적 형태를 기준으로 한 분류 개념이다. 이에 비해 그 개념을 분명하게 규정하지는 않았지만, 시가는 시와 가를 망라한 '조선의 고전적 시문학'의 범칭으로, 문필은 '감상문, 수필문, 기행문'이나 '한문의 사, 부, 서, 기' 등을 지칭하는 뜻으로 사용되었다.[20] 따라서 시가와 문필은 곧 문학의 내용을 기준으로 한 분류 개념임을 알 수 있다. 이렇듯 이 글에는 가사의 상위 장르로서 운문과 산문, 그리고 시가와 문필이라는 서로 다른 기준을 가진 두 가지 분류 체계가 함께 적용되어 있다. 아울러 시가는 당연히 운문이고, 문필은 산문이라는 생각도 함께 작용하고 있다.

이런 전제 속에서 가사가 외형상 일정한 운율을 가진 운문에 속한다는

---

19) 조윤제, 「가사 문학론」, 126-127쪽(필자가 일부 표기 교정함).
20) 조윤제, 「가사 문학론」, 121 · 122 · 126쪽 참고.

사실에는 의문의 여지가 없다. 하지만 내용에 있어서는 사정이 다르다. 가사가 시가와 문필의 양 성격을 모두 갖추었다고 보기 때문이다. 아니 오히려 시가보다는 문필에 더 가깝다고 보는 것이 위의 견해이다. 그래서 가사를 '운문적 형식을 쓰면서 문필적 내용을 표현 묘사하는 문학'이라고 하였다. 형식은 산문 아닌 운문이지만, 내용은 시가보다 문필에 해당된다는 것이다. 다시 말하면 형식은 여느 시가처럼 운문이지만, 내용은 산문 형식을 가진 문필에 가깝다는 것이다. 때문에 굳이 가사를 시가와 문필 중의 어느 하나에 귀속시킬 것이 아니라, 세계문학과는 다른 한국문학의 특성을 인정하여 가사라는 독립된 장르를 따로 설정하는 것이 바람직하다고 하였다.

조윤제가 「가사 문학론」의 이런 생각을 보다 진전시켜 구체화한 것이 1955년의 『국문학개설』이다. 그는 여기에서 "大體로 文學을 韻文과 散文, 또는 詩歌와 文筆, 이러케도 分類하지마는 흔히 詩歌 小說 戱曲 等으로 分類하는데", "國文學을 詩歌 歌辭 小說 戱曲, 이러케 四大部門에 나누면 國文學의 大部分은 거의 다 여기에 包括될듯 싶다"고 하여,21) 가사를 별도의 장르로 독립시킨 한국문학의 체계를 제시하였다. 이분법, 삼분법, 사분법을 아우른 짤막한 언급 속에 가사의 복잡한 장르 문제가 함축되어 있음을 볼 수 있다.

그런데 조윤제의 이런 일련의 논의는 향후 전개될 장르 문제에 대한 여러 쟁점들을 두루 예고해 준다는 점에서 눈길을 끈다. 먼저 시가와 운문의 관계이다. 한국시가의 외적 형태를 규정하는 운율적 요소는 무엇인가. 한국시가에 압운이 성립하지 않는다는 것은 주지의 사실이다. 그렇다

---

21) 조윤제, 『국문학개설』, 탐구당, 1991(초판: 동국문화사, 1955), 41·43쪽. 위의 언급처럼 이 책의 제2편 각론은 제1장 시가, 제2장 가사, 제3장 소설, 제4장 희곡, 그리고 제5장 한문으로 구성되어 있다.

면 문제가 되는 것은 말할 것도 없이 율격이다. "歌辭는 四四調의 連續인 韻文體다"라는[22] 규정은 율격 중에서도 이른바 음수율[자수율]을 의식한 것이고, 가사가 '4음 4보격'을 가졌다는 지적은 음량율과 음보율을 의식한 것이다. 가사의 율격에 대한 관심은 음수율로 시작되어 점차 음보율과 음량율로 옮겨 왔다. 이렇듯 압운이 아닌 율격을 기본으로 성립한다는 점에서, 한시를 제외한 한국시가는 운문이 아닌 율문이라 불러야 마땅하다.

다음 내적 양식과 관련된 문제이다. 조윤제는 시가와 문필이라는 이원적 체계를 통해 양자의 성격을 구유한 가사의 특성을 살피고, 가사를 양자의 어디에도 속하지 않는 제3의 독립된 장르로 상정하였다. 그리고 이원적 체계를 다시 시가·소설·희곡이라는 삼분법적 틀로 환치시키고, 거기에다 가사를 제4의 장르로 설정하였다. 다시 말하면, 서정·서사·희곡에 대응되는 삼분 체계에다 가사를 더하여 사분법적 체계를 제시하였다.

가사의 장르에 대한 이런 주장은 문제의 해결이기보다는 오히려 새로운 출발에 가까운 것이었다. 주로 그 연장선에서 새로운 논의가 계속되었기 때문이다. 조윤제 이후 전개된 가사 장르 연구의 주요한 논점은 다음과 같다. 첫째, 가사는 시가인가, 문필인가, 두 성격을 모두 가졌는가. 둘째, 삼분법에서 가사의 위치는 어디인가. 셋째, 사분법에서 가사는 무엇에 속하는가. 넷째, 장르류의 체계는 만족스러운가. 이제 필요한 것이 이 논점들에 대한 정리이다.

---

22) 조윤제, 『국문학개설』, 143쪽.

3.3. 장르 논의의 전개

첫째, 가사는 시가인가, 문필인가, 두 성격을 모두 가졌는가.

오늘날 가사는 당연히 시가로 인식되고 있다. 시가를 다름 아닌 '노래 문학'으로 규정하고, 노래하는 것을 전제로 하면서 율격을 가진 것이면 모두 시가로 분류하기 때문이다. 그런 점에서 시가는 율문과 거의 동의어로 쓰인다고 할 수 있다. 하지만 앞선 조윤제의 논의에서 시가의 의미는 이와 달랐다. 시와 가를 망라한 '조선의 고전적 시문학'의 범칭으로 사용되었기 때문이다. 다시 말하면 시가는 형식은 운문이면서 내용상 운치를 가진, 서정에 가까운 개념이었다. 때문에 서정뿐만 아니라 교훈이나 서사 등 다양한 성격을 가진 가사를 모두 시가로 포괄할 수는 없었다.

그렇다면 가사는 문필에 속하는가. 여기서 문제되는 것이 문필의 개념이다. 예를 들면 앞에서 문필은 '감상문, 수필문, 기행문'이나 '한문의 사, 부, 서, 기' 등을 지칭한다고 하였다. 하지만 그렇다고 하여도 문필은 여전히 그 뜻이 모호하다. 또 그것이 문학 일반에 통용되는 용어도 아니었다. 그래서 수필의 개념을 취해, 가사를 광의의 수필 범주에 넣어야 한다는 주장도 있었다.23)

이에 더하여 가사가 시가와 문필의 두 성격을 모두 가졌다는 주장도 계속되었다. 가사를 주관적인 감정을 노래한 '시가로서의 가사'와 객관적 서사적인 사물을 서술한 '수필로서의 가사'로 나누거나(장덕순, 1960), 가사를 넓게는 시가의 범주에 포함시키면서 다시 '서정적 가사'와 '문필적 가사'로 나누는 견해(박성의, 1967)가 그것이다.24) 그렇지만 모두 기존 논의의 본질을 벗어난 것은 아니었다.

---

23) 우리어문학회, 『국문학개론』, 일성당서점, 1949, 29쪽.
24) 최강현, 『가사문학론』, 새문사, 1986, 9쪽 참고

둘째, 삼분법에서 가사의 위치는 어디인가.

운문과 산문, 또는 시가와 문필이라는 이분법으로 더 이상 진전된 논의
가 어렵게 되자, 그 대안으로 떠오른 것이 삼분법이다. 장르류를 서정, 서
사, 희곡으로 나누는 삼분법에서 가사의 성격을 가장 잘 포용해 주는 것
은 서정이다. 하지만 가사가 지닌 다양한 성격은 그 범위가 순수한 서정
자체에 한정되지 않고, 주변성이 강하다는 데 문제가 있었다.

따라서 서정의 범주를 보다 세분화하여 전기가사에는 서정의 형식에
서정적 서정, 서사적 서정, 교술적 서정의 세 가지 성향이 조화롭게 융합
되어 있고, 후기가사에서 그 융합 상태가 깨어지고 중심 성향의 극대화가
일어난다는 주장이 펼쳐지기도 하였다.25) 서정성의 극대화, 서사성의 극
대화, 교술성의 극대화가 그것이다. 삼분법을 기저로, 기존의 규범적인 시
각에서 벗어나 장르를 다원적이고 유동적으로 파악한 경우이다. 하지만
이보다 앞서 제기된, 가사를 제4의 장르에 귀속시키려는 사분법적 태도가
장르 논의의 주류를 이루었다.

셋째, 사분법에서 가사는 무엇에 속하는가.

조윤제 이후 가사의 장르 문제 연구에 큰 전기가 되었던 것이 조동일
의 교술장르설이다. 조동일은 1969년 「가사의 장르 규정」에서 서정, 서
사, 희곡에 이은 제4의 장르로 '교술'을 설정하고, 가사를 교술에 귀속
시켰다. 교술의 '교(敎)'는 알려주어서 주장한다는 뜻이고 '술(述)'은 어떤 사
실이나 경험을 서술한다는 뜻이라고 하였다.26) 즉 어떤 사실이나 경험을

---

25) 김학성, 「가사의 장르성격 재론」, 330–331쪽.
26) 조동일, 「가사의 장르 규정」, 『어문학』 제21집, 한국어문학회, 1969, 73쪽.
　　이와는 별도로 조동일은 자아와 세계의 관계에 주목하는 문학적 삶의 양식을 기준으
　　로, 사분법을 이루는 장르 체계를 다음과 같이 정의하였다. 서정은 작품 외적 세계의
　　개입이 없는 세계의 자아화요, 교술은 작품 외적 세계의 개입으로 이루어지는 자아의
　　세계화요, 서사는 작품 외적 자아의 개입으로 이루어지는 자아와 세계의 대결이요, 희

서술하여, 알려주어서 주장하는 것이 교술이라는 것이다. 그는 또 가사가 지니는 전반적 특징이 '있었던 일을, 확장적 문체로, 일회적으로, 평면적으로 서술해, 알려 주어서 주장한다'는 데 있다고 보고, 이것이 곧 가사가 서정이나 서사가 아닌 교술에 속하는 명백한 증거라고 하였다.[27] 즉 주관적 감흥을 집중적으로 표현하는 서정이나, 있을 수 있는 일을 전형적으로 엮어내는 서사가 아니라는 것이었다.

　조동일의 이런 주장은 발표되면서 학계의 큰 반향을 불러왔다. 이후 교술장르설을 둘러싸고 상당한 기간에 걸쳐 지속적인 논의가 이루어졌는데, 논란이 되었던 주요 쟁점은 다음과 같다. 즉 교술이 과연 문학의 장르로 성립할 수 있는가, 있다면 가사는 과연 교술장르에만 귀속되는가, 교술을 대신할 다른 개념은 없는 것인가가 그것이다.

　먼저 교술장르의 성립을 부정적으로 보는 입장은 '교술은 문학적 정신이기는 하나, 문학적 형식이 되기는 어렵다'는 말로 요약할 수 있다.[28] 교술은 의도를 가진 목적성이 강한 반면, 전달을 위한 형식적 자율성이 약하다고 보았기 때문이다. 또 교술장르의 성립을 인정하는 입장에서도, 가사를 전적으로 교술장르에만 귀속시킬 수는 없다는 주장이 제기되었다. 가사를 장르류에 있어서 서정적인 것, 서사적인 것, 교시적인 것으로 삼분하자거나,[29] 가사를 "여러 종류의 경험·사고 및 표현 욕구에 대하여 폭넓게 열려 있는 혼합갈래의 일종으로 파악"하는[30] 견해가 그것이다. 또 조선전기 가사는 서정장르, 조선후기 가사는 주제장르의 지배를 받는다

　곡은 작품 외적 자아의 개입이 없는 자아와 세계의 대결이라고 하였다(조동일, 『한국소설의 이론』, 지식산업사, 1977, 103쪽).

27) 조동일, 「가사의 장르 규정」, 72쪽.

28) 김학성, 「가사의 장르성격 재론」, 328-329쪽 참고.

29) 주종연, 「가사의 장르 고(Ⅱ)」, 『국어국문학』 제62·63호, 국어국문학회, 1973, 279쪽.

30) 김흥규, 『한국문학의 이해』, 민음사, 1986, 118쪽.

는 논의도 있었다.31) 그런 한편 교술이 문학 장르의 개념으로 적절치 않
다는 생각에서, 교술을 대신할 또 다른 개념이 모색되기도 하였다. 전술
(傳述)이 바로 그것이다.

　제4의 장르류로서 전술이라는 개념의 도입은 성무경에 의해 이루어졌
다.32) 조동일이 자신의 이론 모형 근거를 '자아와 세계의 관계에 주목하
는 문학적 삶의 양식'에서 찾았던 것과는 달리, 성무경은 그것을 '담화체
인 작품의 질서를 이루는 언어적 진술양식'에서 찾아 서정·전술·서
사·희곡의 양식화 원리를 설정하였다. 그리고 그것을 다시 김학성이 보
다 이해하기 쉬운 틀로 바꾸어, 다음과 같이 제시하였다.

- 서정 : 어떤 상황(정황)을 노래하고자 하는 진술양식
- 전술 : 이떤 사실(話題거리)을 전달하고자 하는 진술양식
- 서사 : 어떤 사건을 이야기하고자 하는 진술양식
- 희곡 : 어떤 행동을 재현하고자 하는 진술양식

　여기에서 모든 가사는 4음 4보격이라는 율격에 맞추어 다정하게 말하
면서도, 하고자 하는 말을 다 갖추어 상대방이 알아들을 수 있게 자상하
게 말하는 진술방식을 보인다고 하였다. 곧 어떤 사실을 알리고 전달하
고자 하는 담화체양식을 보이므로 전술[교술, 주제적]양식에 해당한다는
것이다.33)

　넷째, 장르류의 체계는 만족스러운가.

　지금까지 가사의 장르 귀속에 대한 여러 견해를 검토하였다. 이분법을

---

31) 박연호, 『가사문학 장르론』, 다운샘, 2003, 300쪽.
32) 성무경, 「가사의 존재양식 연구」, 성균관대학교 박사학위논문, 1997.
33) 김학성, 「가사의 장르적 특성과 현대사회의 존재의의」, 『고시가연구』 제21집, 한국고
　　시가문학회, 2008, 164-165쪽, 173-174쪽.

비롯하여 삼분법과 사분법에 이르기까지 그야말로 논의 가능한 거의 모든 경우의 주장이 이른바 백가쟁명식으로 이루어졌음을 볼 수 있었다. 이 지점에서 드는 생각이 장르류의 체계에 대한 회의이다. 가사의 장르 문제에 대해 이같이 다양한 논의가 이루어졌다는 것은 곧 그만큼 가사를 포섭할 장르류의 체계가 만족스럽지 못하다는 것을 말해주기 때문이다. 그런 점에서 장르류는 우리가 생각하는 것만큼 보편적이지 못하다는 비판과 함께 그것의 효용을 부정하는 무용론이 대두하게 된다.

이런 무용론의 입장에 선다면, 가사의 상위 장르에 대한 논의는 이제 더 이상 펼칠 필요가 없어진다. 지금까지 거론한 서정, 서사, 교술 등은 가사를 이루는 문학적 정신일 수는 있지만, 그 상위 장르로 성립할 수는 없다. 가사는 그대로 한국문학의 가장 상위 장르 중 하나로 자리매김된다. 그래서 '가사는 단지 가사일 뿐이다'고 말해진다.

가사의 장르에 대한 논의는 그것이 시가인가, 문필인가, 아니면 제3의 독립된 장르인가라는 의문에서 시작하여, 다시 '가사는 단지 가사일 뿐이다'는 생각에 이르기까지 스펙트럼이 다양하다. 그 사이에 가사를 서정, 교술 또는 전술, 서정과 서사와 교술(특히 서정과 교술)이 혼재된 장르로 보는 입장들이 존재한다. 이 가운데 가사를 교술 또는 전술로 보는 견해가 가장 설득력이 있다. 하지만 어떤 입장을 취하든 가사가 교술성이 두드러진 장르라는 점은 분명하다.

가사는 과연 무엇인가. 가사의 장르를 천착하는 것은 가사가 가사 아닌 것과 어떻게 다른지 알기 위해서이다. 이는 기본적으로 가사의 본질을 파악하기 위해 필요한 일이면서, 한국문학 나아가 세계문학의 체계를 세우기 위해서도 필요한 일이다. 때문에 장르 문제는 가사뿐만 아니라, 한국문학 전반에 관련된 문제이기도 하다. 특히 시조나 경기체가 같은 한국시가의 인접 장르들과 관계가 깊다.

4. 발생과 연원

4.1. 발생 시기

　말하자면, 가사의 발생은 한국문학사의 중대한 사건 중의 하나다. 우리는 흔히 어떤 사건에 대해 말할 때 누가, 언제, 어디서, 무엇을, 어떻게, 왜라는 이른바 육하원칙을 기준으로 삼는다. 가사의 발생에 대한 문제 역시 이 여섯 가지 물음에 답하는 방식으로 설명할 수 있다. 즉 가사의 발생이 사건의 핵심을 이루는 '무엇'이라고 한다면, '언제'는 가사가 발생한 시기이고, '어떻게'는 가사의 장르적 연원에 해당된다. 이밖에 '누가'는 가사를 발생시킨 주체로서 담당 계층, '어디서'는 가사가 형성된 문화 공간, '왜'는 가사의 장르적 역할을 의미한다. 여기서 일차적으로 해명해야 할 문제가 발생 시기와 장르적 연원이다. 그 해명 과정에서 담당 계층과 문화 공간도 자연스럽게 거론될 것이다. 또 장르적 역할에 대해서는 앞 장에서 이미 언급한 바 있다. 가사가 '알려주어서 주장하는' 교술이라거나, '어떤 사실을 전달하고자 하는' 전술이라는 주장이 그것이다. 그러면 먼저 발생 시기부터 보기로 하자.

　가사의 발생 시기를 따지고자 할 때 맨 먼저 제기되는 것이 이른바 효시작 문제이다. 즉 가사라 부를 수 있는 첫 번째 작품이 과연 무엇이냐는 물음이다. 효시작이 가사의 발생 시기를 가늠하는 유력한 증거가 되기 때문이다. 하지만 가사 발생 이후 오랜 시간이 흘러 그 시기조차 분명하지 못한 지금, 이 물음에 대한 명쾌한 답을 내놓을 수는 없다. 다만 현재 남아있는 작품 중 가장 오래된, 최고(最古)의 것이 무엇이냐로 그 답을 대신할 뿐이다. 이 논란의 중심에 정극인의 <상춘곡(賞春曲)>과 나옹화상의

<서왕가(西往歌)>가 있다. 이 둘 중에서 먼저 가사의 최고작으로 거명되었던 것은 정극인의 <상춘곡>이다.

원래 경기도 광주 출신인 정극인(丁克仁, 1401-1481)은 처향인 전라도 태인에 퇴휴하여 만년을 보내면서 <상춘곡>을 지었다. 이때가 그의 나이 70세인 성종1년(1470)이었다. <상춘곡>은 제목 그대로 봄을 맞아 자연에서 느끼는 감흥을 노래한 작품이다. 1937년에 나온 조윤제의 『조선시가사강』에서부터 일찍이 가사의 첫 작품으로 인식되었다. 즉 조윤제는 가사체의 성립이 확실히 어느 때부터라 지적할 수는 없지마는, 정돈된 가사의 출현은 대강 조선에 들어와서부터이고, 정극인의 상춘곡이 그 효시일 것 같다고 하였다.[34]

그런 한편 <상춘곡>은 정극인의 소작이 아니라는 견해도 있었다. <상춘곡>은 정극인의 사후 305년이 지난 정조10년(1786)에 간행된 『불우헌집』에 실려 오늘에 전한다. 때문에 그 기록은 창작 당시가 아닌 문집을 편찬할 때의 표기 형태를 취하고 있다. 뿐만 아니라 형식도 초창기 가사라 보기 어려울 만큼 정제되어 있다. 또 시어의 사용이나 표현된 내용이 정극인의 평소 성품과는 잘 맞지 않는다는 분석도 있다. 이런 여러 이유로 <상춘곡>은 정극인의 작품이 아닌 후인의 안작이라는 주장이 일부에서 제기되었다.[35] 하지만 <상춘곡>이 분명히 정극인의 문집에 그의 작품으로 수록되어 있고, 또 그가 성종에게 올린 상소에서 '생애의 여년에 장가와 단가를 지어 붕우들과 노래하며 송도하였고, 이가(俚歌)를 임금께도 올린다'고 한 것으로 보아,[36] 정극인이 능히 이 작품을 지었을 것으로 생각

---

34) 조윤제, 『조선시가사강』, 동광당서점, 1937, 243쪽.

35) <상춘곡>의 후인안작설은 1969년 권영철에 의해 처음 제기되었고, 강전섭(1970), 최강현(1974) 등이 같은 입장에서 논의를 펼쳤다(최강현, 『가사문학론』, 157쪽 참고).

36) 此生餘年 無階上合 謹作長歌六章 短歌二章 或與朋友歌詠 或夜歌且舞 頌禱之勤 殆無虛日(中略) 臣以樗櫟之材 老於六世聖化之中 忘其狂僭 而幷進俚歌二章(『成宗實錄』, 122권, 11

된다.

다음이 <상춘곡>의 서두와 말미이다.

> 紅塵에 뭇친분네 이내生涯 엇더흐고
> 녯사롬 風流롤 미출가 못미출가
> 天地間 男子몸이 날만흔이 하건마는
> 山林에 뭇쳐이셔 至樂을 모롤것가
> 數間 茅屋을 碧溪水 앏픠두고
> 松竹 鬱鬱裏예 風月主人 되여셔라
> (…중략…)
> 功名도 날끠우고 富貴도 날끠우니
> 淸風 明月外예 엇던벗이 잇亽올고
> 簞瓢 陋巷에 흣튼혜음 아니흐니
> 아모타 百年行樂이 이만흔둘 엇지흐리³⁷⁾

　나옹화상(懶翁和尙, 1320-1376)은 고려말의 선승으로, 경상도 영덕 사람이다. 원나라에 유학하여 인도의 승려 지공에게 배웠고, 귀국 후에는 왕사로 활동하였다. 그가 지은 <서왕가>는 부지런히 염불을 하고 공덕을 쌓아 서방정토에 왕생하자는 불교의 포교가사이다. 조선후기인 18세기 이후의 문헌에 이본 수종이 전한다. 가장 오래된 것은 영조17년(1741) 경상도 수도사에서 펴낸『염불보권문』재간본에 실린 판본이다. 이밖에 영조41년(1765) 평안도 용문사에서 펴낸『염불보권문』사간본, 영조52년(1776) 경상도 해인사에서 펴낸『염불보권문』오간본과『신편보권문』에도 판각되어 있다. 그런데 <서왕가> 역시 작자의 생존시기와 현전하는 판본 사이에 무려 300년을 훌쩍 뛰어넘는 시차가 있다. 이것이 곧 <서왕가>의

년 10월 26일 임신.)
37) 丁克仁,『不憂軒集』, 卷二, 歌曲.

82작자를 의심하거나, 현전 <서왕가>를 그것의 본래 모습으로 보기 어려운 이유이다.

다음은 해인사판 『염불보권문』에 실린 <나옹화샹셔왕가라>의 일부이다.

> 나도 이럴만졍 셰샹애 인재러니
> 무샹을 싱각ᄒ니 다거즛 거시로쇠
> 부모의 기친얼골 주근후에 쇽졀업다
> 져근닷 싱각ᄒ야 셰ᄉ을 후리치고
> 부모끠 하직ᄒ고
> 단표ᄌ 일납애 쳥녀쟝을 비기들고
> 명산을 ᄎ자드러 션지식을 친견ᄒ야
> ᄆ옵을 볼키려고 쳔경 만론을
> 낫낫치 츄심ᄒ야 뉵적을 자부리라
>   (…중략…)
> 어와 슬프다
> 우리도 인간애나왓다가 넘불말고 어이홀고
> 나무아미타불[38]

한국문학사에서 <서왕가>는 1957년 이병기에 의해 처음으로 언급되었다. 그는 해인사 장판 중의 『염불보권문』과 『신편보권문』에 실린 <서왕가>에 후인의 전사 과정에서 발생한 약간의 변화가 있었을 것이나 그래도 얼마큼 그 원형을 유지하였을 것이라 보고, 이를 근거로 고려말에는 이미 가사체가 형성되었을 것이라고 하였다.[39] 아울러 역시 고려말 사람인 신득청(申得淸, 1332-1392)의 <역대전리가(歷代轉理歌)>를 이 시기에 이미

---

38) 임기중 편, 『역대가사문학전집』 1, 동서문화원, 1987, 560-563쪽.
39) 이병기 · 백철, 『국문학전사』, 신구문화사, 1975(초판; 1957), 108-109쪽.

가사체가 형성되었음을 말해주는 또 하나의 증거로 예시하였다. 하지만 <역대전리가>에도 그것이 고려말이 아닌 조선후기의 작품일 것이라는 의심이 있다.

여기서 <서왕가>와 <역대전리가>를 나옹과 신득청이 지은 작품으로 인정한다면, 가사의 발생 시기는 고려말이나 또는 그 이전으로 소급된다. 게다가 역시 진위 논란이 있기는 하나 나옹의 작품으로 전하는 <승원가(僧元歌)>와 <낙도가(樂道歌)>의 존재까지 감안한다면, 가사의 발생은 적어도 고려말에는 분명히 이루어졌다고 할 수 있다. <역대전리가>와 <승원가>가 차자가사라는 점이 그러한 사실을 더욱 뒷받침해 준다. 때문에 가사 발생의 배경으로 불교의 승려층과 유가의 사대부층 및 그들의 문화 공간이 주목된다.

사실 시조와 달리 가사는 장가이기 때문에 그것의 전승에는 문자의 역할이 매우 중요하다. 그런데 훈민정음 창제 이전에는 우리말을 그대로 적을 수 있는 효과적인 문자가 없었다. 때문에 장가라 할지라도, 그 전승은 주로 입과 기억력에 의존할 수밖에 없었다. 특별한 경우 간혹 한역이나 차자표기를 통해 기록되었을 것이나, 이는 매우 이례적인 일이었다. 이것이 곧 발생 초기의 가사 작품이 많이 남아있지 못하고, 남아있다 하더라도 원래의 모습이나 작자가 불분명한 상태로 전승되는 가장 큰 이유이다.

4.2. 장르적 연원

그러면 이제 시선을 돌려 가사는 어떻게 발생하였느냐에 대해 살펴보기로 하자. 가사가 어떤 선행 장르의 영향을 받아 이루어졌느냐, 즉 장르적 연원에 대한 문제이다. 가사의 장르적 연원을 찾는 것은 가사뿐만 아

니라, 한국시가 전반의 흐름을 파악하여 문학사적 체계를 세우는 일과도
관련이 있다.

가사는 장르적 성격이 복잡하여 그 해명에 많은 논의가 이루어졌다. 마
찬가지로 장르적 연원에 대한 해명 역시 매우 다양하게 전개되었다. 지금
까지 펼쳐진 기존 논의를 연원으로 제시된 선행 장르에 따라 묶으면, 모
두 9가지에 이른다. 가사의 장르 귀속 문제에서 보았던 것처럼, 논의가
이루어진 시점까지의 학문적 성과를 반영하면서, 가능한 모든 검토가 다
이루어졌다고 할 수 있다. 다음에 그 개요를 간략히 정리한다.

　(1) 교술민요연원설 : 가사가 교술에 속한다는 주장의 연장선에 있는 조동일
의 견해이다.[40] 가사의 기원은 '국어문학의 장르종'이면서, '교술장르류'에 속하
며, '4음보 연속체의 율문'이어야 하는데, 이 세 가지 조건을 만족시키는 것이
바로 교술민요라는 것이다. 성주풀이・언문풀이・새타령・담방구타령・꽃노
래・베틀노래 등이 교술민요의 좋은 예인데, 구비문학인 이런 교술민요가 기
록문학으로 발전한 것이 바로 가사이고, 그렇게 발전시킨 주체는 조선초의 사
대부들이라고 하였다. 논란이 된 고려말 나옹의 <서왕가>는 아직 구비문학인
불교적 교술민요의 단계에 있는 것으로 보았다. 하지만 이후 다시 차자가사인
나옹의 <승원가>를 가사의 첫 작품으로 보고, 구전되는 불교가사로 가사가 시
작되었다고 할 수 있지만, 신득청의 <역대전리가>를 보면 반드시 그렇지는 않
았을지도 모른다고 하였다.[41]

　(2) 신라불교시연원설 : <산화가>와 같은 긴 형태의 신라불교시에서 가사가
발생하였을 것이라는 견해이다. 『삼국유사』의 '월명사 도솔가'조에 월명사가
경덕왕의 명을 받들어 지은 <도솔가>에 대해 "지금 민간에서 이를 일러 <산
화가>라 하나, 잘못이다. 마땅히 <도솔가>라 불러야 한다. <산화가>는 따로
있는데, 가사가 길어 싣지 않는다"라고 한[42] 기록이 있다. 홍재휴(1984)가 이

40) 조동일, 「가사의 장르 규정」, 76-86쪽.
41) 조동일, 『한국문학통사』 2, 지식산업사, 1983, 203-205쪽.

기록을 근거로 '불교시인 <산화가>가 장시형 발생의 한 이정표를 세우게 한 것이 아닌가 생각된다'고 추정하였다.43) 가사의 발생 시기를 신라말까지 끌어 올린 견해이다.

(3) 화청연원설 : 화청(和請)이란 불교의 포교나 천도의식에서 사용하는 한국 말로 된 노래이다. 불교노래로서, 사용언어가 한문이나 범어인 범패(梵唄)에 대 응된다. 화청이란 말은 '여러 불보살을 고루 청한다'는 뜻이라고 한다.44) 그 기 원은 분명하지 않지만, 삼국시대에 불교가 전래된 이후 그것을 일반에 널리 포 교하는 과정에서 범패를 대신하여 자연스레 형성되었을 것으로 추정된다. 불 교노래인 이 화청에서 <서왕가>와 같은 가사가 출현하였다는 임기중의 견 해45)가 대표적이다.

(4) 경기체가연원설 : 가사의 연원설로 가장 먼저 제기되어, 한동안 일반화되 었던 견해이다. 한마디로 조선에 들어와 경기체가 형식이 붕괴되면서 가사가 발생하였다는 주장이다. 즉 연장체인 경기체가의 분장과 각 장의 전후 분절 형 식이 깨지면서 분장·분절체가 연속체로 바뀌고, 여기에 한국시가의 기조인 4·4조가 정착되면서 가사체가 성립하였다는 것이다.46) 정극인의 <상춘곡>을 가사의 효시로 의식하였다.

(5) 고려가요연원설 : 경기체가와 고려속요를 포괄하는 고려가요의 장형에서 가사가 발생하였다는, 정익섭의 견해이다. 즉 가사는 장형의 노래로, 연형 또는 연의 결합으로 이루어지고, 장면의 배합으로 구성되고, 3·4조 또는 4·4조의 음수율을 지녔고, 여음(낙구, 결사)이 붙는 등, 고려가요의 장가형식과 유사하 다.47) 그러므로 고려가요의 장가형식에서 가사가 비롯되었다는 것이다.

---

42) 今俗謂此爲散花歌誤矣 宜云兜率歌 別有散花歌 文多不載(『三國遺事』, 感通第七, '月明師 兜率歌'條.)

43) 최강현, 『가사문학론』, 64-65·68쪽 참고.

44) 김종진, 『불교가사의 연행과 전승』, 이회문화사, 2002, 40쪽.

45) 임기중, 「화청과 가사문학」, 『국어국문학』97, 국어국문학회, 1987.

46) 조윤제, 『한국문학사』, 탐구당, 1987(초판; 동국문화사, 1949), 166쪽.

(6) 시조연원설 : 가사와 시조는 4음 4보 1행의 율격 및 결사법을 공유한다. 따라서 시조의 초장이나 중장을 반복하면 가사체가 성립된다는 것이 이 주장의 요지이다. <상춘곡>을 위시한 결사형태를 가진 가사를 이른바 정격으로 보는 태도가 반영되어 있다. 그래서 가사형식은 '단가 시형의 파격형'이며, 결코 '한림별곡체 기타 여요의 발전한 것'이 아니라고도 하였다.48)

(7) 악장연원설 : <용비어천가>나 <월인천강지곡> 같은 장편 악장의 분장 형식이 깨지면서 연속체의 가사가 발생하였다는 견해이다. 정형용의 주장을 들면, <만전춘별사>나 <어부가> 등 고려가사가 궁정과 양반층을 기반으로 전승되면서 가사가 성립했는데, 여기에 <용비어천가>와 같은 장편 악장의 창작도 영향을 주었다고 하였다.49) 역시 정극인의 <상춘곡>을 염두에 둔 생각이다.

(8) 한시체연원설 : 이병기에서 그 일단을 볼 수 있다. 그는 고려 이규보의 <동명왕편>, 이승휴의 <제왕운기>, 오세문의 <역대가> 등 장편 한시에서 가사체의 원형을 찾을 수 있다고 보고, '장편 한시에 토만 달아 읽든지, 시조체의 초중장을 연속하면 가사체가 형성될 수 있음을 알아야 한다'고 하였다.50) 하지만 장편 한시에 토를 단다고 하여, 그것이 곧장 가사가 되는 것은 아니다. 같은 자리에서 시조 역시 가사의 연원으로 지목되었음을 볼 수 있다.

(9) 복합연원설 : 말 그대로 여러 요인이 함께 작용하여 가사가 발생하였다는 견해이다. 악장연원설의 정형용이나 한시체연원설의 이병기에서도 복합연원설의 입장을 볼 수 있다. 특히 최강현은 보다 적극적으로 "신라노래 및 초기 고려노래 그리고 민요 등 전통적 우리 시가문학의 형태에 한시문의 영향이 가미되어 시조나 가사처럼 짝수 율각으로 된 새 문학 형태가 나타나게 된 것이다"

47) 정익섭, 「가사형식의 연원적 고찰」, 『한국언어문학』 제6호, 한국언어문학회, 1969; 정익섭, 『한국시가문학논고』, 전남대학교 출판부, 1989, 160-161쪽.
48) 김사엽, 『이조시대의 가요 연구』, 대양출판사, 1956, 303쪽.
49) 우리어문학회, 『국문학개론』, 175-177쪽.
50) 이병기·백철, 『국문학전사』, 108쪽.

고 하였다.[51]

    그런데 위의 여러 견해들을 일별해 보면, 무엇보다도 특히 장가로서 가사가 갖는 외적 형태의 성립을 해명하는 데 초점을 맞추고 있는 것을 볼수 있다. 즉 '4음 4보 1행의 연속체'라는 기본 율격이 어떻게 비롯되었는지에 관심을 집중하였다. 가사의 연원을 찾는데 있어서 이렇듯 형태적 측면을 우선 고려함은 당연한 일이다. 뿐만 아니라, 이에 더하여 발생 시기와 장르적 성격도 함께 전제되어야 할 중요한 문제이다.

    먼저 발생 시기에 있어서는 <상춘곡>과 <서왕가> 중 어느 작품을 기준으로 삼아 가늠하느냐에 따라 연원 논의의 범위와 대상이 크게 달라진다. <상춘곡>을 기준으로 삼는다면 조선초까지의 문학사적 변화가 대상이 되지만, <서왕가>를 기준으로 할 경우에는 고려말 이후의 흐름은 당연히 배제되기 때문이다. 그런데 이미 앞에서 거론하였듯이, 가사의 발생 시기는 <서왕가>를 기준으로 하여 고려말 또는 그 이전인 것으로 판단된다. 그렇다면 <상춘곡>을 의식하여 제기된 (4)경기체가연원설, (6)시조연원설, (7)악장연원설은 더 이상 설 자리가 없어진다.

    또 장르적 성격에 있어서 가사가 교술성이 강하다는 점을 고려하면, 그연원이 되는 선행 장르 역시 동일한 성격을 가졌다고 보는 것이 자연스럽다. 그런 점에서 보다 주목되는 것이 (1)교술민요연원설, (2)신라불교시연원설, (3)화청연원설이다. 이 가운데 교술민요연원설은 시가의 발생 단계에서부터 민요가 그 원천이 되어왔다는 점에서 부인할 수 없는 주장이다. 그렇지만 가사가 전적으로 교술민요에서만 비롯되었다고는 할 수 없으며, 화청 역시 가사 발생의 중요한 역할을 담당했다고 할 수 있다. 신라

---

51) 최강현, 『가사문학론』, 71쪽.

불교시연원설은 설명에 차이가 있을 뿐, 근본적으로 화청연원설과 같은 입장에 서 있다. 주장의 근거가 된 불교시인 <산화가>가 결국은 화청의 하나로 취급되기 때문이다. 그러므로 여기서 화청연원설에 대해 좀 더 따져보기로 하자.

화청연원설의 문제는 문학 장르로서 화청의 개념과 범주가 아직 분명치 않다는 데 있다. 임기중에 의하면, 화청은 크게 단형과 장형으로 구분된다. 단형은 <원왕생가>나 <미타찬> 같이 향가나 경기체가 등의 기존 시형을 차용한 것이요, 장형은 <무애사>나 <산화가> 같이 새로운 시형으로 발아된 것이다. 이런 단형과 장형의 전개 과정을 거쳐 강창(講唱) 포용 시형으로 가사가 출현하였다는 것이다.[52] 여기서 가사의 발생과 관련하여 특히 주목되는 것이 장형 화청이다. 그런데 이와 달리 불교적 내용을 가졌다 할지라도 기존 향가 형식을 취한 서정성이 짙은 짧은 노래는 화청에 포함시키지 않고, 불교의 포교를 목적으로 한 교술 중심의 노래만을 화청으로 보는 견해도 있다.[53]

이렇듯 화청은 그 범주가 넓고, 개념 또한 분명치가 않다. 불가에서는 정토왕생을 발원하는 모든 음악을 화청이라 하면서도, 실제로는 <권왕가>·<원적가>·<회심곡>·<자책가> 등의 불교가사를 지칭하고 있다고 한다.[54] 이는 원래의 화청과 더불어 거기에서 파생된 불교가사까지도 화청이라 부르게 되었는데, 시간이 지나면서 점차 화청에서 불교가사가 차지하는 비중이 크게 높아진 결과일 것이다. 때문에 불가에서는 화청이 곧바로 불교가사를 의미하거나 포괄하는 것이 자연스럽고 당연한 일이다. 하지만 가사의 연원을 따지는 입장에서는 화청의 개념과 범주를 좀

---

52) 임기중, 「화청과 가사문학」, 242~243쪽.
53) 김학성, 「향가의 장르 체계」, 『향가문학연구』, 일지사, 1993.
54) 김종진, 『불교가사의 연행과 전승』, 40쪽.

더 명확히 따져 볼 필요가 있다.

그래서 여기서는 화청을 다시 둘로 나누어, 처음 불교의 포교 과정에서 만들어진 교술 중심의 구비적 성격이 강한 노래를 '원화청(原和請)'이라 하고, 그것이 일정한 율격을 이루면서 기록문학으로 정착한 것을 '불교가사'라 하여, 이 둘을 구분하기로 한다. 그렇게 하면, 불교가 전래되면서 먼저 원화청이 생기고, 원화청에서 다시 <서왕가>와 같은 불교가사를 시작으로 가사가 발생하였다고 할 수 있다. 또 원화청이 교술성과 구비성이 강하다는 점에서, 그것과 교술민요와의 접점도 찾을 수 있다.

화청과 가사의 관계를 이렇게 정리해도 여전히 난제로 남는 또 하나의 문제는 가사의 전단계로 보여줄 원화청 자료의 결핍이다. 예시할 수 있는 작품이 고작 그 이름만 남아있는 <무애사>나 <산화가> 정도이기 때문이다. 그리고 여기에 더할 수 있는 것이 원감국사 충지, 태고화상 보우, 나옹화상 혜근 등 옛 선승들이 남긴 노래들이다.55) 그중 나옹화상보다 1세기를 앞선 충지(1226-1293)의 <비단가(臂短歌)>에는 제목 밑에 '이어를 써서 일삼아 지었다(用俚語因事作)'는 부기가 있어, 그것이 곧 '이어 노래'의 한역임을 알 수 있다.56) 가사의 전단계인 원화청의 하나였을 것으로 보이는 작품이다.

---

55) 조동일,『한국문학통사』2, 200-203쪽 참고.

56) 한역가인 충지의 <비단가>는 다음과 같다. 世人之臂長復長 東推西推無歇辰 山僧之臂短復短 平生不解推向人 大凡世上臂短者 人皆白首長如新 而況今昨始相識 肯顧林下窮且貧 我臂旣短未推人 人臂推我誠無因 嗚呼 安得吾臂化爲千尺與萬尺 坐使四海之內皆吾親(釋冲止,『海東曹溪第六世圓鑑國師歌頌』; 동국대학교 한국불교전서편찬위원회 편,『한국불교전집』제6책, 1984, 387쪽.)

5. 역사적 전개

가사는 역사적 장르이다. 이 말은 곧 가사가 역사적 존재로서 발생 이후 성장과 융성 및 쇠퇴의 과정을 거쳤다는 것을 의미한다. 따라서 이러한 과정을 어떻게 파악하느냐에 따라 가사의 일생을 대하는 태도에도 차이가 있다.

역사적 전개 양상에 따라 가사문학의 시기를 구분하는 가장 단순하고 기본적인 태도는 그것을 전기가사와 후기가사로 이분하여 보는 것이다. 시기적으로 전기가사와 후기가사를 구분 짓는 분수령은 물론 임진왜란이다. 그러므로 전기와 후기라는 말은 곧 조선시대 전기와 후기를 뜻한다. 하지만 또 가사가 고려에서 발생하여 조선 이후에도 이어지고 있다는 점에서, 단순히 조선시대뿐 아니라 가사문학 자체의 전기와 후기라는 뜻으로도 이해된다.

여기서 한 걸음 더 나아간 것이 조선후기에서 개화기를 분리시켜 삼분하여 보는 방법이다. 이 경우 개화기의 기점을 어디로 보느냐에 이견이 있으며, 가사문학의 경우 동학가사에서부터 주목할 만한 개화기적 요소를 찾을 수 있다. 그런데 여기서는 개화기라는 말 대신 근대전환기라는 용어를 사용하기로 한다. 개화기라는 말에 근대 이전 문화에 대한 부정적인 인식이 드리워져 있다고 보기 때문이다.

이에 더하여 또 하나 주목되는 것이 장가로서 가사가 향유의 모든 과정에 걸쳐 표기문자 의존도가 매우 높다는 점이다. 그런 점에서 우리말을 그대로 기록할 수 있는 훈민정음의 창제는 가사의 발전을 획기적으로 견인한 전환점이기도 하였다. 그래서 훈민정음 창제를 전후로 한 차자시대와 한글시대의 구분이 가사문학사에서 큰 의미를 갖는다.

이렇게 본다면, 가사의 역사적 전개 과정은 훈민정음 창제 이전인 '여말선초', 훈민정음 창제 이후인 '조선중기', '조선후기', '근대전환기와 그 이후'의 네 시기로 나눌 수 있다.[57] 그런데 이러한 시기 구분은 종래 가사문학의 주요한 이념적 배경이 되었던 유교적 질서(또는 성리학적 가치관)의 정착·발전·변모·해체의 과정이나, 한국문학사의 일반적 기술 태도와도 대체로 부합된다. 그러면 이제 우금 700년에 가까운 가사의 역사를 이 네 시기로 나누어 살펴보기로 한다.[58]

- 여말선초 : 차자시대, 가사의 정착기
- 조선중기 : 한글시대, 가사의 발전기
- 조선후기 : 한글시대, 가사의 변모기
- 근대전환기 이후 : 한글시대, 가사의 쇠퇴기

5.1. 여말선초

고려말에서 조선초의 훈민정음 창제에 이르는 시기이다. 이 시기 또는 그 이전에 가사가 발생하여 점차 형식이 정제되고 정착되었다.

---

57) 이와 유사한 태도를 최강현(『가사문학론』, 84쪽)에서도 볼 수 있다. 그런데 최강현은 이와 달리 가사의 흐름을 다섯 시기로 구분하였다. 먼저 차자시대와 국자시대를 나누고, 국자시대를 다시 조선전기, 조선중기, 조선후기, 개화이후로 사분하였다.

58) 위에 언급한 이분법(이상보, 『한국가사문학의 연구』, 형설출판사, 1974, 7쪽), 삼분법(정병욱, 『한국고전시가론』, 신구문화사, 1982, 200쪽), 사분법 외에도 가사의 시기를 구분하는 방법은 매우 다양하다. 일부 예를 더 들면, 류연석(『한국가사문학사』, 국학자료원, 1994, 60쪽)은 발생기·발전기·흥성기·전환기·쇠퇴기로 오분하였으며, 정재호『한국가사문학론』, 집문당, 1982, 21-22쪽)는 발생기·발전기·전란기·보편화기·개화기·쇠퇴기로 육분하였다. 이하 각 시기별 내용은 황현옥 외『한국문학사』(문예원, 2017)에서 필자가 집필한 관련 내용(109-115쪽)을 바탕으로 기술하였다.

　표기문자로는 한자를 이용한 차자표기를 사용하였는데, 차자표기는
그 운용법이 까다로워 보편적인 사용은 거의 이루어지지 않았다. 그런
데 가사는 시조와 달리 장가라는 특성 때문에 구비를 통한 창작과 전승
에는 한계가 있었으며, 문자를 통한 기록이 매우 중요하였다. 따라서 이
시기에는 가사의 작품 활동이 그리 활발하지는 못했고, 구비적 성격이
강했다.

　현재 남아있는 작품은 이미 언급한 나옹화상의 <서왕가>를 비롯하여
<승원가>와 <낙도가>, 그리고 신득청의 <역대전리가>이다. 나옹화상
이 불교의 승려였던 까닭에 그의 작품은 불교적 내용을 담고 있는 반면,
유학자였던 신득청의 <역대전리가>는 지난 역사를 들어 당시 왕의 잘못
된 정치를 바로잡으려는 유교의 충군 이념을 바탕으로 하였다. 포교와 풍
간이라는 교술성을 근간으로 하였다는 데 공통점이 있다. 또 <승원가>와
<역대전리가>는 차자가사인데, 그 표기가 언제 이루어졌는지는 분명하
지 않다. 이와 달리 <서왕가>와 <낙도가>는 한글로 기록되어 있다. 그
기록은 모두 조선 후기를 지나며 이루어졌다.

　다음에 차자가사인 신득청의 <역대전리가> 서두와 말미를 예시한다.
작품명 밑에 '공민왕조 신해년 겨울 이유헌 신득청이 노래를 지어 풍간하
여 바쳤다(恭愍朝 辛亥冬 理猷軒 做歌諷獻)'고 부기되어 있다. 괄호 속의 한글은
훈민정음 창제 후 범승락이 적어 넣은 것이라고 한다.

　　貪虐無道 夏桀伊難(이논)
　　丹朱商均 不肖爲也(ᄒ야)
　　堯舜禹矣(의) 禪位相傳
　　於以他可(어이타ᄀ) 不知爲古(ᄒ고)
　　妹喜女色 大惑爲也(ᄒ야)
　　可憐割史(홀사) 龍逢忠臣

一朝殺之 無三日高(무삼일고)

(…중략…)

一章歌言 荒澀爲那(흐ᄂ)

節節懇惻 刀也西羅(도야셔라)

人君爲鑑 爲也時面(흐야시면)

傳世無窮 爲狎時古(하압시고)

人臣取則 爲也時面(흐야시면)

永命無窮 都如難而(되여ᄂ니)

於噫乎 世世上

爲君臣 以也兮(이야혜)[59]

5.2. 조선중기

훈민정음 창제 이후부터 임진왜란에 이르는 시기이다. 특히 세종 때 창제된 훈민정음이 실용화되면서, 이 시기에 가사가 본격적으로 발전할 수 있는 기반이 마련되었다.

정극인의 <상춘곡>은 그런 기반 위에서 처음으로 창작된 기념비적인 작품이다. 이 <상춘곡>을 필두로 양반 사대부층에 의한 작품 활동이 매우 활발해졌다. 그래서 이때부터 임진왜란까지 조선중기에는 사대부들의 강호생활을 다룬 은일가사가 작품의 주류를 이룬다. 조선 건국 이후 지속적으로 이루어진 성리학의 발전과 유교적 생활 문화의 정착 또한 그런 흐름을 형성시키는 데 큰 역할을 하였다. 가히 가사문학의 발전기라 이를 수 있는 시기이다.

이 시기에는 가사의 작가들이 대부분 사대부 중에서도 관료 출신이었

---

59) 임기중 편, 『역대가사문학전집』 42, 아세아문화사, 1998, 36-43쪽.

다. 그들은 대체로 관직을 떠나 향촌이나 산림을 찾았을 때 가사를 지었다. 내용으로는 자연을 구가하면서도 충이나 효 같은 유교적 이념을 표방하거나, 비록 가난하게 살지만 청빈을 즐긴다는 마음의 자세를 노래하였다.

이 시기에 율격 면에서는 아직 1행 4음보가 정연하게 실현되지는 않았다. 또 대개 시조의 종장과 같은 형태로 작품을 마무리하는 결사법을 보이는데, 가사가 시조에서 발생하였다고 보는 입장에서는 이런 작품들을 정격가사 또는 정형가사라고 부른다.

주요 작가와 작품으로는 은일가사에 정극인의 <상춘곡>을 비롯하여 송순의 <면앙정가>와 정철의 <성산별곡>이 유명하며, 근래에는 남언기의 <고반원가>가 새로 발굴되었다. 특히 <면앙정가>와 <성산별곡> 및 <고반원가>는 장소성이 두드러진 특정 누정을 무대로 한 누정은일가사라는 점에서 보다 주목된다. 또 기행가사로 백광홍의 <관서별곡>과 정철의 <관동별곡>, 유배가사로 조위의 <만분가>, 전쟁가사로 양사준의 <남정가>, 연군가사로 정철의 <사미인곡>과 <속미인곡> 등이 있다. 여성가사로는 허초희의 <규원가>와 <봉선화가>가 이 시기의 작품으로 거론된다.

이 밖의 작품을 포함하여 조선중기인 15세기 후반과 16세기에 창작된 것으로 보이는 가사의 작자와 작품을 망라하면 다음과 같다. 모두 16작가 27편으로, 현전하는 가사가 수천 편인데 비해 그리 많지는 않다.

정극인(1401-1481) : 상춘곡(은일)
이인형(1436-1504) : 매창월가(은일)
조 위(1454-1503) : 만분가(유배)
이 서(1484- ?) : 낙지가(은일)

송 순(1493-1582) : 면앙정가(은일)

진복창(? -1563) : 역대가(역사)

이 황(1501-1570) : 퇴계가(은일), 금보가(교훈),

　　　　　　　　　도덕가(교훈), 상저가(교훈), 효우가(교훈)

조 식(1501-1572) : 권선지로가(교훈)

양사준(1555년 창작) : 남정가(전쟁)

양사언(1517-1584) : 미인별곡(연정)

허 강(1520-1592) : 서호별곡(유락)

백광홍(1522-1556) : 관서별곡(기행)

남언기(1534-1578) : 고반원가(은일)

정 철(1536-1593) : 성산별곡(은일), 관동별곡(기행),

　　　　　　　　　사미인곡(연군), 속미인곡(연군)

이 이(1536-1584) : 자경별곡(교훈), 낙빈가(은일),

　　　　　　　　　낙지가(은일), 처사가(은일)

허초희(1563-1589) : 규원가(연정), 봉선화가(풍속)[60]

　　그런데 이런 여러 작가 중에서도 정철(鄭澈, 1536-1593)의 작품이 창작 당시부터 호평을 받고 널리 알려져, 흔히 그를 가사문학의 대가라고 일컫 는다. 정철은 주로 선조 때에 활동한 조선 중기의 문인으로, 호는 송강이 다. 그래서 그가 지은 <관동별곡>·<사미인곡>·<속미인곡>·<성산 별곡>을 통칭하여 흔히 '송강가사(松江歌辭)'라고 부른다. 다음은 정철이 강 원도 관찰사가 되어 관동 지역의 아름다운 산수를 두루 유람하고 그 감 흥을 노래한 <관동별곡>의 일부이다. 조선시대에 이미 홍만종으로부터 '경물을 그려냄이 신묘하고 말을 엮어감이 기발한 악보의 절조(狀物之妙 造 語之奇 信樂譜之絶調)'라는 높은 평가를 받은 작품이다.

---

60) 김신중, 「남언기 <고반원가>의 문학사적 검토」, 『한국고시가문화연구』 제36집, 한국 고시가문화학회, 2015, 89쪽 참고

營中이 無事ㅎ고 時節이 三月인제
花川 시내길히 楓岳으로 버더있다
行裝을 다떨치고 石逕의 막대디퍼
百川洞 겨터두고 萬瀑洞 드러가니
銀ㄱ튼 무지게 玉ㄱ튼 龍의초리
섯돌며 쏨눈소리 十里예 주자시니
들을제눈 우레러니 보니눈 눈이로다[61]

5.3. 조선후기

임진왜란 이후부터 동학운동 이전까지의 시기이다. 이 시기의 가사는
여러 면에서 조선중기와는 다른 모습을 보인다. 사상적으로는 유교적 질
서 속에서 이루어진 가치관의 변화가 반영되어 있다. 특히 실질적인 것을
중시하는 실학적 사고가 두드러진다. 그래서 이 시기를 가사의 변모기라
할 수 있다.

먼저 작품의 내용에 있어서, 은일가사가 주류를 이루던 중기와 달리 그
양상이 매우 다양하다. 기행가사와 유배가사가 활발히 창작되었고, 임진
왜란이라는 커다란 전란을 겪으며 전쟁가사도 새로운 모습을 보였다. 또
전 시대에 볼 수 없었던 산업과 애정 및 현실 문제 등이 새로운 주제로
떠올랐다. 주요 작품으로는 노명선의 <천풍가>, 위세직의 <금당별곡>,
박순우의 <금강별곡>, 남용익의 <장유가>, 김인겸의 <일동장유가>, 홍
순학의 <연행가>, 송주석의 <북관곡>, 김진형의 <북천가>, 채구연의
<채환재적가>, 박인로의 <선상탄>과 <태평사>, 최현의 <용사음>, 정
학유의 <농가월령가>, 이기원의 <농가월령>, 박사형의 <남초가>, 작자

---

61) 『송강가사』, 성주본.

미상의 <상사별곡>·<임계탄>·<합강정가> 등이 있다. 또 차천로의 <강촌별곡>, 조우인의 <매호별곡>, 김득연의 <지수정가>, 박인로의 <소유정가> 등은 전 시대의 경향을 이은 은일가사인데, <지수정가>와 <소유정가>는 특히 누정은일가사의 전통을 이었다.

작자나 향유 계층에 있어서는, 사대부 관료 출신이 주류를 이루던 중기와 달리 향촌사족이나 서민 및 여성의 참여가 두드러졌다. 서민의식의 신장과도 관련이 있는, 주로 18세기를 지나며 나타난 변화였다. 이 가운데 서민가사는 현실의 비판과 풍자 및 애정 등을 주요 내용으로 하였다. 작품으로 <우부가>·<용부가>·<갑민가>·<노처녀가> 등이 주로 거론되는데, 모두 작자가 누구인지는 알려져 있지 않다. 때문에 이런 작품들을 서민가사로 포괄하는 태도가 과연 온당한가에 대한 비판도 있다. 여성가사 역시 작자가 명확하지 않은 경우가 많은데, 내용은 교훈·경축·풍류·자탄이 대부분이다. 특히 영남 지역의 부녀자들을 중심으로 크게 성행하였다. 연안이씨의 <쌍벽가>, 안동권씨의 <반조화전가>, 작자 미상의 <덴동어미화전가> 등을 예로 들 수 있다.

다음은 작자 미상의 <노처녀가> 일부이다. <노처녀가>는 불구의 몸을 가진 노처녀가 나이 사십이 넘고 오십이 되도록 시집을 가지 못해 자신의 신세를 한탄하며 부모형제를 원망하다가, 결국은 자신의 결단으로 원하는 남편을 맞아 행복한 가정을 이루게 된다는, 해학성 짙은 줄거리를 가지고 있다. 인용된 부분은 주인공인 노처녀가 아직 시집을 가지 못한 자신의 신세를 한탄하는 대목이다.

> 니본시 둘지쏠노 쓸디업다 호려니와
> 니나흘 헤여보니 오십쥴의 드러구나
> 먼져는 우리형님 십구셰의 시집가고

> 셰지의 아오년은 이십의 셔방마ᄌ 틱평으로 지닉논더
> 불상ᄒ 이몸은 엇지그리 이러ᄒ고
> 어닉덧 늙어지고 츠룽군이 되게고나
> 시집이 엇더ᄒᆞᆫ지 셔방닙시 엇더ᄒᆞᆫ지
> 싱각ᄒ면 싱슝상슝 쓴지단지 너믈너라[62]

조선후기 가사는 또 율격 면에서 매 행에 규칙적인 4음보가 실현되었다. 중기의 가사에 보이는 결사법은 배제되었는데, 이런 작품을 변격가사 또는 변형가사라 부르기도 한다. 향유 방식은 가창을 버리고 음영이나 율독 위주로 바뀌었다. 작품의 장편화와 관련된 현상으로, 이에 따라 연행상의 음악성이 크게 약화되었다.

하지만 다른 한편으론 '가사창의 여항음악화'에 따른 일군의 가창가사가 새롭게 등장하기도 하였다. 18세기 중반 이후 여항의 유흥공간에서 주로 전문적인 창자들에 의해 가창된, 이른바 '12가사'가 그것이다. <수양산가>, <양양가>, <처사가>, <권주가>, <상사별곡>, <춘면곡>, <백구사>, <매화가>, <죽지사>, <행군악>, <어부사>, <황계사>가 12가사이다. 이후 19세기를 지나며 더욱 늘어난 여항의 음악적 수요에 따라 다시 잡가가 등장하였고, 그것이 체계화된 것이 19세기 후반의 '12잡가'이다. <유산가>, <적벽가>, <제비가>, <소춘향가>, <집장가>, <형장가>, <평양가>, <선유가>, <출인가>, <십장가>, <방물가>, <월령가>가 그것이다.

조선후기 가사의 변화를 앞장 서 이끈 작가로는 박인로(朴仁老, 1561-1642)를 들 수 있다. 그는 임진왜란을 맞아 종군한 무인 출신이었는데, 전쟁과 가난 같은 현실 문제와 자연에서의 삶을 다룬 <태평사>·

---

62) 『별삼설기』, 조선서관, 1913, 60-61쪽.

<선상탄>·<누항사>·<노계가>를 비롯하여 <사제곡>·<독락당>·
<영남가>·<소유정가>·<입암별곡>이라는 많은 작품을 남겼다. 그의
호가 노계이므로, 그의 작품들 역시 '노계가사(蘆溪歌辭)'로 통칭된다. 다음
은 누추한 곳에서 가난에 시달리며 사는 자신의 모습을 그린 <누항사(陋
巷詞)>의 첫머리이다.

> 어리고 迂闊홀산 이니우히 더니업다
> 吉凶 禍福을 하날긔 부쳐두고
> 陋巷 깁푼곳의 草幕을 지어두고
> 風朝 雨夕에 석은딥히 셥히되야
> 셔홉밥 닷홉粥에 烟氣도 하도할샤
> 설데인 熟冷애 뷘비쇡일 뿐이로다
> 生涯 이러ᄒ다 丈夫뜻을 옴길넌가
> 安貧 一念을 젹을망졍 품고이셔
> 隨宜로 살려ᄒ니 날로조차 齟齬ᄒ다[63]

5.4. 근대전환기 이후

조선시대 말 근대전환의 징후를 앞장서 선명하게 보여준 것이 최제우
의 동학 창시이다. 그가 포교를 위해 지은 동학가사는 종교가사이자 사회
가사로서, 전통적 유교질서의 해체와 새로운 가치의 추구라는 방향성을
제시하였다. 이후 외세의 침탈과 국권의 상실이라는 특수한 상황 속에서,
가사는 강한 교술성을 근간으로 시대적 사명을 수행하는 매우 적절한 시
가장르로 선택되어 제 역할을 수행하였다. 이런 근대전환기를 지나 현대

---

63) 박성의 주석, 『노계가사』, 정음사, 1979, 42쪽.

로 오면서, 가사는 또 한 차례의 변모를 겪으며 점차 쇠퇴하여 갔다. 그래서 이 시기를 가사의 쇠퇴기라 칭한다.

근대전환기의 가사가 이전과는 다른 가장 큰 특징은 내용상의 새로움이다. 그것은 한마디로 유교적 봉건 질서의 해체 및 개화와 자주 독립의 추구로 요약된다. 이런 시대정신을 담아 대중에게 설파한 작품 유형이 바로 종교가사를 비롯하여 개화가사, 의병가사, 망명가사이다.

이 가운데 종교가사는 동학가사, 천주교가사, 불교가사, 유교가사, 대종교가사, 천도교가사의 형태로 다양하게 전개되었다. 먼저 동학가사로는 교조 최제우(1824-1864)가 득도 후에 교리를 펴기 위해 지은 <교훈가>, <안심가>, <용담가>, <몽중노소문답가>, <도수사>, <권학가>, <도덕가>, <흥비가>, <검결>의 9편이 있다. 모두 1860년에서 1863년 사이에 창작되었고, 『용담유사』에 수록되어 있다. 또 천주교가사로는 정약전 등이 지은 <십계명가>와 이벽의 <천주공경가> 및 최양업의 작품으로 <사향가> 등 20여 편이 알려져 있다. 이밖에 불교가사로 학명선사의 <원적가> 등 『백농유고』 소전 6편, 유교가사로 이태일의 <오도가>, 대종교가사로 나철의 <중광가>, 천도교가사로 상주 동학교에서 펴낸 100여 편을 들 수 있다.

여기에 동학가사 중 가장 짧으면서도 인상적인 <검결(劍訣)> 전문을 예시한다.

時乎時乎 이내시호 不再來之 시호로다
萬歲一之 장부로서 五萬年之 시호로다
龍泉劍 드는칼을 아니쓰고 무엇하리
舞袖長衫 떨쳐입고 이칼저칼 넌즛들어
浩浩茫茫 넓은천지 一身으로 비켜서서
칼노래 한곡조를 시호시호 불러내니

> 용천검 날랜칼은 日月을 戱弄하고
> 게으른 무수장삼 우주에 덮여있네
> 萬古名將 어디있나 丈夫當前 無壯士라
> 좋을시고 좋을시고 이내身命 좋을시고(64)

　개화가사는 『독립신문』과 『대한매일신보』 같은 신문을 통해 주로 애국계몽기에 유통되었다. 『독립신문』에 실린 것으로는 1896년 5월 9일 이필균의 <애국하는 노래>와, 역시 같은 해 5월 26일 이중원의 <동심가>가 초기 작품으로 자주 거론된다. 또 『대한매일신보』에는 1907년 12월 18일의 <문일지십(聞一知十)>을 시작으로 모두 600편에 가까운 시사평론 가사가 게재되었다.(65) 의병가사로는 유홍석의 <고병정가사>, 윤희순의 <병정가>, 민용호의 <회심가>, 신태식의 <신의관창의가>를 들 수 있다. 또 일제강점기의 망명가사로는 김대락의 <분통가>, 이호성의 <위모사>, 윤희순의 <신세타령> 등 7편이 보고되어 있는데, 모두 만주 망명을 다룬 작품들이다.

　다음은 외적 형태상의 변화이다. '4음 4보 1행의 연속체'라는 가사의 전통적 형식이 새로운 내용을 담기에 알맞은 형태로 바뀌거나 해체되었다. 눈에 띄게 나타난 현상이 작품의 길이가 짧아지고, 반복구나 후렴구가 활용되면서, 연이 나누어지는 것이었다. 이런 현상은 특히 독립신문이나 대한매일신보 등 언론 매체를 통한 개화가사에 두드러졌다.

　이렇듯 가사의 형식이 해체되면서 개화가사는 점차 창가로 이행되었다. 개화가사와 창가의 개념상 차이는 사설의 형태가 아닌, 연행상의 음악적 성격에서 발생한다. 즉 전통적인 악곡을 의식한 것이 개화가사라

---

64) 『용담유사』, 『한국의 민속·종교사상』, 삼성출판사, 1984, 539쪽.
65) 입장에 따라서는 1905년 9월 10일의 <정계만록(政界謾錄)>부터 700여 편으로 추산하기도 한다.

면, 서양식 악곡으로 노래하는 것이 창가이다. 하지만 많은 개화가사가 실제로는 음악적 연행에까지 이르지 못했다는 점에서, 개화가사와 창가의 경계는 모호할 수밖에 없다. 그런 점에서 1904년 창작된 김인식의 <학도가>가 자연스레 창작 창가의 첫머리에 놓인다. 그것이 이듬해 소학교의 운동회에서 실제로 노래되었기 때문이다. 4음보 2행 2절의 짧은 작품이다.66) 이후 1908년 최남선의 <경부철도가>에서 7·5조의 창가가 비롯되었다.67)

근대전환기를 지나면서 가사의 향방은 크게 두 갈래로 나뉘었다. 하나는 앞에서 말한 바와 같이 개화가사를 거쳐 창가로 이행된 경로이다. 그 연장선에 있는 것이 바로 오늘날의 가곡이나 대중가요의 노랫말이다. 그리고 또 하나는 전통가사의 틀을 크게 벗어나지 않은 채, 현대가사로 그 명맥을 잇는 경우이다. 이 경우 일군의 여성작가들이 오랫동안 꾸준히 작품을 짓고 향유하였다. 조애영의 '은촌가사', 고단의 '소고당가사', 이휘의 '소정가사'가 그것이다. 아울러 인터넷의 보급과 더불어 사이버 공간에서 자신의 주장을 펴기 위해 가사체를 활용한 예도 심심찮게 대할 수 있다. '4음 4보 1행'의 율격이 강한 호소력을 자아낸다는 데 주목한 결과이다.

---

66) 김인식의 <학도가>는 다음과 같다.
　　1. 학도야 학도야 저기청산 바라보게
　　　고목은 썩어지고 영목은 소생하네
　　2. 동방의 대한의 우리청년 학도들아
　　　놀기를 좋아말고 학교로 나가보세
67) 다음이 <경부철도가>의 제1절이다.
　　우렁차게 토하는 기적소리에
　　남대문을 등지고 떠나나가서
　　빨리부는 바람의 형세같으니
　　날개가진 새라도 못따르겠네

6. 비평과 한역

6.1. 비평

가사에 대한 고전비평 자료는 그리 많은 편이 아니다. 시화를 통해 활발한 활동이 이루어졌던 한시는 말할 것도 없고, 같은 시가문학인 시조에 비해서도 소략하다. 가사비평의 자료는 대개 조선중기 이후에 나온 일부 잡록류의 기록이나, 특정 작품(집)의 서발류 형태로 존재한다. 잡록류의 기록이 가사에 대한 일반적 인식을 보여준다면, 서발류와 같은 글은 특정 작가나 작품을 위한 소견을 싣고 있는 경우가 많다. 그러므로 여기서는 익히 알려진 일부 잡록류의 기록을 통해 조선시대 가사비평의 실상을 개괄적으로 살펴보기로 한다. 그 과정에서 당시 어떤 작품들이 무엇 때문에 관심을 받았는지도 함께 볼 수 있을 것이다.

가사에 대한 비평적 내용을 싣고 있는 잡록류로는 심수경(1516-1599)의 『견한잡록(遣閑雜錄)』, 이수광(1563-1628)의 『지봉유설(芝峯類說)』, 홍만종(1643-1725)의 『순오지(旬五志)』, 김만중(1637-1692)의 『서포만필(西浦漫筆)』이 대표적이다. 모두 16세기 말에서 17세기 말 사이에 나왔으니, 조선중기의 산물들이다.

6.1.1. 심수경의 『견한잡록』

심수경의 『견한잡록』은 16세기 말인 1590년대 중반에 이루어졌다.[68] 여기에서 언급한 작품은 송순의 <면앙정가>와 진복창의 <만고가>이다.

---

[68] 그렇게 보는 까닭은 『견한잡록』에 심수경이 80세인 선조28년(1595)까지의 기록이 보이기 때문이다.

심수경은 먼저 근세에 이어(俚語)로 장가를 짓는 사람이 많다고 하여, 16세기 후반에 가사를 짓는 관행이 상당히 일반화되었음을 말하였다. 이어 그중에서도 오직 송순의 <면앙정가>와 진복창의 <만고가>가 좀 마음에 든다고 하면서, 두 작품에 대한 평을 실었다. <면앙정가>는 산천전야(山川田野)와 정대혜경(亭臺蹊徑)의 온갖 형상을 펼쳐 말하고, 사시조모(四時朝暮)의 경치를 다 갖추어 썼을 뿐만 아니라, 문자를 섞어 매우 완전(宛轉)하였으니, 참으로 눈으로 보고 귀로 들을 만하다고 하였다. 또 <만고가>는 역대 제왕과 신하의 어짊과 그렇지 않음을 차례로 말하고, 이어로 가사를 채워 곡조에 얹어, 역시 귀로 들을 만하다고 하였다. 아울러 두 작가에 대하여 송순은 평생 노래를 잘 지었고, 진복창은 재주가 덕보다 낫다고 하였다.[69]

짧은 글 속에 가사의 언어형태와 제작관습을 비롯하여, 작품의 표현내용과 표현방법, 향유방식, 그리고 간단한 작가평까지 망라하였다. 특히 작품평은 표현론적 입장에서 표현내용과 방법에 비중을 두었다. 하지만 아직 이어로 된 가사에 대해 그다지 큰 의미를 부여하지는 않은 느낌이다.

6.1.2. 이수광의 『지봉유설』

이수광의 『지봉유설』은 17세기 초인 광해군6년(1614)에 편찬된 일종의 백과사전이다. 『견한잡록』과는 약 20년의 시차가 있다. 『지봉유설』 권14 문장부7 '가사(歌詞)'목에서 이수광은 중국의 사를 먼저 말하고, 이어 우리나라의 가사를 언급하였다. 그러니 여기서의 가사는 '노래'라는 포괄적인

---

69) 近世作俚語長歌者多矣 唯宋純俛仰亭歌 陳復昌萬古歌 差强人意 俛仰亭歌 則鋪敍山川田野 幽夐曠闊之狀 亭臺蹊徑高低回曲之形 四時朝暮之景 無不備錄 雜以文字 極其宛轉 眞可觀 而可聽也 宋公平生善作歌 此乃其中之最也 萬古歌則 先敍歷代帝王之賢否 次敍臣下之賢否 大槪祖述陽節潘氏之論 而以俚語塡詞度曲 亦可聽也 人言復昌謫在三水時所作 眞所謂才勝 德也(沈守慶, 『遣閑雜錄』; 趙鍾業 編, 『韓國詩話叢編』 1, 東西文化院, 1989, 615-616쪽.)

뜻을 갖는다. '긴 노래'의 통칭으로 장가라는 말도 사용하였다.

이수광은 먼저 우리나라의 가사는 방언(方言)을 섞어 중국의 악부와 나란히 견줄 수는 없고, 근세에는 송순과 정철의 소작이 가장 좋지만 그냥 구두에 회자되고 말아 안타깝다고 하였다. 장가로는 <감군은>, <한림별곡>, <어부사>가 가장 오래되었고, 근세에는 <퇴계가>, <남명가>, <면앙정가>, <관서별곡>, <관동별곡>, <사미인곡>, <속미인곡>, <장진주사>가 세상에 성행하고 있으며, 이밖에도 <수월정가>, <역대가>, <관산별곡>, <고별리곡>, <남정가>와 같은 작품이 심히 많다고 하였다. 자신이 직접 <조천전후곡> 2편을 지었다고도 하였다. 또 허전의 <고공가>와 이원익의 <고공답주인가>가 있는데, <고공가>는 선왕인 선조가 지은 것으로 잘못 알려졌다고 하였다.[70)]

이렇듯 『지봉유설』에는 앞의 『견한잡록』에 비해 많은 가사작품들이 거론되었다. 장가이지만 가사가 아닌 <감군은>, <한림별곡>, <장진주사>를 제외하고, <어부사>, <퇴계가>, <남명가>, <면앙정가>, <관서별곡>, <관동별곡>, <사미인곡>, <속미인곡>, <수월정가>, <역대가(만고가)>, <관산별곡>, <고별리곡>, <남정가>, <조천전후곡> 2편, <고공가>, <고공답주인가>의 17편에 이른다. 이 시기에 오면서 가사를 짓고 노래하는 관습이 크게 성행하였음을 알 수 있다. 특히 송순의 <면앙정가>와 정철의 송강가사가 이때 이미 가사의 최고봉으로 인식되었음을 볼 수 있다. 또 그것들이 그냥 구두에 회자되고 말아 안타깝다고 한 언급

---

70) 我國歌詞 雜以方言 故不能與中朝樂府比並 如近世宋純鄭澈所作最善 而不過膾炙口頭而止 惜哉 長歌則感君恩 翰林別曲 漁父詞最久 而近世退溪歌 南冥歌 宋純俛仰亭歌 白光弘關西別曲 鄭澈關東別曲 思美人曲 續思美人曲 將進酒詞 盛行於世 他如水月亭歌 歷代歌 關山別曲 古別離曲 南征歌之類甚多 余亦有朝天前後二曲 亦戲耳 俗傳雇工歌爲先王御製 盛行於世 李完平元翼 又作雇工答主人歌 然余聞非御製 乃許㙉所作 而時俗誤傳云 許㙉以進士登武科者也(李睟光, 『芝峯類說』, 卷十四, 文章部七, 歌詞; 趙鍾業 編, 『韓國詩話叢編』 2, 148쪽.)

에서는 당시의 제도화된 언어 즉 한문으로 가사를 번역할 필요가 있다는 인식을 읽을 수 있다. 하지만 낱낱의 작품에 대한 개별적인 평가는 시도하지 않았다.

6.1.3. 홍만종의 『순오지』

홍만종은 숙종4년(1678)에 『순오지』를 썼다. 여기에서 홍만종은 먼저 우리나라 가곡의 특성을 말하고, 이어 당시에 크게 성행한 대표적인 장가 14편을 취하여 작품마다 일일이 평어를 붙였다. 한 자리에서 가사 일반론과 더불어 개별 작품론을 개진하였다. 특히 많은 작품에 대해 개별적인 평가를 시도하여, 조선시대 가사비평에서 보기 드문 적극적인 모습을 보여준다. 그래서 좀 길기는 하지만, 해당 내용을 가급적 그대로 옮긴다.

우리 동인들이 지은 가곡은 방언을 전용하나 간혹 문자를 섞어 쓰며, 대개 언서로 세상에 전해진다. 방언을 쓰는 것은 나라의 습속이 부득불 그러하기 때문이다. 그 가곡을 비록 중국 악보와 나란히 견줄 수는 없으나, 역시 볼 만하고 들을 만한 것이 있다. 『상촌집』을 살펴 보면, <서지봉조천록가사(書芝峯朝天錄歌詞)>에서 다음과 같이 말했다. "중국의 이른바 가사는 즉 고악부와 신성으로, 그것을 관현에 올린 것이면 모두 해당된다. 우리나라에서는 곧 번음[方言]으로 발음하고 문어로 화합한다. 이것이 비록 중국과 다르기는 하나, 그 정경을 다 싣고 음률이 조화를 잘 이루면 사람을 영탄음일(詠歎淫佚)하고 수무족도(手舞足蹈)하게 하니, 곧 그 귀결은 하나다." 지당한 말이다.

내가 그 장가 중에서 세상에 두드러지게 성행하는 것을 취해 간략히 평어를 가하면 다음과 같다. <역대가>는 진복창이 지었다. 역대 제왕의 치란과 성현 군자의 비태를 기술하여, 족히 옛일을 비추어보는 한 역사가 된다. <권선지로가>는 조남명이 지었다. 성리의 본말을 형용하고, 도학의 지름길을 지시하여, 실로 유가의 지침으로 족하다. <원분가>는 인재 홍섬이 지었다. 공이 소시에 김안로의 모함으로 참혹하게 고문을 받아 죽었다가 겨우 소생하였는데, 홍양에 유배되어 그 원통하고 분한 일을 썼다. 참으로 편치 않은 울부짖음이다.
<면앙정가>는 이상 송순이 지었다. 산수의 뛰어남을 다 말하고, 유상의 즐거
움을 활짝 펼쳐서, 흉중에 저절로 호연지취가 있다. <관서별곡>은 기봉 백광
홍이 지었다. 공이 평안평사가 되어 강산의 아름다움을 편력하고, 중국과의 접
경을 돌아보며, 관서의 가려함을 한 편의 가사에 옮겨놓았다. <관동별곡>은
송강 정철이 지었다. 관동 산수의 아름다움을 일일이 들어, 그윽하고 괴이한
경관을 다 말하였다. 경물을 그려냄이 신묘하고 말을 엮어감이 기발하여, 참으
로 악보의 절조이다. <사미인곡> 역시 송강이 지었다. 『시경』의 '미인' 두 자
를 조술하여, 우시연군의 뜻을 의탁하였다. 역시 초나라의 <백설곡>과 같다.
<속미인곡> 역시 송강이 지었다. 전사에서 미진한 생각을 다시 폈는데, 말이
더욱 교묘하고 뜻이 더욱 절실하다. 가히 제갈공명의 <출사표>와 더불어 백중
하다. <장진주사> 역시 송강이 지었다. (…중략…) <강촌별곡>은 오산 차천
로가 지었다. 강산의 지취를 잔뜩 논하고, 한거의 홍치를 갖추어 말하였다. 비
록 천상 신선의 청복일지라도 역시 이에서 더하지는 않을 것이다. <원부사>는
허균의 첩 무옥이 지었다. 공규의 정경을 다 말하였는데, 노래에 지분의 고운
자태가 있다. 비록 고금 사인의 염체라 할지라도 어찌 이보다 나을 수 있겠는
가. <유민탄>은 현곡 조위한이 지었다. 혼조의 정령이 번잡하고 고을의 징렴
이 가혹함을 갖추어 말하였다. 가히 정협의 <유민도>와 더불어 서로 표리를
이룬다. <목동가>는 휴와 임유후가 지었다. 공이 광해 시절을 당해 진취에 뜻
이 없어, 이 노래를 지어 우유자적하는 의취를 의탁하였다. 화복과 영욕의 문
에서 초연함은 초사가 끼친 뜻에서 나왔다. <맹상군가>는 작자를 알 수 없다.
(하략)71)

---

71) 我東人所作歌曲 專用方言 間雜文字 率以諺書 傳行於世 盖方言之用 在其國俗 不得不然也
其歌曲 雖不能與中國樂譜比並 亦有可觀而可聽也 按象村集 其書芝峯朝天錄歌詞曰 中國之
所謂歌詞 卽古樂府曁新聲 被之管絃者 俱是也 我國則發之藩音 協以文語 此雖與中國異 而
若其情境咸載 宮商諧和 使人詠歎淫佚 手舞足蹈 則其歸一也云 信哉言乎 余取其長歌中表
表盛行於世者 略加評語如左 歷代歌 陳復昌所製 述歷代帝王之治亂 記聖賢君子之否泰 足
爲鑑古之一史 勸善指路歌 曹南溟[冥]所製 形容性理源委 指示道學踐迻 實足儒家之指南
寃憤歌 忍齋洪暹所製 公少時爲安老所陷 慘被拷掠 死而僅甦 竄于興陽 述其寃憤之事 信不
平之鳴也 俛仰亭歌 宋二相純所製 說盡山水之勝 鋪張游賞之樂 胸中自有浩然之趣 關西別
曲 岐峯白光弘所製 公爲平安評事 歷遍江山之美 騁望東夷之交 關西佳麗 寫出於一詞 關東
別曲 松江鄭澈所製 歷擧關東山水之美 說盡幽遐詭怪之觀 狀物之妙 造語之奇 信樂譜之絶

『순오지』에 오면 시가문학인 가사에 대한 인식이 이전보다는 더 긍정
적으로 바뀌었음을 볼 수 있다. 여기에서 홍만종은 특히 상촌 신흠이 이
수광의 <조천록가사(조천전후곡)>에 붙인 글을 들어 자신의 생각을 대신
하였다.72) 우리 가곡과 중국 악부가 비록 사용하는 언어가 다르기는 하
나, 그 효용은 매 한가지라는 주장이 그것이다. 우리말 노래인 가사의 위
상을 중국 악부와 대등하게 자리매김하였다. 그리고는 장가 14편의 작자,
배경, 내용, 특성, 의의 등을 함축적으로 제시하며 차례로 평가하였다.
<역대가>, <권선지로가(남명가)>, <원분가>, <면앙정가>, <관서별곡>,
<관동별곡>, <사미인곡>, <속미인곡>, <장진주사>, <강촌별곡>, <원
부사>, <유민탄>, <목동가>, <맹상군가>가 그것이다.73) 내용상으로 감
계, 진학, 유배, 은일, 유람, 연군, 무상 외에도, 공규의 원망이나 유민의
탄식을 다룬 작품까지 보인다. 『순오지』에 처음으로 언급된 작품은 <원
분가>, <강촌별곡>, <원부사>, <유민탄>, <목동가>인데, 모두 가사의
후기적 변화를 예고해 주는 작품들이다. 특히 <원부사>와 <유민탄>이

調 思美人曲 亦松江所製 祖述詩經美人二字 以寓憂時戀君之意 亦郢中之白雪 續思美人曲
亦松江所製 復申前詞未盡之思 語益工 意益切 可與孔明出師表伯仲者也 將進酒 亦松江所
製 (中略) 江村別曲 五山車天輅所製 盛論江山之趣 備述閑居之興 雖上仙淸福 亦無以踰矣
怨婦辭 筠妾巫玉所製 說盡空閨情境 曲有脂粉艶態 雖古今詞人窹體 何以過此也 流民歎 玄
谷趙緯韓所製 備述昏朝政令之煩列 邑徵斂之酷 可與鄭俠流民圖相表裏也 牧童歌 休窩任有
後所製 公當光海時 無意於進取 作此歌 以寄優遊自適之趣 超然於禍福榮辱之門 出於楚辭
之遺意也 孟嘗君歌 無名氏所作 (下略). (洪萬宗, 『旬五志』下; 趙鍾業 編, 『韓國詩話叢編』
3, 574-576쪽.)

72) 신흠(1566-1628)은 이수광(1563-1628)과 동시대 인물로, 일찍부터 함께 공부하며 노
래를 짓는 등 친교가 두터웠다. 신흠이 <書芝峯朝天錄歌詞>에서 '번음[方言]으로 발
음하고 문어로 화합한다'고 한 것은 '우리말로 노래하고 한문으로 기록한다'는 것으
로, 한역을 의미한다. 이와 유사한 언급을 그의 <放翁詩餘序>에서도 볼 수 있다(제1
부의 주4 참고).

73) 이 14편 중 <장진주사>와 <맹상군가>는 장가이기는 하나 가사와는 거리가 있어 앞
의 인용문에서 평어를 생략하였다.

그렇다.

6.1.4. 김만중의 『서포만필』

『서포만필』은 김만중이 선천에 유배되었던 숙종13년(1687) 이후에 쓴 것으로 보이는 시화 위주의 수필집이다. 그동안 폄하되어 왔던 국문문학의 가치를 비로소 한문문학보다 높게 평가하였다는 점에서 문학사적으로 많은 주목을 받았던 저술이다. 자국어 문학의 가치를 말하면서, 특히 송강가사를 가장 훌륭한 작품으로 지목하여 거론하였다.

송강의 <관동별곡>과 전후의 <사미인곡>은 곧 우리 동방의 <이소>이다. 그러나 그것을 그대로 문자로는 베낄 수가 없었으므로, 오직 소리꾼들이 입으로 서로 주고받거나, 혹은 국서로서 전해질 뿐이다. 어떤 사람이 칠언시로 <관동별곡>을 번역하였지만, 능히 아름답지는 않다. 혹은 택당의 소시 작이라고 하나, 그렇지 않다. (…중략…)

사람의 마음이 입에서 나온 것이 말이 되고, 말에 절주가 있는 것이 노래와 시와 문과 부가 된다. 사방의 말이 비록 같지 않으나, 진실로 말을 잘하는 자가 있어 각기 자기의 말에 따라 절주를 맞추면, 곧 모두 족히 천지를 움직이고 귀신과 통할 수 있으니, 오직 중국말만 그런 것이 아니다.

지금 우리나라 시문은 자기 말을 버리고 타국의 말을 배웠으니, 설령 십분 비슷하다 해도 이는 다만 앵무새나 구관조가 흉내 낸 사람의 말일 따름이다. 그러나 여항간의 초동급부가 흥얼거리며 서로 주고받는 것이 비록 비리하다고 할지라도, 만약 진위를 따진다면, 곧 참으로 학사대부의 이른바 시부라는 것과 함께 논할 수는 없다.

하물며 이 세 별곡에는 천기가 스스로 드러나 있고 이속의 비리함이 없으니, 자고로 좌해의 참된 문장은 다만 이 세 편뿐이다. 하지만 또 이 세 편을 가지고 논한다면, 곧 <속미인곡>이 더욱 높다. <관동별곡>과 <사미인곡>은 그래도 좀 문자어를 빌어서 그 색을 꾸몄다.74)

위 『서포만필』의 내용은 다음 네 문장으로 요약된다. 첫째, <관동별곡>·<사미인곡>·<속미인곡>의 송강가사 세 작품이 매우 뛰어나나, 그것을 외국어 문학인 한시로 번역하면 본래의 아름다움을 잃어버린다.[75] 둘째, 세계 어느 나라 말이건 재주 있는 사람이 그 특성을 잘 살려 창작하면, 천지귀신을 감동시키는 훌륭한 작품을 이룰 수 있다. 셋째, 그런데 우리나라 시문은 자기 말을 버리고 타국의 말을 썼으므로, 비록 비리한 우리말 노래일지라도 한문시부와 함께 그 진위를 따질 수는 없다. 넷째, 그러므로 우리나라의 참된 문장은 우리말로 되어 있으면서 천기를 갖추고 비리함이 없는 송강가사 세 편뿐인데, 그중에서도 한자어를 덜 쓴 <속미인곡>이 더 좋다.[76] 결국 아무리 비리한 국문문학이라 할지라도, 그것과 한문문학의 진위는 비교조차 할 수 없다는 것이 이 글의 대지이다. 여기서 김만중의 비평 기준이 첫 번째가 자국어 사용 여부요, 두 번째가 문학적 작품성임을 알 수 있다.

---

74) 松江關東別曲前後思美人歌 乃我東之離騷 而以其不可以文字寫之 故惟樂人輩口相授受 或傳以國書而已 人有以七言詩翻關東曲 而不能佳 或謂澤堂少時作非也 (中略) 人心之發於口者 爲言 言之有節奏者 爲歌詩文賦 四方之言雖不同 苟有能言者 各因其言而節奏之 則皆足以動天地 通鬼神 不獨中華也 今我國詩文 捨其言而學他國之言 設令十分相似 只是鸚鵡之人言 而閭巷間樵童汲婦咿啞而相和者 雖曰鄙俚 若論眞贗 則固不可與學士大夫所謂詩賦者同日而論 況此三別曲者 有天機之自發 而無夷俗之鄙俚 自古左海眞文章 只此三篇 然又就三篇而論之 則後美人尤高 關東前美人 猶借文字語以飾其色耳(金萬重, 『西浦漫筆』; 趙鍾業 編, 『韓國詩話叢編』4, 561-562쪽.)

75) 위 인용의 중략된 부분에서는 이와 관련하여 '인도의 讚佛詞가 극히 아름다우나 그것을 중국어로 번역하면, 그 뜻만 남고 아름다운 말은 사라져버린다'는 鳩摩羅什의 말을 예로 들었다.

76) 이에 대해 김춘택은 다음과 같이 기록하였다. "우리 집안의 서포옹이 일찍이 손수 양사(<사미인곡>과 <속미인곡>)를 한 책에다 베껴 쓰고는 그 제목을 『언소』라 붙였으니, 아마 역시 (그 충절이) 가히 일월과 더불어 빛을 다툴 수 있을 뿐이라고 생각하였다."(吾家西浦翁 嘗手寫兩詞於一冊 書其目曰諺騷 盖亦以爲可與日月爭光焉耳. 金春澤, 『北軒集』, 卷之十六, 囚海錄, <論詩文>.)

지금까지 조선중기의 잡록류를 통해 조선시대 가사비평의 대표적 사례를 살펴보았다. 이제 그 내용을 일반론적 측면과 작품론적 측면으로 나누어 정리해 보기로 한다.

먼저 일반론적 측면에서 가사가 '한국말[俚語, 方言, 藩音]'로 된 '노래'라는 점을 주목하여, 그것을 '중국의 악부' 및 '한국 한문문학의 시부'와 비교하였다. 즉 가사와 중국악부는 사용하는 말이 다르기 때문에 나란히 견줄 수는 없지만(지봉유설, 순오지), 둘 다 노래라는 점에서 효용은 같다는 점을 강조하였다(순오지). 비록 사용한 언어는 다르지만, 노래로서 갖는 본질에 있어서는 차이가 없다고 본 것이다.[77] 가사를 중국 악부와 대등하게 인식하였다. 하지만 중국문학이 아닌 한국의 한문시부는 자국어가 아닌 타국어를 썼기 때문에 여항간의 우리말 노래와도 그 진위를 따질 수는 없다고 하였다(서포만필). 자국어 문학으로서 가사가 갖는 높은 위상을 확인한 것이다. 여기에서 가사에 대한 긍정적 인식이 17세기를 지나면서 점차 강화되어 갔음을 볼 수 있다. 그 정점에 『서포만필』이 위치한다. 우리는 흔히 17세기에서 조선시대 후기적 변화의 단초를 찾는다. 17세기에 시대 변화의 변곡점이 있다고 생각하기 때문이다. 가사에 대한 이런 인식의 전환 역시 그러한 변곡점 중의 하나이다. 이런 인식의 전환을 바탕으로, 특히 18세기에 후기가사의 새로운 모습이 다양하게 펼쳐졌다.

다음 작품론적 측면에서 일단 눈길을 끄는 것이 17세기 말까지 성행한 작품들의 면면이다. 각 문헌에 언급된 작품들이 그것으로, 제목을 나열해 보이면 다음과 같다.

---

77) 여기서 가사와 중국악부를 나란히 견줄 수 없다는 말을 가사를 폄하한 뜻으로 이해할 수도 있으나, 이는 올바른 해석이 아니다. 사용하는 언어가 서로 다르다는 점을 지적한 것이다.

- 견한잡록(2편) : 면앙정가, <u>만고가</u>
- 지봉유설(17편) : 어부사, <u>퇴계가</u>, 남명가, 면앙정가, 관서별곡, 관동별곡, 사미인곡, 속미인곡, <u>수월정가</u>, <u>역대가(만고가)</u>, <u>관산별곡</u>, <u>고별리곡</u>, 남정가, <u>조천전후곡 2편</u>, 고공가, 고공답주인가
- 순오지(12편) : <u>역대가</u>, 권선지로가(남명가), <u>원분가</u>, 면앙정가, 관서별곡, 관동별곡, 사미인곡, 속미인곡, 강촌별곡, 원부사, <u>유민탄</u>, 목동가
- 서포만필(3편) : 관동별곡, 사미인곡, 속미인곡

　여기서 그 이름이 가장 많이 보이는 작품이 <면앙정가>, <만고가>, <관동별곡>, <사미인곡>, <속미인곡>이다. <면앙정가>와 <만고가>는 『견한잡록』·『지봉유설』·『순오지』에, <관동별곡>·<사미인곡>·<속미인곡>은 『지봉유설』·『순오지』·『서포만필』에 보인다. 그런데 이 중 <만고가>는 현재 전해지지 않으니,[78] <면앙정가>와 송강가사 3편이 일찍부터 가사의 명편으로 인식되어 오늘에 이른다. 이수광의 『지봉유설』에서 그런 평가를 직접 들을 수 있다. 한편 작품에 대한 평가는 대체로 무엇을 어떻게 썼느냐에 주로 관심을 보였다. 『견한잡록』에서 언급한 것처럼 표현내용과 표현방법에 초점을 맞추었다. 특히 표현방법에 있어서는 곡진한 언어로 내용을 잘 갖추어 기술하는 것을 강조하였다. 『견한잡록』과 『순오지』에 사용된 포서(鋪敍), 비록(備錄), 설진(說盡), 포장(鋪張), 역거(歷擧), 성론(盛論), 비술(備述)과 같은 평어들이 그것을 말해 준다.[79] 앞의 '3.3. 장르 논의의 전개'에서 본, 가사가 '있었던 일을 확장적 문체로' 서술하는 교술문학이라거나, '하고자 하는 말을 다 갖추어 상대방이 알아들을 수 있게 자상하게 말하는' 전술양식에 해당한다는 주장과도 관계가 있다.

---

78) 위 목록에서 밑줄 친 것이 현재 전해지지 않는 작품들이다.
79) 김학성, 「가사의 장르적 특성과 현대사회의 존재의의」, 154-158쪽 참고.

6.2. 한역

　번역문학으로서 한국시가의 의식적인 한역은 고려 최행귀에서 그 시초를 찾을 수 있다. <보현십원가>를 지은 균여와 동시대인이었던 최행귀는 <보현십원가>를 칠언율시로 한역하였다. 이때 그가 서문을 통해 밝힌 한역 사유는 한국말을 모르는 중국인들에게도 <보현십원가>와 같은 좋은 노래가 있음을 알려주려는 것이었다. 즉 훌륭한 작품의 외국 전파를 위한 목적이었다.

　이후 고려말에는 이제현과 민사평에 의해 속요의 한역이 이루어졌다. <소악부>라는 이름의 칠언절구로 한역되었다. 구어와 문어가 다르면서도 구어를 그대로 기록할 표기수단이 마땅치 않았던 상황에서, 민간의 구어노래를 문어시로 수용한 선례였다. 그 의의와 목적은 자국노래에 대한 관심의 증가, 기록을 통한 속요의 보존, 한시의 소재 영역 확대, 식자층의 지적 욕구 충족 등으로 요약된다.

　조선시대에는 시조와 가사가 주된 한역 대상이었다. 시조의 경우는 주로 고려말 소악부의 전통을 이은 칠언절구나, 삼장육구의 육구를 의식한 장단육구체로 한역이 이루어졌다. 하지만 가사는 장가였기 때문에 이런 짧은 형식을 사용할 수 없었다. 그래서 길이가 긴 초사체(楚辭體)나 장단구체(長短句體) 및 고시체(古詩體)로 한역되었다. 또 고시체로는 오언고시, 육언고시, 칠언고시, 오·칠언고시의 다양한 형식이 실험되었다. 이렇듯 다양한 모습을 보였다는 것은 곧 그만큼 장편 구어체인 가사의 특성에 맞는 적절한 형식을 찾기가 어려웠다는 뜻이다. 때문에 가사의 한역에 어떤 형태가 가장 적합하다고 말할 수는 없으며, 한역자나 작품에 따라 번역 양상도 달리 나타난다. 다만 굳이 말하자면, 초사체와 장단구체는 외형상의 유연성 때문에 원사의 길이나 어감을 살리기에 유리하고, 글자 수가 가지

런한 제언의 고시체는 행간의 의미를 함축하기에 더 적당하다고 할 수
있다. 그 사이에 잡언의 고시체가 있다.

　조선시대에 한역된 가사 작품은 <면앙정가>를 비롯하여 14편이고, 그
번사(飜辭)는 모두 23편이다. 그중 송강가사 4편에 대한 번사가 13편에 이
른다. 한역된 가사 14편과 한역 내역은 다음과 같다.[80]

번호	작품명	작자	한역자	한역 형태
1	면앙정가	송　순(1493-1582)	미　상	초사체
2	관동별곡	정　철(1536-1593)	이양렬(1581-1616)	칠언고시
			김상헌(1570-1652)	오 · 칠언고시
			김만중(1637-1692)	칠언고시
			박창원(1683-1753)	육언고시
			신승구(1810-1864)	초사체
3	사미인곡	정　철(1536-1593)	정　도(1708-1787)	오 · 칠언고시
			김상숙(1717-1792)	초사체
			성해응(1760-1839)	오언고시
4	속미인곡	정　철(1536-1593)	정　도(1708-1787)	오 · 칠언고시
			김상숙(1717-1792)	초사체
5	성산별곡	정　철(1536-1593)	정　도(1708-1787)	오 · 칠언고시
			기정진(1798-1876)	장단구
			송달수(1808-1858)	오 · 칠언고시
6	매호별곡	조우인(1561-1625)	심　액(1571-1655)	칠언고시
7	우회국사가	정　훈(1563-1640)	정희진(1800년대)	장단구
8	성주중흥가	정　훈(1563-1640)	정희진(1800년대)	장단구
9	명분설가	안창후(1687-1771)	안창후(1687-1771)	오언고시
10	금강중용도가	김이익(1743-1830)	김이익(1743-1830)	장단구
11	농가월령가	정학유(1786-1855)	김형수(1850년대)	칠언고시
12	춘면곡	미　상	정현석(1817-1899)	장단구

---

80) 이 목록은 김문기 · 김명순의 『조선조 시가한역의 양상과 기법』(태학사, 2005), 283쪽
　의 표에 일부 작품을 추가하여 작성한 것이다.

번호	작품명	작자	한역자	한역 형태
13	처사가	미 상	정현석(1817–1899)	장단구
14	환산별곡	미 상	정현석(1817–1899)	칠언고시

원작 14편 중 송순과 정철의 작품이 16세기 후반, 조우인과 정훈의 것이 17세기 전반, 나머지는 모두 18세기 이후의 소산이다. 그렇다면 그것들이 한역된 시기는 언제일까? 원작이 가장 빠른 <면앙정가>는 유감스럽게도 지금 그 시기를 알 수가 없다. 하지만 그것의 문집 수록 형태로 보아 19세기 초에 이루어졌을 것으로 생각된다. 즉 <면앙정가>의 한역은 순조29년(1829)에 나온 『면앙집』 권4 잡저에 <신번면앙정장가>라는 이름으로 실려 있는데, 그 이름에 '신번(新飜)'이라는 말을 붙인 것으로 보아 한역도 문집 발간 무렵에 함께 이루어졌을 것으로 추정된다. 만약 그렇다면, 한역자들의 활동 시기로 보아 가사의 첫 번째 한역은 17세기 초 이양렬의 <관동별곡번사>가 될 것이다.[81] 김만중이 『서포만필』에서 말한, 칠언시로 <관동별곡>을 번역한 사람이 바로 이양렬이었을 것이다. 이양렬에 이어 김상헌과 김만중 역시 17세기에 <관동별곡>을 한역하였다. 심액이 <매호별곡>을 한역한 것도 이 시기이다. 나머지는 모두 18세기와 19세기에 이루어졌다.

여기서 <관동별곡> 서두 일부를 통해 한역의 실례를 보기로 하자. <관동별곡>을 예로 든 것은 그 번사에서 한역의 다양한 모습을 접할 수 있기 때문이다.

---

81) 이양렬의 행적은 2005년 구사회(「청호 이양렬의 <관동별곡번사>에 대한 문예적 검토」, 『한국문학연구』 제28집, 동국대학교 한국문학연구소)에 의해 밝혀졌다. 이에 대해서는 구선우의 「송강가사의 전승과 향유에 관한 연구」(충남대학교 박사학위논문, 2013, 52-62쪽)를 참고하였다.

	① 정철의 원사	② 이양렬	③ 김상헌
1.	江湖에 病이 깁퍼	江湖多病竹林臥	江湖抱病一老身
2.	竹林의 누어더니		永辭風塵臥竹林
3.	關東 八百里에	八百關東方面授	按節關東八百里
4.	方面을 맛지시니		
5.	어와 聖恩이야	如何聖恩日罔極	斗覺君恩隨處深
6.	가지록 罔極ᄒᆞ다	欲報涓埃任奔走	
7.	延秋門 드리다라	延秋門下一馳入	始入延秋門
8.	慶會南門 바ᄅ보며	慶會樓前擡眼望	欣瞻慶會樓
9.	下直고 믈너나니	平明下直出遠郊	朝辭丹鳳出東洛
10.	玉節이 앏히 셧다	玉節雙雙臨道傍	玉節前導森戈矛

	④ 김만중	⑤ 박창원	⑥ 신승구
1.	江湖多病故人疎	緊江湖之病深	伊江湖兮病深
2.	竹林開臥幽懷寂	日余臥於竹林	高余臥乎竹林
3.	關東忽承汝往命	關之東兮八百	關東路兮八百里
4.		以方面而授職	重方面兮授其任
5.	千古名區仗玉節	何聖恩之至此	猗歟休哉聖恩
6.		信愈往而罔極	尤竊感兮罔極
7.	君恩朝謝延秋門	入延秋門而踟躕	延秋門兮趍進
8.		望慶會之南門	慶會樓兮仰覼
9.		謇陸辭而退出	下直兮退委蛇
10.	(薄暮秣馬平邱驛)	儼玉節之在前	導前路兮玉節[82]

예로 든 '① 정철의 원사'는 모두 5행 10구이다. 그것을 '② 이양렬'은 칠언고시 8구로, '③ 김상헌'은 오·칠언고시 8구로, '④ 김만중'은 칠언고시 5구로, '⑤ 박창원'은 육언고시 10구로 '⑥ 신승구'는 초사체 10구

---

82) 김문기·김명순 편저, 『시조·가사 한역가전서』 3, 태학사, 2009, 37-61쪽 발췌.

로 각각 옮겼다. 박창원과 신승구가 원사와 번사의 각 구까지 일일이 대응시키는 직역을 하였음을 볼 수 있다. 충실한 직역을 위해 박창원은 별로 일반적이지 않은 육언고시체를 특별히 선택하였고, 신승구는 성격상 가사와 친연성이 있는 초사체를 사용하였다. 이에 비해 김만중의 칠언고시는 원사의 10구를 불과 5구로 축약하여 가장 함축적인 모습을 보여준다. 축약 과정에서 제5구 이하의 내용을 '천고명구장옥절(千古名區仗玉節)'로 두루 포괄하면서, '군은조사연추문(君恩朝謝延秋門)'의 짝으로 '박모말마평구역(薄暮秣馬平邱驛)'이라는 제10행 다음 내용을 끌어올렸다. 한역자의 주관적 해석이 크게 가미된 의역이 이루어진 경우이다. 이양렬과 김상헌의 한역은 그 중간쯤에 위치한다. 가급적 원사와 번사를 대응시키면서 시구의 짝을 맞추기 위해 이양렬은 원사에 없는 '욕보연애임분주(欲報涓埃任奔走)'란 내용을 새로 넣었고, 김상헌은 칠언고시에다 일부 오언을 섞어서 썼다. 한 작품에서 한역의 다양한 모습을 볼 수 있는데, 그 차이는 한역의 목적과도 관련이 있다.

그렇다면 가사를 한역한 목적은 무엇이었을까. 그것은 무엇보다도 작품을 제도화된 언어와 문헌으로 남기기 위해서였다. 즉 대내적으로 작품의 깊은 뜻을 널리 전파하고 오래 보존하려는 데 궁극적인 목적이 있었다. 지난 시절 공식적인 문자언어는 한문이었고, 문헌의 편찬은 거의 한문을 통해서만 이루어졌다. 때문에 구어로 된 가사는 그대로 문집에 올릴 수 없었고, 수록을 위해서는 한역 과정을 거쳐야 했다.[83] 『면앙집』에 송순의 <면앙정가>와 시조가 모두 한역으로 실린 것이 그 단적인 예이다. 또 신흠의 <방옹시여서>와 <서지봉조천록가사>에서도 보존을 위해서는 한역이 필요하다는 생각을 엿볼 수 있다.[84] 김만중이 『서포만필』에서

---

[83] 극히 일부의 예외가 문집의 부록이나 별책 등을 통해 한글 기록을 남기는 것이었다.
[84] 제1부의 주4와 제3부의 주72 참고

타국말로 쓴 이른바 '학사대부의 시부'를 대수롭지 않게 여겼으면서도, 다른 한편 자신도 <관동별곡>을 칠언시로 한역하였다는 사실도 그렇다. 이처럼 작품의 깊은 뜻을 음미하고 전파하기 위해서는 주제를 잘 부각시킨 의역이 효과적이었을 것이다.

다음으로 들 수 있는 것이 대외적으로 외국인에게 작품에 담긴 내용을 알려주기 위해서였다. 그 대상은 대개 중국에서 온 사신이었다. 일례를 <관동별곡>을 한역한 박창원에게서 볼 수 있다. 즉 박창원은 예전에 <관동별곡>을 듣고 그 뜻을 궁금해 하는 중국 사신에게 누군가가 한시로 번역해 주었는데, 그것이 마음에 들지 않아 자기가 다시 한역을 하였다고 밝혔다.[85] 이렇듯 작품 내용을 그대로 전달하는 데 목적이 있다면, 원사의 길이까지도 의식한 직역이 필요하였을 것이다.

이밖에도 가사한역에는 여러 요인이 복합적으로 작용하였다. 후손이나 후학이 선인을 기리기 위한 것도 그 하나이다. 정철의 6세손 정도가 이미 수차 한역이 이루어진 <관동별곡>과 달리 <사미인곡>·<속미인곡>·<성산별곡>은 속언(俗諺)으로만 전하여, 그것을 한역하였다는 사실이 그렇다.[86] 또 지식인의 지적 욕구 충족도 들 수 있다. 이런 여러 요인과 함께 시간이 흐르면서, 가사한역은 송강가사를 넘어 다른 작가의 작품으로 확대되었다. 조선 후기 기록문화의 확산과도 흐름을 같이하는 현상이었다.

가사작품의 번역은 오늘날에도 요구된다. 그런데 과거의 번역이 한역을 의미하였던 것과는 달리, 앞으로의 번역은 다른 외국어로의 번역을 필

---

85) 關東別曲 松江鄭相國所作 意致深遠 音調警逸 冠絶千古 我東人雖婦孺 皆知誦習 但雜以方言之故 不得爲中朝人所賞 此前輩所深惜也 昔天使聞歌此曲 求見其詞 以詩翻譯以로 甚見賞云 余見其詩鄙俚 乃有此述 而恐未免與詩同歸於朝三(朴昌元, <翻關東別曲>, 『滄翁集』卷中; 김문기·김명순 편저, 『시조·가사 한역가전서』 3, 50~51쪽.)

86) 鄭棹의 <飜星山別曲並小跋>(『松江別集追錄』, 卷之二, 附錄) 참고.

요로 한다. 영어로의 번역이 그 일차적인 과제이다. 과거의 한역이 좋은 작품을 제도화된 기록으로 남기는 데 주된 목적을 두었다면, 이제 앞으로는 그것을 해외에 널리 알리는 일이 중요하다. 그것이 바로 한국문학의 세계화를 위한 첫걸음이기 때문이다. 하지만 현대에 이루어진 가사작품의 외국어 번역은 손유택의 송강가사 영역[87]이 있을 뿐이다.

---

87) 정철 원저, 『韓漢英 松江詩歌』, 송강문화센터, 2010.

읽기와 감상

제4부 읽기와 감상

시조편

● 단시조

우 탁, <한 손에 가시를 들고>
이조년, <이화에 월백ᄒ고>
이 색, <백설이 ᄌᄌ진 골에>
이방원, <이런들 엇더ᄒ며>
정몽주, <이 몸이 죽어죽어>
정도전, <선인교 나린 물이>
변안렬, <가슴에 궁글에>
성수침, <이려도 태평성대>
송 순, <십년을 경영ᄒ야>
김인후, <청산도 절노절노>
김응정, <가난을 파려하고>
정 철, <ᄒ 잔 먹새근여>
황진이, <동지ㅅ둘 기나긴 밤을>
황진이, <청산리 벽계수야>
임 제, <북천이 뮑다커늘>
한 우, <어이 어러 ᄌ리>
계 랑, <이화우 훗쑤릴제>
윤선도, <만흥> 3
김천택, <잘 가노라 닷지 말며>
안민영, <그려 걸고 보니>
이세보, <남풍의 가는 구름>
미 상, <창 밧긔 국화를 심거>
미 상, <내 정은 청산이오>
미 상, <이 등을 잡고 흐응>
현 사, <일배 일배 장진주ᄒ여>
조 운, <석류>
조 운, <구룡폭포>

● 연시조

맹사성, <강호사시가>
이 황, <도산십이곡>
이 이, <고산구곡가>
윤선도, <어부사시사>
위백규, <농가>

가사편

1. 나옹화상, <서왕가>
2. 정극인, <상춘곡>
3. 송 순, <면앙정가>
4. 정 철, <성산별곡>
5. 허초희, <규원가>
6. 미 상, <합강정선유가>
7. 미 상, <선루별곡>
8. 미 상, <상사별곡>
9. 미 상, <문일지십>
10. 조태성, <부수가>

혼 손에 가시를 들고 또 혼 손에 막되들고
늙는 길 가시로 막고 오는 白髮 막되로 치랴투니
白髮이 제 몬져 알고 즈럼길로 오더라

― 우탁, 『악학습령』・47

梨花에 月白ᄒ고 銀漢이 三更인 지
一枝 春心을 子規야 알냐마는
多情도 病인 양 ᄒ여 줌 못 일워 ᄒ노라

― 이조년, 『악학습령』・50

白雪이 ᄌᄌ진 골에 구룸이 머흐레라
반가은 梅花는 어늬 곳이 픠엿는고
夕陽의 호올로 셔셔 갈 곳 몰나 ᄒ노라

― 이색, 『악학습령』・51

이런들 엇더ᄒ며 저런들 엇더ᄒ리
萬壽山 드렁츩이 얼거진들 긔 엇더ᄅ리
우리도 이 ᄀᆺ치 얼거져 百年ᄭ지 누리이라

― 이방원, 『악학습령』・797

이 몸이 죽어죽어 一白番 고쳐죽어
白骨이 塵土되여 넉시라도 잇고업고
님 向ᄒ 一片丹心이야 가실 줄이 이시랴

― 정몽주, 『악학습령』・52

仙人橋 나린 물이 紫霞洞에 흘너 드러
半千年 王業이 물 소리 뿐이로다
아희야 故國興亡을 무러 무슴 ᄒ리오

— 정도전, 가람본 『청구영언』· 33

가슴에 궁글에 둥그러케 쑬고
왼 숫기를 눈 길게 쇠와 그 궁게 그 숫기 너코 두 놈이 마조 잡아 이리
로 훌근 져리로 훌근 훌젹 훌젹이는 나남즉 남大都ㅣ도 그는 아모쏘로
나 견듸려니와
아마도 님의오 살나ᄒ면 그는 그리 못ᄒ리라

— 변안렬, 진본 『청구영언』· 1728

이려도 太平聖代 져려도 聖代太平
堯之日月이오 舜之乾坤이로다
우리도 太平聖代에 놀고 간들 엇더리

— 성수침, 『악학습령』· 97

十年을 經營ᄒ야 草廬 ᄒᆫ 間 지어닌니
半間은 淸風이오 半間은 明月이라
江山은 드릴 듸 업스니 둘너두고 보리라

— 송순, 『악학습령』· 177

靑山도 졀노졀노 綠水ㅣ라도 졀노졀노
山 졀노 水 졀노졀노 山水間에 나도 졀노졀노
그 中에 졀노 ᄌ란 몸이 늙기도 졀노졀노 늙으리라

— 김인후, 『악학습령』· 1013

가난을 파려하고 細柳營 도라드니
年少 豪傑더리 사리야 만테마ᄂ

이닉 風月 兼하야 달닉기로 팔디 말디

— 김응정, 『해암문집』

흔 盞 먹새근여 쏘 흔 盞 먹새근여 곳 것거 算 노코 無盡 無盡 먹새근여
이 몸 주근 後면 지게 우히 거적 더퍼 주리혀 민여 가나 流蘇 寶帳의
萬人이 우러녜나 어욱새 속새 덥가나모 白楊 수폐 가기곳 가면 누른 히
흰 돌 고는 비 굴근 눈 쇼쇼리 보람 불 제 뉘 흔 盞 먹쟈 홀고
흐믈며 무덤 우히 진나비 포람 불 제 뉘우춘들 엇더리

— 정철, 성주본 『송강가사』· 80

冬至ㅅ돌 기나긴 밤을 흔 허리를 버혀 닉여
春風 이불 아릭 서리 서리 너헛다가
님 오신 날 밤이어든 구뷔구뷔 펴리라

— 황진이, 『악학습령』· 24

靑山裏 碧溪水야 수이 감을 자랑마라
一到 滄海ᄒ면 다시 오기 어려오니
明月이 滿空山ᄒ니 쉬여 간들 엇더리

— 황진이, 『악학습령』· 539

北天이 몱다커늘 우장 업시 길을 나니
산의ᄂ 눈이 오고 들에ᄂ 찬비 온다
오늘은찬 비 마즈시니 얼어 줄가 ᄒ노라

— 임제, 『악학습령』· 197

어이 어러 즈리 무스 일 어러 즈리
鴛鴦枕 翡翠衾을 어듸 두고 어러 즈리
오늘은 춘비 맛나시니 더옥 덥겨줄가 ᄒ노라

— 한우, 『악학습령』· 553

梨花雨 훗뿌릴제 울며잡고 離別혼 님
秋風落葉에 져도 날 生覺는가
千里에 외로은 쑴은 오락가락 하는다

— 계랑, 『악학습령』·556

잔 들고 혼자 안자 먼 뫼흘 브라보니
그리던 님이 오다 반가옴이 이리흐랴
말솜도 우움도 아녀도 몯내 됴하 흐노라

— 윤선도, 『산중신곡』 〈만흥 3〉

잘 가노라 닷지 말며 못 가노라 쉬지 말라
브듸 긋지 말고 寸陰을 앗겻슬아
가다가 中止곳흐면 안이 감만 못흐이라

— 김천택, 주씨본 『해동가요』·427

그려 걸고 보니 丁寧헌 지다만은
불너 對答 업고 손쳐오지 아니흐니
野俗다 造物의 猜忌허미여 魂을 아니 붓칠 쥴이

— 안민영, 『금옥총부』·128

남풍의 가는 구름 한냥 쳔리 쉬우리라
고신 눈물 싯다가 임 계신 데 쑤려쥬렴
언졔나 우로를 압수와 환고향을

— 이세보, 『풍아』·169

窓 밧긔 菊花를 심거 菊花 밋틔 술을 비져 두니
술 닉자 菊花 픠자 벗님 조자 둘 도다온다
아희야 거믄고 쳥쳐라 밤새도록 놀리라

— 미상, 가람본 『청구영언』·475

내 情은 靑山이오 님의 情은 綠水ㅣ로다
綠水 흘너 간들 靑山이야 變홀손가
綠水도 靑山 못니저 밤새도록 우러녠다

— 미상, 『근화악부』·249

이 燈을 잡고 흐응 房門을 박차니 홍
魑魅魍魎이 줄힝낭 ㅎ노나 아
어리화 됴타 흐응 慶事가 낫고나 홍

— 미상, 〈逐邪經〉, 대한매일신보 1909.2.9.

壹盃 壹盃 將進酒ㅎ여 會賓 酌酒 ㅎᄉ이다
有酒 無肴ㅎ거들랑 고기 잡어 회 쳐 볼까
前川에 쎄 만은 송ᄉ리 병어 쥰치 모두 낙거

— 玄史, 〈將進酒〉, 대한매일신보 1909.2.23.

투박한 나의 얼굴
두툴한 나의 입술

알알이 붉은 뜻을
내가 어이 이르리까

보소라 임아 보소라
빠개 젖힌
이 가슴

— 조운, 〈석류〉

사라미 몇 生이나 닦아야 물이 되며 몇 劫이나 轉化해야 금강에
물이 되나! 금강에 물이 되나!
　샘도 江도 바다도 말고 玉流 水簾 珍珠潭과 萬瀑洞 다 고만 두고 구름

비 눈과 서리 비로봉 새벽안개 풀 끝에 이슬 되어 구슬구슬 맺혔다가 連
珠八潭 함께 흘러

　九龍淵 千尺絶崖에 한번 굴러 보느냐

— 조운, 〈구룡폭포〉

● 맹사성, 〈강호사시가〉(『악학습령』·55~58)

　　江湖에 봄이 드니 미친 흥이 절노 난다
　　濁醪溪邊에 金鱗魚 安酒ㅣ로다
　　이 몸이 閑暇히옴도 亦君恩이샷다

　　江湖에 여름이 드니 草堂에 일이 업다
　　有信흔 江波는 보니느니 부룸이로다
　　이 몸이 서늘히옴도 亦君恩이샷다

　　江湖에 구을이 드니 고기마다 술져 잇다
　　小艇에 그믈 시러 흘리 씌여 더져 두고
　　이 몸이 消日히옴도 亦君恩이샷다.

　　江湖에 겨울이 드니 눈 기픠 자히 남다
　　삿갓 비긔 쓰고 누역으로 옷슬 삼아
　　이 몸이 칩지 아니히옴도 亦君恩이샷다

● 이황, 〈도산십이곡〉(『악학습령』·79~90)

　　이런들 엇더ᄒ며 저런들 엇더ᄒ리
　　草野 愚生이 이러타 엇더ᄒ리
　　ᄒ믈며 泉石膏肓을 고쳐 므슴 ᄒ리오

烟霞로 집을 삼고 風月노 벗을 삼아
太平 聖代에 病으로 늙거가늬
이 中에 바릭는 일은 허물이나 업과져 ᄒ노라

淳風이 죽다ᄒ니 眞實노 거즛말이
人性이 어지다 ᄒ니 眞實로 올흔 말이
天下에 許多英才을 소겨 말슴홀가

幽蘭이 在谷ᄒ니 自然이 씃지 됴히
白雲이 在山ᄒ니 自然이 보기 됴히
이 中에 彼美一人을 더욱 잇지 못ᄒ여라

山前에 有臺ᄒ고 臺下에 有水ㅣ로다
ᄎ 만흔 갈머기는 오명가명 ᄒ는 ᄎ의
엇더타 皎皎白鷗는 멀니 ᄆ음 ᄒ는니

春風에 花滿山ᄒ고 秋夜에 月滿臺라
四時 佳興이 사름과 흔가지라
ᄒ물며 魚躍鳶飛 雲影天光이야 어늬 그지 이슬고

天雲臺 도라드러 玩樂齋 蕭灑흔듸
萬卷 生涯로 樂事ㅣ 無窮ᄒ여라
이 中에 往來 風流를 닐너 무슴 홀고

雷霆이 破山ᄒ여도 聾者는 못 듯느니
白日 中天ᄒ여도 瞽者는 못 보느니
우리는 耳目聰明男子ㅣ라 聾瞽갓치 말니라

古人도 날 못 보고 나도 古人 못 뵈
古人을 못 뵈와도 녜던 길 알픠잇늬
녜던 길 알픠 잇거든 아니 녜고 엇질고

當時에 녜던 길흘 몃 히를 브려두고
어듸가 둔니다가 이져야 도라온고
이제야 도라오느니 년듸 ᄆᆞ음 마로리

靑山은 엇더ᄒ여 萬古의 푸르르며
流水는 엇더ᄒ여 晝夜로 흐르는고
우리도 그치지ᄆᆞ라 萬古常靑 ᄒ리라

愚夫도 알녀ᄒ거니 긔 아니 쉬온가
聖人도 못 다ᄒ시니 긔 아니 어려온가
쉽거니 어렵거니 中에 늙는 줄을 몰내라

◆ 이이, 〈고산구곡가〉(『악학습령』·112~121)

高山 九曲潭을 사름이 모로더니
誅茅 卜居ᄒ니 벗님늬 다 오신다
어즈버 武夷를 想像ᄒ고 學朱子을 ᄒ리라

一曲은 어듸미오 冠巖에 ᄒᆡ 비췬다
平蕪에 닋거드니 遠山이 그림이로다
松間에 綠樽을 노코 벗 오는 양 보노라

二曲은 어듸미오 花巖에 春晚커다
碧波에 곳을 띄워 野外로 보닋노라
사름이 勝地을 모로니 알게 흔들 엇더리

三曲은 어딘민오 翠屛에 닙퍼젓다
綠樹에 山鳥는 下上其音 ᄒᄂ 적의
盤松이 바름을 바드니 녀름 景이 업서라

四曲은 어딘민오 松岩에 히 넘거다
潭心岩影은 온갖 빗치 즘겨세라
林泉이 깁도록 됴ᄒ니 興을 계워 ᄒ노라

五曲은 어딘민오 隱屛이 보기됴타
水邊 精舍은 瀟灑흠도 ᄀ이 업다
이 中에 講學도 ᄒ려니와 詠月吟諷 ᄒ리라

六曲은 어딘민오 釣峽에 물이 업다
나와 고기와 뉘야 더욱 즐거는고
黃昏에 낙듸를 메고 帶月歸를 ᄒ노라

七曲은 어딘민오 楓岩에 秋色됴타
淸霜 엷게 치니 絶壁이 錦繡ㅣ로다
寒岩에 혼ᄌ셔 안쟈 잠을 잇고 잇노라

八曲은 어딘민오 琴灘에 돌이 붉다
玉軫金徽로 數三曲을 노는 말이
古調을 알이 업스니 혼ᄌ 즐거ᄒ노라

九曲은 어딘민오 文山에 歲暮커다
奇岩 怪石이 눈 속에 무쳐셰라
遊人은 오지 아니 ᄒ고 볼 것 업다 ᄒ노라

● 윤선도, 〈어부사시사〉(『고산유고』)

압개예 안개 것고 묀뫼희 히 비췬다
　　비 떠라 비 떠라
밤믈은 거의 디고 낟믈이 미러온다
　　　지국총至匊念 지국총至匊念 어ᄉ와於思臥
강촌江村 온갖 고지 먼 빗치 더옥 됴타

날이 덥도다 믈 우희 고기 떧다
　　닫 드러라 닫 드러라
ᄀᆞᆯ며기 둘식세식 오락가락 ᄒᆞᄂᆞ고야
　　　지국총至匊念 지국총至匊念 어ᄉ와於思臥
낟대ᄂᆞᆫ 쥐여잇다 탁쥬濁酒ㅅ병瓶 시럿ᄂᆞ냐

동풍東風이 건듣 부니 믉결이 고이 닌다
　　돋 드라라 돋 드라라

동호東湖를 도라보며 셔호西湖로 가쟈스라
  지국총至匊怱 지국총至匊怱 어스와於思臥
압뫼히 디나가고 뒫뫼히 나아온다

우는 거시 벅구기가 프른 거시 버들숩가
  이어라 이어라
어촌漁村 두어 집이 닛속의 나락들락
  지국총至匊怱 지국총至匊怱 어스와於思臥
말가흔 기픈 소희 온갇 고기 뛰노ᄂ다

고은 볃티 쐬얀는 딕 믉결이 기름ᄀ다
  이어라 이어라
그믈을 주여두랴 낙시를 노흘 일가
  지국총至匊怱 지국총至匊怱 어스와於思臥
탁영가濯纓歌의 흥興이 나니 고기도 니즐로다

셕양夕陽이 빗겨시니 그만흐야 도라가쟈
  돋 디여라 돋 디여라
안류뎡화岸柳汀花는 고븨고븨 새롭고야
  지국총至匊怱 지국총至匊怱 어스와於思臥
삼공三公을 블리소냐 만ᄉ萬事를 싱각ᄒ랴

방초芳草를 볼와보며 난지蘭芷도 뜨더보쟈
  빈 셰여라 빈 셰여라
일엽편쥬一葉片舟에 시른 거시 므스것고
  지국총至匊怱 지국총至匊怱 어스와於思臥
갈 제는 닉뿐이오 올 제는 둘이로다

취醉ᄒ야 누얻다가 여흘 아래 ᄂ리려다
　　비 미여라 비 미여라
락홍落紅이 흘러오니 도원桃源이 갓갑도다
　　　지국총至匊念 지국총至匊念 어ᄉ와於思臥
인세홍딘人世紅塵이 언메나 ᄀ렷ᄂ니

낙시줄 거더노코 봉창蓬窓의 들을 보쟈
　　달 디여라 달 디여라
ᄒ마 밤 들거냐 ᄌ규子規 소ᄅ 묽게 난다
　　　지국총至匊念 지국총至匊念 어ᄉ와於思臥
나믄 흥興이 무궁無窮ᄒ니 갈 길흘 니졋딷다

ᄅ일일來日이 또 업스랴 봄밤이 몃던새리
　　비 브텨라 비 브텨라
낫대로 막대삼고 싀비柴扉를 ᄎ자보쟈
　　　지국총至匊念 지국총至匊念 어ᄉ와於思臥
어부漁父 싱애生涯ᄂ 이렁구러 디낼로다

—春 1~10

구즌 비 머저가고 시낻믈이 몱아온다
　　비 떠라 비 떠라
낫대를 두러메니 기픈 흥興을 금禁못홀돠
　　　지국총至匊念 지국총至匊念 어ᄉ와於思臥
연강烟江 텹쟝疊嶂은 뉘라서 그려낸고

년닙희 밥싸두고 반찬으란 쟝만마라
　　달 드러라 달 드러라

청약립青蒻笠은 써잇노라 녹사의綠蓑衣 가져오냐
　　지국총至匊悤 지국총至匊悤 어ᄉ와於思臥
무심無心ᄒ 빅구白鷗는 내 좃는가 제 좃는가

마람닙희 ᄇ람나니 봉창蓬窓이 서늘코야
　　돈 ᄃ라라 돈 ᄃ라라
녀름 ᄇ람 뎡ᄒᆯ소냐 가는대로 빗 시겨라
　　지국총至匊悤 지국총至匊悤 어ᄉ와於思臥
북포北浦 남강南江이 어ᄃ 아니 됴ᄒᆯ리니

ᄆᆰ결이 흐리거든 발을 싯다 엇더ᄒ리
　　이어라 이어라
오강吳江의 가쟈ᄒ니 쳔년노도千年怒濤 슬플로다
　　지국총至匊悤 지국총至匊悤 어ᄉ와於思臥
초강楚江의 가쟈ᄒ니 어복튱혼魚腹忠魂 낟글셰라

만류녹음萬柳綠陰 어릔고ᄃ 일편튀긔一片苔磯 기특奇特ᄒ다
　　이어라 이어라
ᄃ리에 다ᄃᆯ거든 어인징도漁人爭渡 허믈마라
　　지국총至匊悤 지국총至匊悤 어ᄉ와於思臥
학발로옹鶴髮老翁 만나거든 릭틱양거雷澤讓居 효측效則ᄒ자

긴 날이 져므ᄂ 줄 흥興의 미쳐 모ᄅ도다
　　돈 디여라 돈 디여라
빗대를 두드리고 슈됴가水調歌를 블러보쟈
　　지국총至匊悤 지국총至匊悤 어ᄉ와於思臥

우애셩欸乃聲 듕中에 만고심萬古心을 긔 뉘 알고

석양夕陽이 됴타마는 황혼黃昏이 갓갑거다
　　　빈 셰여라 빈 셰여라
바희 우희에 구븐 길 솔 아래 빗겨 잇다
　　　　지국총至匊悤 지국총至匊悤 어亽와於思臥
벽슈碧樹 잉셩鶯聲이 곧곧이 들리ᄂᆞ다

몰래 우희 그믈 널고 둠 미틔 누어 쉬쟈
　　　빈 미여라 빈 미어라
모긔를 뮙다ᄒᆞ랴 창승蒼蠅과 엇더ᄒᆞ니
　　　　지국총至匊悤 지국총至匊悤 어亽와於思臥
다만 흔 근심은 상대부桑大夫 드르려다

밤亽이 풍낭風浪을 미리 어이 짐쟉ᄒᆞ리
　　　닫 디여라 닫 디여라
야도野渡 횡쥬橫舟를 뉘라셔 닐럿ᄂᆞ고
　　　　지국총至匊悤 지국총至匊悤 어亽와於思臥
간변澗邊 유초幽草도 진실眞實로 어엳브다

와실蝸室을 브라보니 빅운白雲이 둘러잇다
　　　빈 븟텨라 빈 븟텨라
부들부체 ᄀᆞᄅ쥐고 셕경石逕으로 올라가쟈
　　　　지국총至匊悤 지국총至匊悤 어亽와於思臥
어옹漁翁이 한가閑暇터냐 이거시 구실이라

　　　　　　　　　　　　　　　　　—夏 1~10

믈외物外예 조흔 일이 어부싱애漁父生涯 아니러냐
　　　빈 떠라 빈 떠라

어옹漁翁을 온디마라 그림마다 그렷더라
　　　지국총至匊悤 지국총至匊悤 어ᄉ와於思臥
ᄉ시흥四時興이 ᄒ 가지나 츄강秋江이 은듬이라

슈국水國의 ᄀ올히 드니 고기마다 슬져읻다
　　　닫 드러라 닫 드러라
만경딩파萬頃澄波의 슬ᄏ지 용여容與ᄒ쟈
　　　지국총至匊悤 지국총至匊悤 어ᄉ와於思臥
인간人間을 도라보니 머도록 더옥 됴타

빅운白雲이 니러나고 나모긋티 흐느긴다
　　　돋 ᄃ라라 돋 ᄃ라라
밀믈의 셔호西湖ㅣ오 혈믈의 동호東湖 가쟈
　　　지국총至匊悤 지국총至匊悤 어ᄉ와於思臥
빅빈白蘋 홍료紅蓼ᄂ 곳마다 경景이로다

그러기 떳ᄂ 밧긔 못보던 뫼 뵈ᄂ고야
　　　이어라 이어라
낙시질도 ᄒ려니와 취取ᄒ 거시 이 흥興이라
　　　지국총至匊悤 지국총至匊悤 어ᄉ와於思臥
셕양夕陽이 ᄇ이니 천산千山이 금슈錦繡ㅣ로다

은슌銀唇 옥쳑玉尺이 몃치나 걸럳ᄂ니
　　　이어라 이어라
로화蘆花의 블 부러 글히야 구어 노코
　　　지국총至匊悤 지국총至匊悤 어ᄉ와於思臥
딜병을 거후리혀 박구기예 브어다고

녑ᄇ람이 고이 부니 ᄃ론 돋긔 도라와다
　　돋 디여라 돋 디여라
명싴瞑色은 나아오ᄃ 청흥淸興은 머러 읻다
　　　지국총至匊悤 지국총至匊悤 어ᄉ와於思臥
홍슈청강紅樹淸江이 슬믜디도 아니 ᄒ다

흰 이슬 빋ᄀᄂ 딕 블근 ᄃ 도다온다
　　비 셰여라 비 셰여라
봉황루鳳凰樓 묘연渺然ᄒ니 청광淸光을 눌을 줄고
　　　지국총至匊悤 지국총至匊悤 어ᄉ와於思臥
옥토玉免의 ᄯᆞᆫᄂ 약藥을 호긱豪客을 먹이고쟈

건곤乾坤이 제곰인가 이거시 어드메오
　　비 미여라 비 미여라
서풍딘西風塵 몯미츠니 부체ᄒ야 머엇ᄒ리
　　　지국총至匊悤 지국총至匊悤 어ᄉ와於思臥
ᄃ론 말이 업서시니 귀 시서 머엇ᄒ리

옷 우희 서리오 딕 치운 줄을 모를로다
　　닫 디여라 닫 디여라
됴션釣船이 좁다ᄒ나 부셰浮世과 엇더ᄒ니
　　　지국총至匊悤 지국총至匊悤 어ᄉ와於思臥
ᄂᆡ일도 이리ᄒ고 모뢰도 이리ᄒ쟈

숑간松間 셕실石室의 가 효월曉月을 보쟈ᄒ니
　　비 브텨라 비 브텨라
공산락엽空山落葉의 길흘 엇디 아라볼고
　　　지국총至匊悤 지국총至匊悤 어ᄉ와於思臥

빅운白雲이 좃차오니 녀라의女蘿衣 므겁고야

—秋 1~10

구름 거든 후의 힌빗치 두텁거다
　　　빅 떠라 빅 떠라
텬디天地 폐식閉塞호디 바다혼 의구依舊ᄒ다
　　　지국총至匊念 지국총至匊念 어ᄉ와於思臥
ᄀ업슨 믉결이 깁 편 듯 ᄒ여 잇다

주대 다스리고 빗밥을 박앗ᄂ냐
　　　닫 드러라 닫 드러라
쇼샹瀟湘 동뎡洞庭은 그믈이 언다ᄒ다
　　　지국총至匊念 지국총至匊念 어ᄉ와於思臥
이때예 어됴漁釣ᄒ기 이만흔 디 업도다

여튼 갣 고기들히 먼 소희 다 갇ᄂ니
　　　돋 드라라 돋 드라라
져근덛 날 됴흔 제 바탕의 나가보쟈
　　　지국총至匊念 지국총至匊念 어ᄉ와於思臥
밋기곧 다오면 굴근 고기 믄다 흔다

간밤의 눈 갠 후後에 경믈景物이 달랃고야
　　　이어라 이어라
압희ᄂ 만경류리萬頃琉璃 뒤희ᄂ 천텹옥산千疊玉山
　　　지국총至匊念 지국총至匊念 어ᄉ와於思臥
선계仙界ㄴ가 불계佛界ㄴ가 인간人間이 아니로다

그믈 낙시 니저두고 빗젼을 두드린다

　　　이어라 이어라

압개롤 건너고쟈 몃번이나 혜여본고

　　　지국총至匊念 지국총至匊念 어스와於思臥

무단無端흔 된브람이 힝혀 아니 부러올까

자라가 가마괴 몃낱치 디나거니

　　　돌 디여라 돌 디여라

압길히 어두우니 모셜暮雪이 자자던다

　　　지국총至匊念 지국총至匊念 어스와於思臥

아압디鵝鴨池롤 뉘 텨셔 초목참草木慚을 싣돈던고

단애취벽丹崖翠壁이 화병畵屛ㄹ티 둘럿ᄂ딕

　　　빗 셰여라 빗 셰여라

거구셰린ㅌㅁ細鱗을 낟그나 몯낟그나

　　　지국총至匊念 지국총至匊念 어스와於思臥

고쥬孤舟 사립簑笠에 흥興계워 안잣노라

ᄆᆰᄀᆫ의 외로온 솔 혼자 어이 싁싁흔고

　　　빗 믜여라 빗 믜여라

머흔 구룸 흔恨티마라 셰상世上을 ᄀ리온다

　　　지국총至匊念 지국총至匊念 어스와於思臥

파랑성波浪聲을 염厭티마라 딘훤塵喧을 막는또다

창쥬滄洲 오도吾道롤 녜브터 닐런더라

　　　닫 디여라 닫 디여라

칠리七里 여흘 양피羊皮 옷슨 긔 언더흔니런고

　　　지국총至匊念 지국총至匊念 어스와於思臥

삼천뉵빅三千六百 낙시질은 손고븐 제 엇디턴고

어와 져므러간다 연식宴息이 맏당토다
　　빈 븟텨라 빈 븟텨라
マ는 눈 쓰린 길 블근 곳 훗더딘 듸 흥치며 거러가셔
　　지국총至匊悤 지국총至匊悤 어ᄉ와於思臥
셜월雪月이 셔봉西峯의 넘도록 숑창松窓을 비겨잇쟈

一冬 1~10

東方古有漁父詞未知何人所爲而集古詩而成腔者也諷詠則江風海雨生牙頰
間令人飄飄然有遺世獨立之意是以聾巖先生好之不倦退溪夫子歎賞無已然音
響不相應語意不甚備盖拘於集古故不免有局促之欠也余衍其意用俚語作漁父
詞四時各一篇篇十章余於腔調音律固不敢妄議余於滄洲吾道尤不敢竊附而澄
潭廣湖片舸容與之時使人踏喉而相棹則亦一快也且後之滄洲逸士未必不與此
心期而曠百世而相感也秋九月歲辛卯芙蓉洞釣叟書于洗然亭樂飢欄邊船上示
兒曹

　예로부터 우리나라에 어부사가 있었으나 누가 지은 것인지는 알 수 없
었는데, 집고시로 그 곡조를 이루었다. 이를 읊조리면 강바람과 바닷비가
어금니와 뺨 사이에서 일어, 사람들로 하여금 표연하게 하고, 세상을 버리
고 홀로 서는 뜻을 갖게 하는구나. 이런 까닭에 농암선생은 이를 좋아하
여 쉼이 없었고, 퇴계선생도 이를 탄상할 따름이었다. 그러나 음향이 서
로 호응하지 않고, 말의 뜻도 대개 갖추지 못한 것은 집고에만 얽매인 까
닭에 움츠리게 되는 흠을 면하지 못했기 때문이다.

　내가 그 뜻을 더욱 넓히고 우리말을 사용하여 어부사를 지었으니, 사시
가 각 1편이요, 각 편은 10장이다. 나는 곡조와 음율에 대하여 감히 망령
스럽게 논의할 수 없고, 더구나 창주에 있는 나의 도에 대해서도 남몰래
덧붙일 수 없었다. 그러나 맑은 연못이나 드넓은 호수에서 조각배를 띄워

유유자적할 때에 사람들로 하여금 함께 목청을 높이면서 서로 노를 젓게
한다면 이 또한 하나의 즐거운 일이러니. 게다가 훗날 창주에서 노니는
일사는 반드시 나의 이러한 마음을 기약하여 오래도록 널리 서로 느끼지
않을 수 없을 것이다. 신묘년(1651) 9월 가을에 부용동에 사는 조수가 세
연정의 낙기난간 가에 있는 배 위에 이를 써 놓고 아이들에게 읽도록 보
이노라.

● 위백규, 〈농가〉(『사강회문서첩』)

西山의 도들 볏 셔고 굴움은 느제로 낸다
비 뒷 무근 플이 뉘 밧시 짓텃든고
두어라 추례 지운 일이니 미는 대로 미오리라
(조출朝出)

도롱이예 홈의 걸고 쌀 곱은 검은 쇼 몰고
고동플 뜻 머기며 깃 믈ᄀᆞᆺ 느려갈 제
어듸셔 픔진 벗님 홈ᄭᅴ 가쟈 ᄒᆞᄂᆞᆫ고
(적전適田)

둘너 내쟈 둘너 내쟈 길츤 골 둘너 내쟈
바라기 역괴를 골골마다 둘너 내쟈
쉬 짓튼 긴 ᄉᆞ래는 마조 잡아 둘너 내쟈
(운초耘草)

쌈은 듣ᄂᆞᆫ대로 듯고 볏슨 쐴대로 쐰다
淸風의 옷깃 열고 긴 파람 흘리블 제
어듸셔 길 가는 손님 아는 ᄃᆞ시 머무는고
(오게午憩)

힝긔예 보리뫼오 사발의 콩닙치라
내 밥 만흘셰요 네 반찬 적글셰라
먹은 뒷 흔숨 줌경이야 네오 내오 달을소냐
(점심点心)

돌아 가쟈 돌아 가쟈 히 지거다 돌아 가쟈
계변의 발을 싯고 홈의 메고 돌아올 제
어듸셔 牛背草笛이 흠끠 가쟈 빈아는고
(석귀夕歸)

綿花는 세 드래 네 드래요 일은 벼는 픠는 모개 곱는 모개
五六月 어제런듯 七月이 브름이다
아마도 하느님 너희 삼길 제 날 위흐여 삼기샷다
(초추初秋)

아흐는 낫기질 가고 집사름은 저리치 친다
새 밥 닉을 째예 새 술을 걸릴셰라
아마도 밥 들이고 잔 자블 째예 豪興 계워 흐노라
(상신嘗新)

醉흐느니 늘그니요 웃느니 아희로다
흐튼 슌빈 흐린 술을 고개 수겨 권홀 째예
뉘라서 흙쟝고 긴 노래로 츠례춤을 미루는고
(음사飮社)

● 가사편 ●

1. 나옹화상, 〈서왕가〉

[임기중, 『역대가사문학전집』 1, 동서문화원, 1987, 560~563]

2. 정극인, 〈상춘곡〉

〔101〕賞春曲

不憂軒集卷三

紅塵에뭇친분네이내生涯엇더한고녯사람風流를미
츨가못미칠가天地間男子몸이날만한이하건마는山
林에뭇쳐이셔至樂을모랄것가數間茅屋을碧溪水앒
픠두고松竹鬱鬱裏예風月主人되여셔라
지나새봄이도라오니桃花杏花는夕陽裏예퓌여잇고
綠楊芳草는細雨中에프르도다칼로말아낸가붓으로
그려낸가造化神功이物物마다헌사롭다수풀에우는
새는春氣를못내계워소리마다嬌態로다物我一體어
니興이이라다를소냐柴扉예거러보고亭子애안자보니
逍遙吟詠하야山日이寂寂한데閒中眞味를알니업시
호재로다이바라이웃드라山水구경가쟈스라
踏靑으란오날하고浴沂란내일하새아츰에採山하고나조해釣
水하새ス괴여닉은술을葛巾으로밧타노코곳나모가지것거수노코먹으리라

不憂軒集卷二

지것거수노고역으라라和風이건듯부러綠水를건너
오니淸香은잔에지고落紅은옷새신다樽中이뷔엿거
든날드려알외여라小童아히다려酒家에술을믈어
엇누막대집고아히히누술을메고微吟緩步하야시냇
의호자안자明沙조한물에잔시어부어들고淸流를굽
어보니떠오나니桃花ㅣ로다武陵이갓갑도다져미이
런거인가松間細路에杜鵑花를부치들고峰頭에급피
올나구름소기안자보니千村萬落이곳곳이버러잇내
煙霞日輝는錦繡를재폇는듯엇그제검은들이봄빗도
有餘할사功名도날싸이고富貴도날싸이니淸風明月
外예엇던벗이잇사올고簞瓢陋巷에헛튼혜음아니하
니아모타百年行樂이이만한들엇지하리

丙午仲秋下澣監印後孫 德彦 光宇

〔임기중, 『역대가사문학전집』 2, 동서문화원, 1987, 511~514〕

3. 송순, 〈면앙정가〉

俛仰亭歌 ⑯⑨⑦

七十九句

无等山한 활기 뫼히 동다히로 버더 이셔
멀리 떼쳐 와 霽月峯의 되어거늘
無邊大野의 므삼 짐쟉 하노라
일곱 구비 한대 움쳐 므득므득 버럿난 닷
가온대 구배난 굼긔 든 늘근 뇽이
선잠을 갓 깨야 머리랄 언쳐시니
너라바회 우희 松竹을 헤혀고
亭子랄 언쳐시니 구름 탄 靑鶴이
千里랄 가리라 두 나래 버렷난 닷

玉泉山 龍泉山 나린 믈이
亭子 압 너븐 들히 올올히 펴진 드시
넙거든 기노라 프르거든 희지마나
雙龍이 뒤트난 닷 긴 깁을 채폇난 닷
어드러 가노라 므삼 일 배얏바
닫난 닷 따로난 닷 밤낫즈로 흐르난 닷

므조친 沙汀은 눈갓치 펴졋거든
어즈러온 기러기난 므스거슬 어르노라
안즈락 나리락 모드락 흣트락
蘆花을 사이두고 우러곰 좃니난고

너븐 길 밧기오 긴 하날 아래
두르고 꼬잔 거슨 뫼힌가 병풍인가
그림가 아닌가 노픈 닷 나즌 닷
근난 닷 닛난 닷 숨거니 뵈거니
가거니 머물거니 어즈러온 가온대
일흠 난 양하야 하날도 젓티 아녀
웃독이 셧난 거시 秋月山 머리 짓고
龍歸山 鳳旋山 佛臺山 漁灯山
湧珍山 錦城山이 虛空에 버러거든
遠近 蒼崖의 머믄 것도 하도할샤

흰구름 브흰 煙霞 프르니난 山嵐이라
千巖 萬壑을 제 집을 삼아두고
나명셩 들명셩 일해도 구난지고
오르거니 나리거니 長空의 떠나거니
廣野로 거너거니 프르락 불그락
여트락 지트락 斜陽과 섯거디어
細雨조차 뿌리난다

籃輿랄 배야 타고 솔 아래 구븐 길로
오며 가며 하난 적의 綠楊의 우난 黃鶯
嬌態 겨워 하난고야
나모 새 자자지어 樹陰이 얼릔 적의
百尺欄干의 긴 조으름 내여펴니
水面凉風이야 긋칠 줄 모르난가

즌 서리 빠진 후의 산비치 錦繡로다
黃雲은 또 엇디 萬頃의 펴거디오

漁笛도 흥을 겨워

草木다 진 후의
江山이 이미 물키쇼

義皇氏 모롤너니
니졋던 이세계를 놀리고

神農氏 잇던던지
이몸이 시고 거름卓라

洞庭 넙은 물이
岳陽樓 우희 올라

浩蕩情懷아
李太白이 사랏쓰라

이몸이
이셰여 더쳣쓰라

이몸이

九重 恩이 샷다

此朱二相 瀟湘 所製 龍畫 山水之勝 鋪

遊賞之樂 肯中 自有 浩然之趣 鋪

[임기중, 『역대가사문학전집』 37, 아세아문화사, 1998, 525~531]

4. 정철, 〈성산별곡〉

星성山산別별曲곡

엇던디날손이星션山산의머믈며셔
霞하堂당息식影영亭뎡主쥬人인아
버렷둣소人인生싱世셰間간의됴흔일
하건마는엇더타江강山산을가디록나
이녀겨寂젹寞막山산中듕의들고나
나시는고松숑根근을다시쓸고竹듁床상
상의자리보와져근덧올라안자엇던고
다시보니天텬邊변의썬는구름瑞셔石셕
셕을집을사마나는듯드는양이主쥬人인
인과엇더ᄒᆞᆫ고滄창溪계흰믈결이亭뎡
子ᄌ알ᄑᆡ둘러시니天텬孫손雲운錦금
을뉘라셔버혀내여닛눈닷펴눈닷헌
ᄉᆞ토헌ᄉᆞ흘샤山산樀뎍의丹단靑쳥曆녑
셔四ᄉᆞ면의벌모도니눈아래혜틴景경
경이철철이졀로나니듯거니보거니
마다仙션間간이라嫦며窓창아젹빗히

香향氣긔예줌을씨니山산翁옹의히올
일이곳업도아니ᄒᆞ다울밋陽양地디편
의ᄭᅬ룰베허두고기나리도거니빗
김의둘화버니니靑쳥門문故고事ᄉᆞᆯ이
제도잇다ᄒᆞ다ᄭᆫ망鞋혜롤빗야신고
듁杖당을흣더디니桃도花화핀시버길
히ᄭᅳᆺ눈芳방草초洲쥬주여니어셰라
명鏡경中듕둣쳘로그린石셕屛병風풍그
림재벗을삼고새와로흥셩가니桃도源원
원은여긔로다武무陵릉은어디메오南남
風풍이건듯부러綠녹陰음을헤텨내니
니節졀아노ᄂᆞᆫ괴ᄭᅩ리누어듸로셔오돗던
고義희皇황버ᄭᅢ우히곳줌을얼핏ᄭᅢ니
空空中듕둔ᄭᅥ즌欄난가간물을우히엿ᆺ고
야麻마衣의ᄅᆞᆯᄲᅳᆯ믜과초고葛갈ᄲᅥᆯ긔
우쓰고구부락비기락보노거시고기로

다흥룬밤비쇠운의紅홍白빅道蓮년이셧
거피니ᄇᆞ람이업시여萬만山산이향거
로마瘟팀溪계로마조와太태極극을
뭇줍노덧太태乙을真진人인아도옥字ᄌᆞ
뭇줍ᄂᆞᆫ덧헷노흣鷗노鷗ᄃᆞ嚴암ᄌᆞ며
紫ᄌᆞ微미灘탄겨ᄐᆞ두고長댱松송을遮
차日일사마石셕遷텬길경의안자ᄒᆞ니人인
間간六뉵月월이여긔는三삼秋츄로다

淸淸江강의似ᄂᆞᆫ올히白빅沙사의올마
안자白빅鷗구롤벗을삼고줌길ᄌᆞᆯ모ᄅᆞ
ᄂᆞ니無무心심코開ᄒᆞᆫ眼가ᄒᆞ미主쥬人인
인괴엇더ᄒᆞ고捫문동서리돌이四ᄉᆞ
更경의도다오니千쳔巖암萬만壑학이
낫인돌그려흘가湖호洲쥐水슈晶졍宮
궁을뉘라쇠옴겨온고銀은河하롤건너
뒤여廣굉寒한殿뎐의올랏ᄂᆞᆫ덧셕마조

늘근솔간釣됴臺ᄃᆡ에혜여두고그아래
비롤씌워ᄀᆞᆺᄃᆡ로더져두니紅홍蓮년花
화白빅頭洲쉬어ᄂᆞᄉᆞ이더낛돗地環
환白빅碧벽堂당龍뇽의소히비쉴ᄯᅢ다햣ᄂᆞ
니淸청江강綠누草초遼변의머기ᄂᆞᆫ
아ᄒᆞ들이어위ᄒᆞᆯ계위短단댱을벗기
부니물아래ᄌᆞᆷ긴龍뇽이ᄌᆞᆷ셰아니러날
돗ᄂᆞ쇠여나온鶴학이제기슬비리고ᄒᆞ

反空공의쓴닷蘇소仙션赤텩壁벽
은秋츄七칠月월이됴타호ᄃᆡ八팔月월
十십五오夜야룰모다엇디과ᄒᆞᄂᆞᆫ고纖
섬雲운이四ᄉᆞ捲권ᄒᆞ고믈결이채잔적
의하ᄂᆞᆯ의도둔달이솔우ᄒᆡ올라셔잡
다가ᄲᅡ딘줄이謫뎍仙션이혀ᄉᆞ宮ᄂᆞᆯ
공山산의싸ᄒᆞᆫ납흘朔삭風풍이거두부
러ᄲᅦ구름거ᄂᆞ리고ᄂᆞᆫ조차모라오니天

뎐公공이호서로와玉옥으로곳튼지어
萬만樹슈구침林림을우며곰별셰이고
압여흘ᄃ라어러獨독木목橋교빗긋는
되막대메눈늘근즁이어너뎔로간닷말고
山산翁옹의이富부貴귀롤눔ᄃ려현ᄉ
마오瓊경瑤요窟굴隱은셰界계롤ᄎ
즐이이실셰라山산中듕의벗이업셔黃
황養養권를싸하두고萬만古고人인物을

을거ᄉ리혜여ᄒ니聖셩賢현은ᄀ니와
豪호傑걸도하도할샤하눌삼기실제곳
無무心심흘가마ᄂ엿디ᄒ時시運운이
일락백락ᄒ얏ᄂ고모ᄅ일도ᄒ거니와
애둘음도그지업ᄂ箕긔山산의늘근고
블러ᄂ엿디싯돗던고一일瓢표룰떨틴
後후의조장이터옥놉다人인心심이눗
굿투야보도록새롭거눌셰事ᄉ눈구

룸이라ᄆ호도머흘시고엇그제비ᄀ술
이어도록너건느니잡거니밀거니슬ᄏ
장거후로니ᄆ옴의ᄆ친시룸져그나ᄒ
리는다거믄고시울언저風풍入입松숑
이야고야손인동主쥬人인동다너져
ᄇ려셰라長댱空공의뜬눈鶴학이이곬
의眞진仙션이라瑤요臺ᄃ月월下하의
ᄒ려아니만나산가손이셔主쥬人인ᄃ

려닐오ᄃ그ᄃ건가ᄒ노라

〔성주본 『송강가사』〕

5. 허초희, 〈규원가〉

엇그졔 저머드니 ᄒ마 어이 다 늙거니
少年行樂 生覺ᄒ니 닐러도 속졀 업다
늙거야 셜운 말ᄉᆞᆷ ᄒ자ᄒ니 목이 멘다
父生母育 辛苦ᄒ여 이 늬 몸 길너낼 졔
公侯配匹 못 ᄇ라도 君子好逑 願ᄒ더니
三生의 怨業이요 月下의 緣分으로
長安遊俠 輕薄子를 숨ㄱ치 맛나이셔
當時애 用心ᄒ기 살어름 디듸ᄂᆞᆫ 듯
三五 二八 겨우 지나 天然麗質 졀노 이니
이 얼골 이 ᄐᆡ도로 百年期約 ᄒ엿더니
年光이 홀홀ᄒ고 造物이 猜忌ᄒ여
봄바람 가을 믈이 배오리의 북 지나듯
雪鬢花顔 어듸 가고 面目可憎 되였고나
내 얼골 내가 보니 어늬 님이 날 괼소냐
스스로 慚愧ᄒ니 누구를 怨望ᄒ리
三三五五 冶遊園의 새사롬이 나단 말가
꼿 피고 날 져믄 졔 定處 업시 나가 이셔
白馬 金鞭으로 어듸어듸 머믄ᄂᆞᆫ고
遠近을 모라거니 消息이야 더욱 알냐
因緣을 긋쳐신들 싱각이야 업슬소냐
얼골을 못 보거든 그립기나 마로려믄
열 두 ᄯᆡ 김도 길샤 셜흔 날 支離ᄒ다
玉窓에 심근 梅花 몃 번이나 피여진고
겨을 밤 ᄎ고 ᄎ졔 자최눈 셧더 치니
녀름 날 길고 긴 졔 구즌 비는 무삼 일고
三春花柳 好時節의 景物이 시름업다
ᄀ을 둘 방의 들고 蟋蟀이 床의 울 졔

긴 한숨 짓는 눈물 속졀업시 혬만만타
아마도 모진 목슘 죽기도 어려울샤
도로혀 풀처 혜니 이리 ᄒ여 어이 ᄒ리
靑燈을 돌라 노코 綠綺琴 빗기 안아
碧蓮花 한 曲調를 시름 조ᄎ 싯거 타니
瀟湘夜雨의 대소릭 섯도는듯
華表 千年의 別鶴이 우니는듯
玉手의 타는 手段 녜 소래 잇다마는
芙蓉帳 寂寞ᄒ니 뉘 귀에 들리소니
肝腸이 九曲 ᄒ야 구븨구븨 끈처서라
출하리 줌을 들여 ᄭ숨에나 보려 ᄒ니
바람이 지는 닙과 풀 속의 우는 즘생
므슴 일 원수로셔 잠조차 ᄭ싀우는다
天上의 牽牛 織女 銀河水 막혀서도
七月 七夕 一年 一度 失期치 안이커든
우리 님 가신 후는 무슴 弱水 ᄀ렷관딕
오거나 가거나 消息조차 ᄭ싯첫는고
欄干의 비겨 서서 님 가신 딕 ᄇ라보니
草露는 믹처 잇고 暮雲이 지나갈 제
竹林 프른 곳의 새 소릭 더욱 셟다
世上의 셟은 ᄉ름 數업다 ᄒ려니와
薄命흔 紅顔이야 나 ᄀᄐ니 ᄯᅩ 잇실가
아마도
이 님의 지위로 살동말동 ᄒ여라

─임기중, 『한국가사문학주해연구』 2, 아세아문화사, 2005

6. 〈합강정선유가〉

　全羅監司 鄭民始가 壬子 秋九月에 巡歷 淳昌하야 合江亭에 船遊할새 守令 數千을 불너 가지고 差使員을 定할시 妓生차지 差使員도 잇고 魚物맛흔 差使員도 잇고 그 남은 小小한 差使員 名色이 無數하야 이로 記錄지 못하니 그씩 全羅道 사람이 이 노릭를 지어서 記錄하니 노릭 지은 사람의 姓名은 누구지 아지못

　　求景 가셰 求景 가셰 合江亭에 求景가셰
　　時維 九月 念三日에 吉日인가 佳節인가
　　觀風察俗 우리 巡相 이 날에 船遊하니
　　千秋聖節 질거운들 蒼梧暮雲 悲感할사
　　北闕分憂 夢外事나 南州民瘼 늬이 아닌가
　　飮酒流連 조흘시고 秋事方劇 顧念하라
　　劉石塞江 하올 젹에 一月工程 드단 말가
　　鑿山通道 하올 젹에 移民塚基 하난구나
　　呼冤하난 져 鬼神아 風景의 탓이로다
　　범 갓흔 우리 巡相 生心도 怨望마라
　　厨傳帳幕 온갓 差備 밤낫으로 準備하네
　　銀鱗玉尺 낙가늬여 舟中에 膾烹하고
　　凝香閣 宿所하고 셰여을 빅를 탄다
　　泛泛中流 나려가니 江山도 조흘시고
　　巡相의 風情이요 百姓의 冤讐로다
　　人間에 남은 厄運 水國에 밋첫도다
　　五里 밧 期會 亭幕의 狼藉할사 酒肉이야
　　列邑 官吏 격기로다 浚民膏澤 아니신가
　　茶啖床의 壽八蓮은 邨曲愚氓 初見이라
　　奇異하고 繁華할사 一床 百金 드단 말가
　　民怨은 徹天이요 風樂은 動地하네

終日도 不足하야 秉燭擧火 하단 말가
山邑民役 松柄炬의 水陸照耀 하난구나
赤壁江 連火船에 周郞의 지은 불가
方席불 내여 걸졔 十二江上 꼿밧칠다
三更月 거워 갈졔 凝香閣 도라드니
長程擧火 三十里에 動民植炬 하단 말가
旗牌節鉞 前導하고 衙前將校 後陪할졔
아리싸운 潭陽女妓 무삼 奉命 하엿난고
鰲驛 驛馬 빗겨 타고 意氣揚揚 하난고나
약지 못한 咸悅縣監 恐喝은 무삼 일고
承命上司 守令분네 누구누구 와게신고
年近 七十 綾城倅난 百里驅馳에 갓블시고
南原府使 淳昌郡守 支供差使 汨沒한다
潭陽府使 昌平縣監 妓生領去 動幹하다
中貶마즌 羅州牧使 阿諂으로 와게신가
名家後裔 南平縣監 追隨承風 무삼일고
酒祖高風 싱각하면 貽羞山林 그지업다
任實縣監 谷城倅난 吮癰舐痔 辭讓할가
益山郡守 全州判官 脅肩諂 보기실타
哀殘할사 和順玉果 生心이나 落後할가
淸河二天 다 두엇네 明日 去就 뭇도 마소
往來 冠蓋 相望하니 道路 奔走 幾千인고
水旱에 傷한 百姓 方伯 秋巡 바라기난
補秋不足 할가더니 除道摘奸 弊端이다
水田災도 뭇엇거든 면견이냐 擧論할사
쌀가온 百畝田에 白地徵稅 하는구나
仁慈할사 우리 主上 一束覆砂 爲念커든
불상한 齊民田에 조분길 널이란다

各邑色吏 督促하니 鞭扑죠차 狼藉하다
許多한 官人츅이 大小戶를 分定하야
四方 附近 十里 안에 鷄犬이 滅種하네
富者난 可커니와 可憐할사 貧者로다
夕陽은 나려가고 里正은 促飯할제
寒廚에 우난 少婦 발 구르며 하는 말삼
방아품에 어든 糧食 한 두 되 잇것마는
菜蔬도 잇것만은 器皿은 뉘게 빌고
압뒤집 도라보니 臘月借甑 緣故로다
一村 鷄犬 蕩盡하고 戶收斂 하단 말가
大戶에난 兩이 넘고 小戶에도 六七錢이라
이 노름 다시 하면 이 百姓 못 살겐네
樂土에 싱긴 사람 太平聖代 죠타하여
安業樂土 하옵더니 할 일 업시 流離하네
한 사람의 豪奢로셔 몃 사람의 亂離되고
家庄田地 다 팔고셔 어듸로 가잔 말고
비나이다 비나이다 上帝님게 비나이다
우리 聖上 仁愛心이 明觀燭불 되게 하사
빗최소셔 빗최소셔 前路風聲 들니기난
治罪吏鄕 한다기에 奸猾인가 여겨더니
飮食 道路 탓이로다 奴隷 點考 무삼 일고
巡令手의 上德일셰 飮食은 若流하고
賄賂난 公行하니
죠흘시고 죠흘시고 常平通寶 죠흘시고
만이 쥬면 無事하고 젹게 쥬면 生事하네
春塘臺에 치난 帳幕 五木臺에 무삼 일고
僭濫한 荊圍中에 較藝하난 靑襟들아
五十三洲 詩禮鄕에 一人 義士 업단 말가

食福 죠흔 우리 巡相 官祿 조흔 우리 巡相

두로시면 六曹判書 나가시면 八道監司

功名도 거록하고 富貴도 그지 업다

罔極할사 國恩이야 感激할사 聖德이야

一段 臣節 잇거드면 竭力報效 하오리라

背恩忘德 하게 되면 殃及子孫 하오리라

　　　　　　　— 이왕직도서관 소장 『가집』 제1권(윤성근, 「〈합강정가〉 연구」, 1968)

7. 〈선루별곡〉

어와 벗님네야 降仙樓 구경가세
訪仙門 드리다라 東門館 차자가니
江山도 죠커니와 物色도 繁華ㅎ다
一千年 古國이오 三百年 名樓로다
巫山 十二峰은 屛風에 그림이오
沸流江 一帶水는 경대의 거울이라
松讓王 옛터이오 花郞에 노던터라
閭閻이 櫛比ㅎ니 靑石으로 긔와ㅎ고
衣服이 鮮明ㅎ니 雙紬盆紬 土産일다
藍田에 玉이 나고 溫井에 물 씰는다
風俗도 淳厚ㅎ고 奇異한 곳 만흘시고
名勝이 奇絶ㅎ미 古跡을 차자 보자(니)
東明王 都邑할 제 北夫餘로 오단 말가
屹骨山 높은 城을 안기 속에 싸아니여
昇仙橋 댱찬 다리 江물 우의 紅虹이라
금개구리 幻形ㅎ야 麟馬朝天 간디 업다
그렁저렁 다 버리고 仙樓에 올나 가니
通仙留仙 伴仙觀은 層層이 버러잇고
蓬萊朝雲 玲瓏閣은 面面이 相對ㅎ니
畵閣 丹靑에 十二樓干 縹緲ㅎ다
第一層 玄虛閣은 珠簾이 반空이라
恍惚한 陽臺雲雨 朝暮神女 만나는듯
太平聖代 조흔 氣像 風流太守 노름일다
蟠桃門 내다라서 月霞門 드러가니
아젼將校 後陪ㅎ고 通引使令 前倍ㅎ니
前後部 大角 소리 山川이 震動ㅎ다
감토 紅天翼에 家僮各色 古法이라

芭蕉扇 팔이치는 雙雙이 버러잇고
紅氈夾椅 雲錦張과 滿花方席 牡丹屛風
輝煌燦爛 靑紗燭籠 千百雙을 거러 노코
玉香爐 높흔 곳에 香烟이 燎亂ᄒ다
器具도 壯커니와 與民同樂 더욱 좃타
大風流 令이 나니 典樂이 主管이라
紗帽冠帶 樂工들이 차례로 드러오네
아리ᄯ온 妓女들이 누구누구 모엿든고
洋琴蘭草 거문고에 淸歌妙舞 惠蘭이
花容月態 고은 樣姿 氷壺一片 明心이
나는 곳을 적이 츠니 華堂春風 燕燕이
綿綿蠻蠻 有情ᄒ다 綠樹深處 鶯鶯이
三月東風 爛熳흔데 滿江紅雨 錦浪이
징강징강 맑은 소래 衡山 白玉寶로다
秦樓秋夜 옴을 ᄭ니 玉簫明月 降仙이
万古消息 드러ᄂ가 洞里仙人 碧玉이
東坡學上 긴긴 사랑 錢塘名妓 楚雲이
梨花桃花 滿發한듸 百花叢中 香艶이
荷香月色 조흔 곳에 江南綠水 蓮艶이
武陵仙源 차즈 가니 滿天春色 紅桃로다
菊花야 너는 어이 落木寒天 淡香인고
梨花月白 잠든 밤에 嬋娥美人 옴을 ᄭ니
金城春色 樂을 삼아 月下仙女 노니도다
風樂根本 右敎坊에 열두결ᄎ 근검ᄒ다
拍佩 소래 세 번 ᄂ니 凌波舞가 始作일다
더지는니 龍의 알은 抛球樂이 絶妙ᄒ다
雙雙얼너 牙拍이오 錚錚 소리 響拔이라
畵龍고리 북채는 宏壯홀사 북츔이며

朱笠貝纓 好風神은 헌거흘손 舞童이로다

瑤池蟠桃 드릴 적에 仙官玉女 어엿부다

各色形容 五方츔은 處容탈이 奇怪ᄒ다

夾袖戰笠 연풍대는 번개 갓흔 劍舞로다

성금성금 鶴츔이오 셜넝셜넝 獅子로다

羅裙玉顔 둘너서서 放砲一聲 배짜락이

半入江風 半入雲ᄒ니 天上仙樂 그지업다

日落西山 어둔날에 壯觀일다 落花로다

물결우의 方席불은 點點桃花 써가는듯

欄干머리 雙쥴불은 식벽별이 흐르는 듯

天鵝一聲 높이 부러 一時에 相應ᄒ니

峰峰이 써러진 붉은 十里長江 곳이로다

步虛門 나간곳에 畵舫船遊 더욱조타

蘆花淺水 고은亭子 완자紗窓 여러놋코

靑蛾皓齒 실어 두고 금단玉笛 비기부러

至菊叢 어ᄉ와 ᄒ니 凌万頃之 茫然이라

淸江에 白鷗들은 興을 겨워 머무ᄂ듯

桃花洞이 어듸메뇨 月老亭이 여긔로다

黃菊丹楓 滿山한듸 層岩絶壁 둘너보니

石面에 題名들은 半朝廷이 참말이라

天柱峰 놉흔아리 거북바워 絶勝ᄒ다

成禪菴 女僧들아 人間至樂 다바리고

金鳳釵 어듸 두고 白衲곡갈 무슴일가

神堂에 巫女들은 방울소리 神靈인가

酒盤이 狼藉ᄒ니 珍羞盛饌 업슬소냐

甘紅露 二三杯를 勸酒歌로 부어내니

醉興이 陶陶ᄒ여 飮中仙人 나아닌가

金鱗魚로 膾치고 화서冷麵 別味로다

天城坊 別香草는 口味가 爽然ㅎ다
怊悵ㅎ다 送客亭에 漢陽郞君 離別ㅎ니
뭇노라 仙女들아 消魂橋에 우지마라
明沙十里 海棠花는 다시필썬 잇거니와
人生百年 허여 보니 滄海一粟 그아닌가
富貴功名 다 바리고 風月主人 복이되어
蓬窓을 의지ㅎ여 醉흔 잠을 暫間드니
胡蝶이 恍惚ㅎ여 廣漠鄕 드러가니
靑城道士 鶴이 되여 쑴에 와셔 이른말이
자늬들 前生 몸이 天上에 仙官으로
玉皇 香案前에 黃庭經 그릇이러고
人間에 謫下ㅎ여 風塵世界 겻거늬니
名區에 迭蕩ㅎ여 仙樂이 즐거운가
欣然히 酬酌ㅎ고 놀라 쒸여 이러보니
江天이 寥廓ㅎ고 星月이 蒼茫이라
두어라 우리 三生이 山슝인가 ㅎ노라

—임기중, 『한국가사문학주해연구』 10, 아세아문화사, 2005

8. 〈상사별곡〉

人間離別 萬事 中에 獨宿空房이 더욱 섧다

相思不見 이 닉 眞情을 제 뉘라서 알니

밋친 시름 이렁져렁이라 헛트러진 근심

다 후루혀 더져 두고 자나섹나 섹나즛나

任을 못 보니 가슴이 답답

어린 樣子 고은 소릭 눈에 黯黯 귀예 錚錚

보고지고 任의 얼골 듯고지고 任의 소릭

비나이다 하날님씌 任生기 ᄒ고 비나이다

前生 此生이라 무삼 罪로 우리 두리 삼겨나셔

잇지 마즈 ᄒ고 쳐음 盟誓ㅣ 죽지 마즈 ᄒ고 百年期約

나며 들며 뷘 房 안의 다만 한숨쨘이로다

千金珠玉이 귀밧기오 世事一貧이 關係ᄒ랴

萬疊靑山을 드러간들 어늬 우리 郎君이 날 츠즈리

山은 疊疊ᄒ여 고기 되고 믈은 充充 흘너 소이로다

梧桐秋夜 붉은 달의 任 生覺이 싀로왜라

ᄒ 번 離別ᄒ고 도라가면 다시 보기 어려왜라 ᄒ노라

— 임기중, 『한국가사문학주해연구』 9, 아세아문화사, 2005

9. 〈문일지십〉

(二) 隆熙元年十二月十八日 大韓每日申報 第一百六十六號

잡보

●경비지출 덕슈궁과 승녕부에 경비오천칠빅원을 예비금즁으로 지출ᄒᆞ쟈고 탁지부에셔 닉각에 쳥의ᄒᆞ엿다더라

●량국신설 이번에 ᄀᆡ졍ᄒᆞᆫ 관제ᄂᆞᆫ 지금잇ᄂᆞᆫ 관제보다 별노 곳친거시 업고 농상공부에ᄂᆞᆫ 산림국을 두고 탁지부에ᄂᆞᆫ 등뎌국을 둔다ᄂᆞᆫ뎌 등뎌국은 비 둔니ᄂᆞᆫ길을 표ᄒᆞᄂᆞᆫ뎌 관ᄒᆞᆫ ᄉᆞ무를 관리ᄒᆞ고 직원은 국장이 일인이오 기ᄉᆞ 상인이오 쥬ᄉᆞ 오인이오 기슈 십이인오 감슈 오십오인이라더라

●긔병뎌셜시 명년에ᄂᆞᆫ 긔병뎌를 셜시ᄒᆞᆫ다ᄂᆞᆫ뎌 소입비가 구쳔ᄉᆞ빅ᄉᆞ십원이오 물이 이십필인뎌 미필 갑시 이빅원 가량이라 명년도 예산에 그 비익을 지출ᄒᆞ기로 닉각에셔 회의ᄒᆞ엿다더라

●쟝곡쳔연회 쟝곡쳔대쟝이 져작일 하오에 대관뎡에셔 연회를ᄒᆞ고 닉각 대신들과 즁츄원고문 졔씨를 쳥ᄒᆞ야 뎌졉ᄒᆞ엿다더라

●군슈도츅 이번 군슈주본에 뎌ᄒᆞ야 북촌에 모대신이 말ᄒᆞ기를 공도와 ᄉᆞ졍은 아직 ᄌᆞ셰히 알수업거니와 소위 샤회상에 유명ᄒᆞᆫ 관인으로 몃자리를 착슈ᄒᆞᆫ거시 대단히 가통ᄒᆞ다고ᄒᆞ다더라

●량셔효유 법부대신 죠즁응씨와 경시총감 환산즁쥰씨가 작일에 왕십리에 가셔 그곳 인민을 모흐고 효유ᄒᆞ엿다ᄂᆞᆫ뎌 그 리허ᄂᆞᆫ 그곳에 사ᄂᆞᆫ 히산 병뎡들이 의병에 들가 념려ᄒᆞᆷ이라더라

●닉대격졍 디방에 ᄌᆞ위단 실시ᄒᆞᄂᆞᆫ 여부에 뎌ᄒᆞ야 닉대 입션쥰씨가 지금 격졍ᄒᆞᄂᆞᆫ즁이라더라

●법관신임 법부 회계과쟝 도씨ᄂᆞᆫ 평리원 검ᄉᆞ를 임ᄒᆞ고 그 뎌에ᄂᆞᆫ 젼 졍위 신우영씨가ᄒᆞ엿다더라

●법학도시험 관립 법관양셩소에셔 ᄆᆡ이회 졸업시험을 ᄒᆞᄂᆞᆫ즁인뎌 응시ᄒᆞᄂᆞᆫ 학도가 이십칠인이오 명일에 방을 낸다더라

●츅량비지발 탁지부에셔 진희만에 군용디를 츅량ᄒᆞᆫ 경비 일빅오십팔환 팔십젼을 예산외에 지출ᄒᆞ기로 닉각에 쳥의ᄒᆞ엿다더라

●총감지발 닉각에셔 탁지부에 죠회ᄒᆞ엿ᄂᆞᆫ뎌 통감부에셔 온 죠회에 ᄒᆞ엿스뎌 한국과 법국ᄉᆞ이에 여러히 동교셥ᄒᆞ던 통동상회에셔 쳥구ᄒᆞᄂᆞᆫ일은 통감부에셔 법국령ᄉᆞ와 교셥ᄒᆞ여 타결ᄒᆞ엿ᄂᆞᆫ뎌 일은 한국졍부에셔 금삼십만원을 통동상회로 줄일이오 이ᄂᆞᆫ 향항에 싸아둔 총오만빅짝 단환 빅만발은 통동상회로 도로 줄일이오 삼은 지금 인쳔과 진남포에 싸아둔 평양광산에 쓸긔계ᄂᆞᆫ 통동상회에셔 한국 졍부에 밧칠일인뎌 삼십만원은 동경 뎨일은힝의 표를 통감부로 보내라ᄒᆞ엿스니 이일은 궁닉부 소관이나 탁지부에셔 위션 지발ᄒᆞ라ᄒᆞ엿슴으로 탁지부에셔 지발ᄒᆞ엿다더라

●탕감ᄒᆞ다지 각군슈의 공져흠포ᄒᆞᆫ거슨 만코 젹고 일체히 탕감ᄒᆞᆫ다ᄂᆞᆫ말이 잇다더라

●닉졍씨언론 일진회 고문 닉졍량평씨의 셜명ᄒᆞ엿다ᄂᆞᆫ 말을 대강 드른즉 히씨가 말ᄒᆞ기를 내가 경셩안에 잇ᄂᆞᆫ 일진회원으로 보면 인민간에 협의가 업ᄂᆞᆫ뎌 이번 디방에 가셔 시찰ᄒᆞᆫ즉 디방회원의 힝동은 인민과 샹합지못ᄒᆞᆷ이 죵죵 잇ᄂᆞᆫ지라 엇더케ᄒᆞ여야 화합ᄒᆞᆯ는지 알수업다ᄒᆞ엿다더라

●무ᄉᆞᆷᄉᆞ단인지 일진회쟝 리용구씨와 히회 고문이 ᄌᆞ위단을 실시ᄒᆞᆷ츠로 강원도에 갓다가 입셩ᄒᆞ엿거니와 다시 드른즉 고문 닉명씨ᄂᆞᆫ 무ᄉᆞᆷᄉᆞ단이 잇ᄂᆞᆫ지 쟝ᄎᆞᆺ 귀국ᄒᆞᆫ다ᄂᆞᆫ말이 잇더라

●박씨상경 갈닙 평안북도 관찰ᄉᆞ 박승봉씨ᄂᆞᆫ 히도지판소 판ᄉᆞ의 ᄉᆞ무를 참셔관 쟝효근씨로 셔리케ᄒᆞ고 올나온다더라

●죠심ᄒᆞᆯ지 작일 샹오십일시에 뫼젼병문 근쳐에셔 박회근씨가 면거에 치어셔 두다리가 ᄭᅳᆫ허졋다더라

●죠씨회익 죠봉식씨가 무ᄉᆞᆷ 소간이 잇던지 ᄀᆡ셩군에 갓다가 숨졍ᄉᆞ건으로 그곳 인민들을 잡슐ᄯᆡ에 죠씨가 또ᄒᆞᆫ 회익으로 잡히여 경시쳥에 갓치엿다더라

●비씨득비 비졍ᄌᆞᄂᆞᆫ 현금 한국에 ᄀᆡ명ᄒᆞᆫ 부인이라 어려셔 부모를 여희고 류리ᄒᆞ다 디경에 일본인 송미원조씨가 불샹이 녁여 일본에 ᄃᆞ리고가셔 일어를 ᄀᆞᄅᆞ첫더니 병신년에 류학ᄒᆞᆫ 너ᄌᆞ를 퇴용ᄒᆞᆯ실ᄯᆡ를 당ᄒᆞ야 귀국ᄒᆞᆫᄯᆡ 너ᄌᆞ의 몸이 쟝부가 업ᄂᆞᆫ거시 불편ᄒᆞ야 현영운씨로 더브로 권도로 작비ᄒᆞ엿스나 실샹은 부모의 명도업고 례졀도 ᄀᆞᆺ초지아니ᄒᆞᆫ지라 지금 현씨와 ᄂᆞᆫ호이매 도로 송미씨에게 가셔 의지ᄒᆞ고 잇더니 예수교도 ᄒᆞᆫ 사ᄅᆞᆷ이 평싱에 화락히 지내기로 하ᄂᆞ님ᄭᅴ 긔도ᄒᆞ고 교죵례로 혼인을ᄒᆞ엿다더라

●안씨쳥원 셔셔독립관압헤 사ᄂᆞᆫ 안방멸씨가 법부에 쳥원ᄒᆞ엿ᄂᆞᆫ뎌 본인의 부친 긔영이 신ᄉᆞ년 리쥬셔 옥ᄉᆞ에 피화ᄒᆞᆫ와 이십여년을 원통히 지내옵더니 다힝히 대샤죠칙을 느리샤 ᄀᆡ국이후로 피화ᄒᆞᆫ사ᄅᆞᆷ을 일병 탕텩ᄒᆞ오니 감츅무디ᄒᆞ옵더니 지금ᄭᆞ지 문젹반포가 아니되옵기로 쳥원ᄒᆞ오니 신ᄉᆞ년 옥ᄉᆞ에 피화ᄒᆞᆫ 졔인을 일톄로 반포ᄒᆞ고 관직을 회복ᄒᆞ라ᄒᆞ엿다더라

●변호ᄉᆞ군쳔회 져작일 혜쳔탕 료리관에셔 변호ᄉᆞ들이 모혀셔 군쳔회를ᄒᆞ엿다더라

●칙장으로긔념 관립한어학교에셔 학부에 보고ᄒᆞ기를 향일에 일본 면즁궁니대신파 페원박ᄉᆞ가 긔부ᄒᆞᆫ 금익을 긔념ᄒᆞ기위ᄒᆞ야 칙장ᄒᆞᆫ벌을 샷다고ᄒᆞ엿다더라

●적당이츙화 본월 구일밤에 적당 팔명이 황간군 샹촌면 반뎜리에 돌입ᄒᆞ야 곱집에 불을질너 몰쇼ᄒᆞ엿다더라

슈도보고 감옥셔에셔 이돌 슈도ᄒᆞᆫ 슈도긔 셩칙을 법부에 보고ᄒᆞ엿ᄂᆞᆫ뎌 평리원 소관이 삼십칠명이오 한셩지판소의 소관이 오십명이오 새로 징역ᄒᆞᄂᆞᆫ쟈ㅣ 십이명이라더라

▲시ᄉᆞ평론▼

○문일지십가

▲일국을 혼동ᄒᆞ니 닉각대신의 권리로다 나라권리 다 ᄲᅡᆯ아셔 ᄌᆞ긔ᄃᆞ위 민득ᄒᆞ니 독젼기리 됴흘시고

▲이쳔만즁 우리동포 싱명지산 엇지ᄒᆞ나 불고셩명 더 관리들 탐학에 만죵ᄉᆞᄒᆞ니 즐만고럭 됴흘시고

▲삼빅ᄉᆞ십여군즁에 놈은토디 얼마런고 륙리쳥산 더 ᄀᆡ잇다 륙국산쳔 굽어보니 쵸잠식지 됴흘시고

▲ᄉᆞ방산쳔 바라보니 풍진도 요란ᄒᆞ다 가련ᄒᆞᆫ손 무고싱령 도탄즁에 드단말가 비참ᄒᆞᆫ 이 눈물을 어ᄃᆡ다가 ᄲᅮ리리오 보도ᄌᆞ항 됴흘시고

▲오대신ᄶᆡᆨ 시졀브터 신됴약이 셩립되야 국권타락되던날에 립졀ᄉᆞ의 몃몃쳔고 민츙졍공 작흘시고

▲륙대부쥬 렬강국에 대한독립 공포터니 일로강화된 연후에 보호권이 웬말인가 역욕감식 됴흘시고

▲칠됴약을 셩립ᄒᆞ니 대한강산 ᄒᆞᆫ번ᄯᅧᄯᅡ 노례셩질 더대신아 당시에ᄂᆞᆫ 공명이오 쳔츄에ᄂᆞᆫ 죄악이라 유취만년 됴흘시고

▲팔도강산 도라드니 맑은긔운 징영ᄒᆞ다 영웅호걸 누가잇나 긔복야 쳔리마ᄂᆞᆫ 빅락을 못맛낫나 남양초당 와룡션싱 츈몽을 느지셔나 시지시지 됴흘시고

▲구곡간쟝 다 ᄡᅥᆨᄂᆞᆫ다 압재밋헤 잇ᄂᆞᆫ인싱 우마만도 못ᄒᆞ도다 이슈치를 엇지ᄒᆞ런니 하ᄂᆞ님젼 동쟝가세 고쳥비 됴흘시고

▲십싱구ᄉᆞᄒᆞ더리도 열심으로 단톄ᄒᆞ야 ᄌᆞ유죵을 크개치며 독립긔를 놉히들고 굴네밧게 버셔나셔 동양에 호령ᄒᆞ면 당당뎨국 됴흘시고

548

1907. 12. 18 ②

—「대한매일신보」

10. 조태성, 〈부수가〉

[一절]

가로로 한 획 그어 한 줄이니 한 일이요 [一]

한 일을 세로 들어 묵직하게 뚫을 곤 [丨]

뚫더라도 쉬어 갈 땐 표시해라 점칠 주 [丶]

무심결에 표시하면 안 돼요 삐칠 별 [丿]

천간의 둘째 기둥 새를 담아 새 을인가 [乙]

잡아 걸고 묶어 걸고 날지 못해 갈고리 궐 [亅]

[二절]

하나가 거듭 되니 이를 두고 두 이런가 [二]

모자처럼 보이지만 뜻 없는 토씨 두라 [亠]

간단한 듯 복잡한 듯 복잡미묘 사람 인 [人]

사람은 사람인데 되어야 할 어진 이 인 [儿]

어디든 들어가는 입구 있어 들 입이요 [入]

들 입자와 비슷하니 조심하자 여덟 팔 [八]

먼 데를 바라보니 아득하여 멀 경이요 [冂]

갓머리에 갓이 없어 민갓머리 덮을 멱 [冖]

고드름 매달렸다 떨어지네 얼음 빙 [冫]

잘 보면 다리 두 개 상판 하나 책상 궤 [几]

막혔으면 입 구인데 뚫렸으니입 벌릴 감 [凵]

무섭구나 그 이름 조심해라 날 선 칼 도 [刀]

근육이든 쟁기든 힘들어서 힘 력이라 [力]

육체가 가슴을 둘러쌓아 쌀 포요 [勹]

원래는 숟가락 때로는 비수 비 [匕]

옆으로 터졌네 뭐 담을까 상자 방 [匚]

터진 것은 마찬가지 뜻은 달라 감출 혜 [匸]

숫자로선 완벽해 완전하다 열 십이요 [十]

누구든 무시 못해 나 어떡해 점 복이라 [卜]
옛시절 관료들이 어깨 힘 줘 병부 절 [卩]
산의 한 쪽 비스듬히 깎여 있어 기슭 엄 [厂]
팔꿈치를 구부려 나를 보며 사사로울 사 [厶]
손 맞잡고 도와야지 안 떨어져 또 우라네 [又]

[三절]
조심하세 말하는 입 먹을 때도 입 구요 [口]
입이 커서 큰 입 구냐 원래는 에워쌀 위 [口]
만물의 모태라네 밟아보세 고운 흙 토 [土]
사내였다 무사였다 이제는 선비 사 [士]
빨리 와라 길 잃을라 느려터져 뒤처질 치 [夂]
너무 빨라 못 좇겠네 천천히 걸을 쇠 [夊]
달 모양에 하나 빼니 반달 모양 저녁 석 [夕]
사람이 팔 벌려서 성인됐네 크나큰 대 [大]
다소곳이 두 손 모아 예절바른 계집 녀 [女]
머리 들고 꼿꼿이 서 당당하게 아들 자 [子]
지붕으로 덮여 있네 갓머리라 집 면이요 [宀]
맥박과 맥박 사이 손목에서 마디 촌 [寸]
점 셋이 모여도 작은 것은 작을 소 [小]
한 쪽 다리 걷는 모양 절뚝절뚝 절음발 왕 [尢]
사람이 죽어있는 모양보고 주검 시 [尸]
흙에서 싹이 돋네 어여뻐라 싹 날 철 [屮]
뾰족뾰족 산봉우리 연이어서 뫼 산이라 [山]
흐를 것은 흘러라 막힘없이 시내 천 [川]
닮기는 대패 모양 솜씨 좋네 장인 공 [工]
척추의 마디마디 그래서 몸 기요 [己]
씻고 나서 닦아야지 부드러운 수건 건 [巾]

아기가 웅크리니 더더욱 작을 요 [幺]
막혀있네 작은 집 터져있네 큰 집 엄 [广]
다리 끌어 길게 걷는 민책받침 걸을 인 [廴]
열 십에 세로 줄 걸었더니 스물 입 [廾]
줄을 매어 쏘아보자 용감하게 화살 익 [弋]
동방에 동이족 큰 활 쏘니 활 궁이요 [弓]
돼지 코 웃긴 모양 본떠서 돼지 계 [彑]
머리카락 가지런히 흩날리네 터럭 삼 [彡]
두 사람이 나란히 사이좋게 걸을 척 [彳]

[四절]
밤하늘 초생달에 별 셋 같은 마음 심 [心]
화살에 길쭉한 대 무섭구나 창 과요 [戈]
누가 있나 살짝궁 열어보는 지게문 호 [戶]
손가락을 펼쳐보라 그 모양이 손 수라 [手]
그 손으로 나무잡고 서 있으니 지탱할 지 [支]
점 칠 때 잡는 물건 둥글어서 칠 복인가 [攴]
옛날엔 무늬였고 지금은 글월 문 [文]
곡식 담는 그릇이야 한말 두말 말 두요 [斗]
무서워라 조심하자 나무 찍는 도끼 근 [斤]
이 모서리 저 모서리 날카롭다 모서리 방 [方]
아무도 없나요 텅 비었네 없을 무 [无]
둥근 해에 흑점 하나 눈부셔라 해 일이여 [日]
해가 누워 가로 누워 말이 많네 가로 왈 [曰]
항아의 한이런가 차가운건 달 월이라 [月]
언제나 그 자리에 믿음직한 나무 목 [木]
그 아래 한가하니 절로 나네 하품 흠 [欠]
말아라 쉬어라 머물러라 그칠 지 [止]

피하려도 못 피하네 언젠가는 죽을 사 [死]
손을 들어 내려치니 아프구나 몽둥이 수 [殳]
입을 막네 말 못하게 하지마라 말 무요 [毋]
두 사람이 나란히 어깨 대고 견줄 비 [比]
짐승의 꼬리에 난 어여쁜 털 모요 [毛]
사람마다 족보 있어 구별하는 성씨 씨 [氏]
몽글몽글 피어올라 상서로운 기운 기 [气]
두 물 세 물 여러 모양 합하여서 물 수고 [水]
좋으면서 무섭네 조심하라 불 화라네 [火]
손톱 세워 싸워도 미운 정 손톱 조 [爪]
집 안의 한 기둥 위엄 있다 아비 부 [父]
이리저리 엇갈려도 잘나오네 점괘 효 [爻]
둘로 나눈 나무 조각 왼 편 모양 조각 장 [爿]
어디 있나 나머지 오른 편의 조각 편 [片]
꽉 다물어 굳센 모양 장하도다 어금니 아 [牙]
소의 머리 힘찬 머리 뿔이 돋아 소 우요 [牛]
큰 사람 옆에 서서 졸랑대는 개 견이라 [犬]
지팡이 짚고 서니 존경하세 늙을 로 [耂/老]
삐죽이 땅을 뚫고 솟아난다 풀 초여 [++/艸]
뛰어가다 멈추고는 다시 뛰고 쉬어갈 착 [辶]

[五절]
이 땅은 누렇고 저 하늘은 검을 현 [玄]
임금도 탐을 내는 귀한 보물 구슬 옥 [玉]
줄기에 주렁주렁 길게 맺어 오이 과 [瓜]
한옥집 아름답다 처마 위에 기와 와 [瓦]
혀 끝에 사탕 하나 달콤하니 달 감이요 [甘]
흙을 뚫고 싹이 나와 그래서 날 생인가 [生]

어쨌든 세상에 나 쓰임 있어 쓸 용이요 [用]
이리 저리 갈아주면 풍년이네 밭 전이라 [田]
마소도 비단도 셀 때는 짝 필이며 [疋]
찬바람 집안으로 들이치니 병들 역 [疒]
머리 풀고 두 팔 벌려 걸어가니 걸을 발 [癶]
한 줄기 햇빛이 맑고 맑네 하얄 백 [白]
짐승 가죽 벗겨내는 갓바치라 가죽 피 [皮]
뭐든지 담아두는 유용한 그릇 명 [皿]
동그란 눈 속에 눈동자라 눈 목이요 [目]
뾰족한 끝 모양 전쟁 무기 자루창 모 [矛]
활 잘 쏘는 우리 민족 명중이다 화살 시 [矢]
언덕 밑에 놓여있네 묵직하다 돌 석이라 [石]
그 분께서 강림하사 제사 모셔 제단 시 [示]
무엇이든 지나가면 흔적 남지 발자국 유 [禸]
쌀 나무 아니라네 고개 숙여 벼 화지 [禾]
원래는 집이었네 지금은 구멍 혈 [穴]
두 발로 서 있으니 사람이 설 립인가 [立]

[六절]
죽죽죽 키가 크니 그 이름도 대나무 죽 [竹]
팔십 팔 번 손이 가야 맺을거야 쌀 미라 [米]
가는 실이 여러 갈래 타래 지어 실 사요 [糸]
읽을 때는 장군이지 실제로는 질그릇 부 [缶]
촘촘하게 엮여 있어 못 빠져가 그물 망 [网/罒]
뿔도 있고 털도 있고 아름답네 양 양이여 [羊]
새의 날개 펼친 모양 두 나래로 깃 우이고 [羽]
이 말 저 말 이어야지 글이 되네 이음씨 이 [而]
나무에 고리 달아 밭을 가는 쟁기 뢰 [耒]

듣는다고 다 듣느냐 가려 듣자 귀 이여 [耳]
이것이 예술이다 서예할 때 붓 율이고 [聿]
부수로는 육달월 본래 이름 고기 육 [肉]
임금 앞에 고개 숙여 충성할사 신하 신 [臣]
길쭉한 코의 모양 지금은 스스로 자 [自]
땅에 닿은 새의 발 그래서 이를 지 [至]
많은 곡식 물레방아 적은 곡식 절구 구 [臼]
입에서 쭉 내밀어 맛을 보자 혓바닥 설 [舌]
왼발과 오른발이 따로 가네 어그러질 천 [舛]
노도 있고 돛도 있고 물길 따라 배 주라 [舟]
정해진 길 따라가자 잘못 가면 어긋날 간 [艮]
보는 사람 마음 따라 제각각 빛 색이요 [色]
사람도 무섭다 동물 제왕 호랑이 호 [虎]
때로는 도움 주는 작은 짐승 벌레 충 [虫]
그릇에 떨어지는 한 방울 피 혈이라 [血]
사람들 여기저기 네거리 오갈 행 [行]
가죽이 비단으로 화려하다 옷 의요 [衣]
먼지가 들어간다 뚜껑 덮자 덮을 아 [襾]

[七절]
사람이 일어서서 눈으로 볼 견이요 [見]
머리 위에 우뚝 솟아 무섭구나 저 뿔 각 [角]
말을 할 땐 머리로 두 번 생각 말씀 언 [言]
산등성이 갈라진 그 사이가 골짜기 곡 [谷]
제기에 올린 음식 처음에는 콩 두였지 [豆]
그 다음에 다리 달린 가축이야 돼지 시 [豕]
음흉하게 숨어서 노려보네 맹수 치 [豸]
물건과 맞바꾸는 화폐였어 조개 패 [貝]

흙덩이를 구우면 색이 변해 붉을 적 [赤]
사는 것이 힘들어도 힘차게 달릴 주 [走]
무릎에서 아래쪽 험한 고생 발 족이요 [足]
임신한 여인네의 옆모습이 몸 신이라 [身]
바퀴 달려 스스로 잘 움직여 수레 거 [車]
혓바닥이 얼얼하네 아픈 맛은 매울 신 [辛]
밤하늘을 수놓는 보석 같은 별 진이요 [辰]
가다 서고 서다 가고 쉬엄쉬엄 갈 착이라 [辵]
한 곳에 모여 살아 만들어진 고을 읍 [邑]
술 한 잔에 안주 좋다 어울리네 닭 유요 [酉]
손톱으로 나무를 분별해서 캐낼 채 [采]
밭에서 가까운 곳에 있어야지 마을 리 [里]

[八절]
쇳덩이냐 돌덩이냐 어쨌거나 쇠 금이요 [金]
지팡이 잡은 사람 분명하다 어른 장 [長]
두 짝이 하나인 양 솟아있다 출입문 문 [門]
산보다는 작지만 돌이 쌓여 언덕 부 [阜]
꼬리에 꼬리 물고 쫓아가네 미칠 이 [隶]
꽁지가 뭉뚝해서 꽁지 짧은 새 추인가 [隹]
구름에서 떨어지는 물방울 방울 비 우 [雨]
사시사철 푸르러라 이 내 마음 푸를 청 [青]
시시비비 가릴 때는 옳을 시 아닐 비 [非]

[九절]
눈코입귀 다 있는 곳 우리 몸의 얼굴 면 [面]
털 있는 가죽 피 털이 없는 가죽 혁 [革]
이것도 가죽이요 무두질한 가죽 위 [韋]

몸에 좋은 채소인데 맛이 매워 부추 구 [韭]
입으로 내는 소리 아름다운 소리 음 [音]
머리 수의 옛날 글자 조개 닮은 머리 혈 [頁]
하늘 보면 드는 생각 마음껏 날 비요 [飛]
사람 입에 좋은 거야 당연히 먹을 식 [食]
작은 벌레 날아갈까 막아주자 바람 풍 [風]
몸 중에 가장 위 머리는 우두머리 수 [首]
안 좋으면 냄새고 좋으면 향기 향 [香]

[十절]
앞다리 치켜들고 잘 달린다 말 마여 [馬]
살 속에 있는 것은 몸의 골격 뼈 골이요 [骨]
먼 곳을 보려하면 솟아야지 높을 고 [高]
머리카락 길게길게 내려뜨려 드리워질 표 [髟]
양쪽에서 주먹지고 노려보네 싸울 각 [鬥]
알알이 맺힌 곡식 그릇 가득 울창주 창 [鬯]
발은 셋 속은 빈 오지병 솥그릇 력 [鬲]
죽은 처녀 죽은 총각 원통하다 귀신 귀 [鬼]

[十一절]
물속에서 헤엄치는 동물이야 물고기 어 [魚]
꽁지 긴 모양 따라 그려봤네 새 조요 [鳥]
얽히설키 하얀 꽃 맛은 짜네 소금 로 [鹵]
왕관 같네 뿔 머리 잘 달리네 사슴 록 [鹿]
그 옛날 우리 주식 꺼칠해도 보리 맥 [麥]
움집에 귀한 풀 베옷 입자 삼 마라 [麻]

[十二절]

하늘은 검다 해도 이 땅은 누를 황 [黃]

볏잎에 물이 붙어 찰기 있다 기장 서 [黍]

어둡다 고약하다 은밀하다 검을 흑 [黑]

옷감에 수를 놓네 어여쁘다 바느질 치 [黹]

[十三절]

맹꽁맹꽁 맹꽁이 맹 뛰기 위해 힘쓸 민 [黽]

발이 셋 귀가 둘 귀한 그릇 솥 정이요 [鼎]

낙랑공주 호동왕자 자명고라 북칠 고 [鼓]

못 가는 게 없어요 이빨 봐라 쥐 서라 [鼠]

[十四절]

냄새 맡고 숨도 쉬고 모양 따라 코 비요 [鼻]

예쁘게 아름답게 그러려면 가지런할 제 [齊]

[十五절]

윗니와 아랫니 오복 건강 이 치라 [齒]

[十六절]

천지간에 지존이라 전설속의 용 용이요 [龍]

예로부터 신물이라 점을 쳤네 거북 귀 [龜]

[十七절]

여러 구멍 소리 모아 다스린다 피리 약 [龠]

참고문헌

『高麗史』

『均如傳』

『毛詩』

『三國史記』

『三國遺事』

『書經』

『成宗實錄』

『時用鄕樂譜』

『樂章歌詞』

『樂學軌範』

『龍潭遺詞』

金萬重,『西浦漫筆』.

金壽長,『海東歌謠』

金春澤,『北軒集』.

申光洙,『石北集』

沈守慶,『遺閑雜錄』.

安玫英,『金玉叢部』

李睟光,『芝峯類說』.

李衡祥,『樂學拾零』

丁克仁,『不憂軒集』.

鄭　澈,『松江歌辭』.

洪萬鍾,『旬五志』

고경식·김제현,『시조·가사론』, 예전사, 1988.

고미숙,「사설시조의 역사적 성격과 그 계급적 기반 분석」,『어문논집』30, 안암어문학
　　　회, 1991.

고순희,「일제강점기 만주망명지 가사문학」,『고시가연구』제27집, 한국고시가문학회.

고정옥,「국문학의 형태」, 우리어문학회편,『국문학개론』, 일성당서점, 1949.

구선우, 「송강가사의 전승과 향유에 관한 연구」, 충남대학교 박사학위논문, 2013.

권순희, 「조선 후기 시조 한역의 재검토」, 『우리어문연구』 44, 우리어문학회, 2012.

권오성·이태진·최원식 편, 『자산 안확 국학논저집』 4, 여강출판사, 1994.

김광순 외, 『한국문학개론』, 경인문화사, 1996.

김대문 저, 이종욱 역주해, 『대역 花郞世紀』, 소나무, 2005.

김대행, 『시조유형론』, 이화여자대학교 출판부, 1986.

김문기·김명순, 『조선조 시가한역의 양상과 기법』, 태학사, 2005.

김문기·김명순 편저, 『시조·가사 한역가전서』 3, 태학사, 2009.

김사엽, 『이조시대의 가요 연구』, 대양출판사, 1956.

김상진, 「두곡 고응척의 시조에 관한 고찰」, 『시조학논총』 35집, 2011.

_____, 「조선조 연시조의 발전과 수용 양상」, 『시조학논총』 40, 한국시조학회, 2014.

김승찬·손종흠, 『고전시가론』, 한국방송대학교출판부, 2004.

김신중, 「가사문학의 발생과 의의」, 『우리문학』, 광주시립민속박물관, 2007.

_____, 「남도 고시가 약사」, 『은둔의 노래 실존의 미학』, 다지리, 2001.

_____, 「남언기 <고반원가>의 문학사적 검토」, 『한국고시가문화연구』 제36집, 한국고
시가문화학회, 2015.

_____, 「소상팔경가의 관습시적 성격」, 『한국시가문화연구』 5, 한국시가문화연구,
1998.

_____, 『역주 금옥총부』, 도서출판 박이정, 2003.

_____, 「한국 사시가의 연구」, 전남대학교 박사학위논문, 1992.

김아연, 「대한매일신보 소재 경제가사 연구」, 전남대학교 박사학위논문, 2014.

김완진, 『향가해독법연구』, 서울대학교 출판부, 1980.

김종진, 『불교가사의 연행과 전승』, 이회문화사, 2002.

김천택, 『청구영언』, 조선진서간행회, 1948.

김학성, 「가사의 장르 성격 재론」, 『한국시가문학연구』, 백영정병욱선생 환갑기념논총
II, 신구문화사, 1983.

_____, 「가사의 장르적 특성과 현대사회의 존재의의」, 『고시가연구』 제21집, 한국고시
가문학회, 2008.

_____, 「시조의 시학적 기반에 관한 연구」, 『고전문학연구』 제6집, 한국고전문학연구
회, 1991.

_____, 「향가의 장르 체계」, 『향가문학연구』, 일지사, 1993.

김형철, 「조선시대 애정시조 연구」, 전남대학교 박사학위논문, 2005.

김흥규, 「사설시조의 愛慾과 性的 모티브에 대한 재조명」, 『한국시가연구』 13집, 한국

시가학회, 2003.

_____, 『한국문학의 이해』, 민음사, 1986.

류연석, 『시조와 가사의 해석』, 역락, 2006.

_____, 『한국가사문학사』, 국학자료원, 1994.

박성의 주석, 『노계가사』, 정음사, 1979.

박연호, 『가사문학 장르론』, 다운샘, 2003.

박을수 편저, 『한국시조대사전』, 아세아문화사, 1991.

박준규, 『고산 윤선도의 생애와 문학』, 전남대학교 출판부, 1997.

_____, 『호남시단의 연구』, 전남대학교 출판부, 1998.

박태상·신연우·이강엽, 『국문학개론』, 한국방송대학교 출판부, 2006.

변태섭, 『한국사통론』, 삼영사, 1987.

서원섭, 『시조문학연구』, 형설출판사, 1979.

성기옥·손종흠 공저, 『고전시가론』, 한국방송대학교출판부, 2007.

성무경, 「가사의 존재양식 연구」, 성균관대학교 박사학위논문, 1997.

안자산, 『시조시학』, 교문사, 1949.

_____, 「조선 시가의 修理」, 『동아일보』, 1930.9.24.

우리어문학회, 『국문학개론』, 일성당서점, 1949.

원용문, 『시조문학원론』, 백산출판사, 1999.

윤석산 주해, 『용담유사』, 동학사, 1999.

윤석창, 『가사문학개론』, 깊은샘, 1991.

윤성근, 「<합강정가> 연구」, 『어문학』 18, 한국어문학회, 1968.

이병기·백철, 『국문학전사』, 신구문화사, 1957.

이상보, 『한국가사문학의 연구』, 형설출판사, 1974.

이상원, 「'육가' 시형의 연원과 '육가형 시조'의 성립」, 『어문논집』 52, 민족어문학회, 2005.

이정자, 「시조문학의 시대구분과 그 명칭에 대한 재조명」, 『겨레어문학』 23, 건국대 국어국문학연구회, 1999.

이태극, 「시조 명칭의 재고」, 『한국문화학연구원 논총』 제13집, 이화여대 한국문화연구원, 1969.

이희승, 「시조기원에 대한 일고찰」, 『학등』 제2권 제2호, 1933.

임기중, 「화청과 가사문학」, 『국어국문학』, 97호, 국어국문학회, 1987.

임기중 편, 『역대가사문학전집』, 전50권, 아세아문화사, 1987-1998.

임종찬, 『시조에 담긴 주제와 시각』, 국학자료원, 2010.

_____,『시조학원론』, 국학자료원, 2014.

장사훈,『국악대사전』, 세광음악출판사, 1984.

정래동,「<중국민간문학개설> 독후감」,『동아일보』, 1931.12.27.

정병욱,『한국고전시가론』, 신구문화사, 1982.

정병헌,『한국고전문학의 교육적 성찰』, 숙명여자대학교 출판국, 2003.

_____,『한국문학의 만남과 성찰』, 역락, 2016.

정익섭,『한국시가문학논고』, 전남대학교 출판부, 1989.

정재호,『한국가사문학론』, 집문당, 1982.

_____,『한국시조문학론』, 태학사, 1999.

정 철 원저, 정존택 편,『국역 송강집』, 송강유적보존회, 1988.

조규익,『가곡창사의 국문학적 본질』, 집문당, 1994.

_____,「조선조 장가 가맥의 일단」, 정재호 편저,『한국가사문학연구』, 태학사, 1996.

조동일,「가사의 장르 규정」,『어문학』제21집, 한국어문학회, 1969.

_____,『한국문학통사』1-4, 지식산업사, 1982-1986.

_____,『한국소설의 이론』, 지식산업사, 1977.

조동일 외,『한국문학강의』, 길벗, 2007.

조연숙,「기녀시조의 전개 양상과 성격」,『아시아여성연구』49, 숙명여대 아시아여성연
        구소, 2010.

조윤경,「조운 시조의 현대성 연구」, 전남대학교 박사학위논문, 2003.

조윤제,「가사 문학론」,『한국시가의 연구』, 을유문화사, 1984(초판; 1948).

_____,『국문학개설』, 탐구당, 1991(초판; 동국문화사, 1955).

_____,『조선시가사강』, 동광당서점, 1937.

_____,『한국문학사』, 탐구당, 1987.

조종업 편,『한국시화총편』전12권, 동서문화원, 1989.

조태성,「감성발현체로서의 시조의 역동성」,『시조학논총』42, 한국시조학회, 2015.

_____,「거짓사랑과 참사랑의 경계」, 한순미 외,『우리시대의 사랑』, 전남대 출판부,
        2014.

_____,「고시조에 구현된 물의 심상」,『시조학논총』제29집, 한국시조학회, 2008.

_____,『고전과 감성』, 전남대학교 출판부, 2012.

_____,「사설시조의 모더니티」,『한국고시가문화연구』36집, 한국고시가문화학회,
        2015.

_____,「의와 인의 감성적 경계, 절명시의 비극적 숭고미」,『한국고시가문화연구』32,
        한국고시가문화학회, 2013.

_____, 「칠실 이덕일의 <우국가> 28장에 나타난 우국의 양상」, 『한국시가문화연구』 18, 한국시가문화학회, 2006.

_____, 「텍스트를 통해 본 발분 메커니즘」, 『인간・환경・미래』 10, 인제대 인간환경 미래연구원, 2013.

조해숙, 「시조 한역의 사적 전개양상과 그 시조사적 의미」, 『한국시가연구』 15, 한국시가학회, 2004.

주종연, 「가사의 장르 고(II)」, 『국어국문학』 제62・63호, 국어국문학회, 1973.

최강현, 『가사문학론』, 새문사, 1986.

최동원, 『고시조론』, 삼영사, 1980.

홍재휴, 「가사문학연구사・론고」, 『모산학보』 제4・5집, 모산학술연구소, 1993.

황패강, 「변안렬의 <불굴가> 보고」, 『국어국문학』 49・50합집, 국어국문학회, 1970.

황현옥 외, 『한국명작의 이해와 감상』, 문예원, 2017.

황현옥 외, 『한국문학사』, 문예원, 2017.

『다음백과사전』

『두산백과사전』

『한국민족문화대백과사전』

<한국고전종합DB>

유재영, <현대시조, 극복의 논리>와 박구하, <시조는 시조이어야 한다>의 논쟁
(http://cafe.daum.net/west3)

찾아보기_용어편

ㄱ

찾아보기_인명편

ㄱ

ㄴ

ㄷ

ㅁ

ㅎ

찾아보기_작품편

저자 소개

김신중(金信中)

전남대학교 국어국문학과를 졸업하고, 같은 대학교 대학원에서 「한국 사시가의 연구」
(1992)로 박사학위를 받았다. 현재 전남대학교 교수로 재직 중이다.
논저로『은둔의 노래 실존의 미학』(2001), 『역주 금옥총부』(2003), 「남언기의 고반원과
〈고반원가〉」(2015), 『한국문학사』(공저, 2017) 등이 있다.

조태성(趙泰晟)

전남대학교 국어국문학과를 졸업하고, 같은 대학교 대학원에서 「초의선사의 시문학 연
구」(2003)로 박사학위를 받았다. 현재 전남대학교 HK교수로 재직 중이다.
논저로『고전과 감성』(2012), 『감성시학의 새지평』(2014), 『공감장이란 무엇인가─감성
인문학 서론』(2017, 공저) 등이 있다.

시조와 가사의 이해

초판 1쇄 인쇄 2017년 8월 25일
초판 1쇄 발행 2017년 9월 1일
저 자 김신중·조태성
펴낸이 이대현
편 집 권분옥
디자인 홍성권

펴낸곳 도서출판 역락
주소 서울시 서초구 동광로 46길 6-6 문창빌딩 2층
전화 02-3409-2058, 2060
팩스 02-3409-2059
등록 1999년 4월 19일 제303-2002-000014호
이메일 youkrack@hanmail.net
역락블로그 http://blog.naver.com/youkrack3888

ISBN 979-11-5686-966-5 93810

* 책값은 표지에 있습니다.
* 파본은 구입처에서 교환해 드립니다.

이 도서의 국립중앙도서관 출판예정도서목록(CIP)은 서지정보유통지원시스템 홈페이지(http://seoji.nl.go.kr)와 국
가자료공동목록시스템(http://www.nl.go.kr/kolisnet)에서 이용하실 수 있습니다.(CIP제어번호: CIP2017021072)